俄苏文学经典译著·长篇小说

高尔基（1868—1936）

原名阿列克赛·马克西莫维奇·彼什科夫，苏联作家。生于木工家庭。当过学徒、码头工、面包师傅等，流浪俄国各地，经历丰富。列宁称他为"无产阶级艺术最杰出的代表"。代表作品有《母亲》《童年》《在人间》《我的大学》等。

姚蓬子（1891—1969）

浙江诸暨人。原名姚方仁，后改为姚杉尊，笔名小莹、姚梦生等。1930年参加"左联"。1938年参加中华全国文艺界抗敌协会，并与老舍合编《抗战文艺》，曾在国民党政府军委会政治部文化工作委员会任职。后在重庆创办作家书屋。著有诗集《银铃》《蓬子诗钞》等，译有《我的童年》《盗用公款的人们》。

Детство

M.Gorky

我的童年

俄苏文学经典译著·

长篇小说

Russian

Literature

Classic.

NOVEL

[苏]高尔基 著

姚蓬子 译

Copyright © 2020 by SDX Joint Publishing Company.
All Rights Reserved.
本作品版权由生活·读书·新知三联书店所有。
未经许可，不得翻印。

图书在版编目（CIP）数据

我的童年/（苏）高尔基著；姚蓬子译. —北京：生活·读书·新知三联书店，2020.11
（俄苏文学经典译著·长篇小说）
ISBN 978-7-108-06970-2

Ⅰ.①我… Ⅱ.①高…②姚… Ⅲ.①长篇小说—苏联 Ⅳ.①I512.45

中国版本图书馆CIP数据核字（2020）第190592号

责任编辑	陈丽军
封面设计	樱 桃
责任印制	黄雪明
出版发行	生活·讀書·新知 三联书店
	（北京市东城区美术馆东街22号）
邮 编	100010
印 刷	常熟市人民印刷有限公司
版 次	2020年11月第1版
	2020年11月第1次印刷
开 本	650毫米×900毫米 1/16 印张 20.75
字 数	234千字
定 价	68.00元

俄苏文学经典译著

出版说明

本丛书是对中国左翼作家所译俄苏文学经典一次系统的整理和展现，所辑各书均为名家名译，这不仅是文献和版本意义上的出版，更是对当时红色文化移植的重新激活。

早在1948年生活书店、读书出版社、新知书店合并为生活·读书·新知三联书店前，三家出版社就以引介俄苏经典文学和社会理论图书等为己任。比如1937年生活书店出版托尔斯泰的《安娜·卡列尼娜》，1946年新知书店出版《钢铁是怎样炼成的》。1949年以后，虽然也有出版社对俄苏文学经典进行重译、重编，但难免失去了初始的本色，并且遗失了些许当时出版的有价值的译著；此外，左翼作家的译介因其"著译合一"的特点，在众多译本中，自有其价值；更重要的是，这些文学经典蕴含的对生活的热情、对信仰的坚守、对事业的激情在今天亦鼓动人心，能给每一位真诚活着的人以前行的动力。因此，系统地整理出版左翼作家翻译的俄苏文学经典是必要的。

我们在对书稿进行加工时，主要遵循了以下原则：

一、本丛书为重排本，由繁体字竖排版改为简体字横排版。

二、忠实原作，保持原译语言风格及表现方式；对书中人物及相关译名除必要的规范外基本保留。

三、原书注释如旧，编者所出的注释，均以"编者注"标明，以示与原书注释的区别。

四、对原书中各种错讹脱衍之处，直接订正。

五、数字只要统一、规范，基本沿用；对标点符号的用法，尽可能做到规范。

六、在不影响原译意的情况下，对个别表述可能有歧义的字句进行必要斟酌处理。

俄苏文学经典译著

总　序

　　生活·读书·新知三联书店推出"俄苏文学经典译著·长篇小说"丛书，意义重大，令人欣喜。

　　这套丛书撷取了1919至1949年介绍到中国的近50种著名的俄苏文学作品。1919年是中国历史和文化上的一个重要的分水岭，它对于中国俄苏文学译介同样如此，俄苏文学译介自此进入盛期并日益深刻地影响中国。从某种意义上来说，这套丛书的出版既是对"五四"百年的一种独特纪念，也是对中国俄苏文学译介的一个极佳的世纪回眸。

　　丛书收入了普希金、果戈理、屠格涅夫、陀思妥耶夫斯基、托尔斯泰、高尔基、肖洛霍夫、法捷耶夫、奥斯特洛夫斯基、格罗斯曼等著名作家的代表作，深刻反映了俄国社会不同历史时期的面貌，内容精彩纷呈，艺术精湛独到。

　　这些名著的译者名家云集，他们的翻译活动与时代相呼应。20世纪20年代以后，特别是"左联"成立后，中国的革命文学家和进步知识分子成了新文学运动中翻译的主将和领导者，如鲁迅、瞿秋白、耿济之、茅盾、郑振铎等。本丛书的主要译者多为"文学研究会"和"中国左翼作家联盟"的成员，如"左联"成员就有鲁迅、茅盾、沈端先（夏衍）、赵璜（柔石）、丽尼、周立波、周扬、蒋光慈、洪灵菲、姚蓬子、王季愚、杨骚、梅益等；其他译者也均为左翼作家或进步人士，如巴金、曹靖华、罗稷南、高植、陆蠡、李霁野、金人等。这些进步的翻译家不仅是优秀的译者、杰出的作家或学者，同时他们纠正以往译界的不良风气，将翻译事业与中国反帝反封建的斗争结合起来，成为中国新文学运动中的一支重要力量。

这些译者将目光更多地转向了俄苏文学。俄国文学的为社会为人生的主旨得到了同样具有强烈的危机意识和救亡意识，同样将文学看作疗救社会病痛和改造民族灵魂的药方的中国新文学先驱者的认同。茅盾对此这样描述道："我也是和我这一代人同样地被'五四'运动所惊醒了的。我，恐怕也有不少的人像我一样，从魏晋小品、齐梁词赋的梦游世界中，睁圆了眼睛大吃一惊的，是读到了苦苦追求人生意义的19世纪的俄罗斯古典文学。"[1] 鲁迅写于1932年的《祝中俄文字之交》一文则高度评价了俄国古典文学和现代苏联文学所取得的成就："15年前，被西欧的所谓文明国人看作未开化的俄国，那文学，在世界文坛上，是胜利的；15年以来，被帝国主义看作恶魔的苏联，那文学，在世界文坛上，是胜利的。这里的所谓'胜利'，是说，以它的内容和技术的杰出，而得到广大的读者，并且给予了读者许多有益的东西。它在中国，也没有出于这例子之外。""那时就知道了俄国文学是我们的导师和朋友。因为从那里面，看见了被压迫者的善良的灵魂，的酸辛，的挣扎，还和40年代的作品一同烧起希望，和60年代的作品一同感到悲哀。""俄国的作品，渐渐地绍介进中国来了，同时也得到了一部分读者的共鸣，只是传布开去。"鲁迅先生的这些见解可以在中国翻译俄苏文学的历程中得到印证。

中国最初的俄国文学作品译介始于1872年，在《中西闻见录》的

---

[1] 茅盾：《契诃夫的时代意义》，载《世界文学》1960年1月号。

创刊号上刊载有丁韪良(美国传教士)译的《俄人寓言》一则。[1]但是从1872年至1919年将近半个世纪,俄国文学译介的数量甚少,在当时的外国文学译介总量中所占的比重很小。晚清至民国初年,中国的外国文学译介者的目光大都集中在英法等国文学上,直到"五四"时期才更多地移向了"自出新理"(茅盾语)的俄国文学上来。这一点从译介的数量和质量上可以见到。

首先译作数量大增。"五四"时期,俄国文学作品译介在中国"极一时之盛"的局面开始出现。据《中国新文学大系》(史料·索引卷)不完全统计,1919年后的八年(1920年至1927年),中国翻译外国文学作品,印成单行本的(不计综合性的集子和理论译著)有190种,其中俄国为69种(在此期间初版的俄国文学作品实为83种,另有许多重版书),大大超过任何一个国家,占总数近五分之二,译介之集中可见一斑。再纵向比较,1900至1916年,俄国文学单行本初版数年均不到0.9部,1917至1919年为年均1.7部,而此后八年则为年均约十部,虽还不能与其后的年代相比,但已显出大幅度跃升的态势。出版的小说单行本译著有:普希金的《甲必丹之女》(即《上尉的女儿》),陀思妥耶夫斯基的《穷人》、《主妇》(即《女房东》),屠格涅夫的《前夜》、《父与子》、《新时代》(即《处女地》),托尔斯泰的《婀娜小史》(即《安娜·卡列尼娜》)、《现身说法》(即《童年·少年·青年》)、《复活》,柯罗连科的《玛加尔的梦》和《盲乐师》,路卜洵的《灰色马》,阿尔志跋绥夫的《工人绥惠略夫》等。[2]在许多综合性的集子中,俄国文学的译作也占重要位置,还有更多的作品散布在各种期刊上。

其次翻译质量提高。辛亥革命前后至"五四"高潮前,中国的俄国

---

[1] 可参见笔者在《二十世纪中俄文学关系》(学林出版社,1998;高等教育出版社,2002)中的相关考证。

[2] 这套丛书中收入了这一时期张亚权译的柯罗连科的《盲乐师》(商务印书馆,1926)。

文学译介均为转译本，且多为文言。即使一些"名家名译"，如戢翼翚译的普希罄《俄国情史》（即普希金《上尉的女儿》，1903）、马君武译的托尔斯泰的《心狱》（即《复活》，1914）、林纾和陈家麟合译的托尔斯泰的《罗刹因果录》（收八篇短篇，1915）等，也因受当时译风的影响，对原作进行改动或发挥之处颇多，有的译作几近于演述。1919年以后，译者队伍与译风发生了根本上的变化。一批才气横溢的通俄语的年轻人加入了俄国文学作品翻译的队伍，其中有瞿秋白、耿济之、沈颖、韦素园、曹靖华等。以本套丛书入选译本最多的译者耿济之为例。耿济之早年在俄文专修馆学习，1919年在《新中国》杂志上发表最初的译作，即托尔斯泰的《真幸福》（即《伊略斯》）和《旅客夜谭》（即《克莱采奏鸣曲》）等作品。20年代初期，耿济之又有果戈理的《马车》和《疯人日记》、赫尔岑的《鹊贼》、屠格涅夫的《村之月》、奥斯特洛夫斯基的《雷雨》、托尔斯泰的《家庭幸福》和《黑暗之势力》、契诃夫的《侯爵夫人》等重要译作。此后他一发不可收，数十年间译出了大量的俄国文学名著，是中国早期产量最多和态度最严肃的俄国文学译介者。当然，这时期仍有相当一部分翻译家依然利用其他语种的文字在转译俄国文学作品，如鲁迅、周作人、李霁野、郑振铎、赵景深、郭沫若等。这些译者大多学养深厚，译风严谨。鲁迅在20年代前期和中期译出了阿尔志跋绥夫的《工人绥惠略夫》《幸福》《医生》和《巴什唐之死》、安德列耶夫的《黯淡的烟霭里》和《书籍》、契诃夫的《连翘》、迦尔洵的《一篇很短的传奇》等不少俄国文学作品。尽管是转译，但翻译的水准受到学界好评。

20世纪二三十年代，中国文坛开始引进苏俄文学。1931年12月，瞿秋白在给鲁迅的信中谈到：有系统地译介苏联文学名著，"这是中国普罗文学者的重要任务之一"[1]。不少出版社在20年代末相继推出

---

[1] 瞿秋白：《论翻译》，见《瞿秋白文集》第2卷，人民文学出版社1954年版。

"新俄文学"作品专集。最早出现的是由曹靖华辑译、北平未名社1927年出版的《白茶(苏俄独幕剧集)》一书。而后,鲁迅、叶灵凤、曹靖华、蒋光慈、傅东华、冯雪峰和郭沫若等辑译的各种苏联文学作品集相继问世。这一时期,译出了不少活跃于十月革命前后的苏俄著名作家的作品。比较重要的有:拉夫列尼约夫的《第四十一》、革拉特珂夫的《士敏土》、绥拉菲莫维奇的《铁流》、法捷耶夫的《毁灭》、聂维罗夫的《不走正路的安得伦》、雅科夫列夫的《十月》、伊凡诺夫的《铁甲列车Nr. 14-6》、富曼诺夫的《夏伯阳》、肖洛霍夫的《静静的顿河》(前两部)和《被开垦的处女地》、奥斯特洛夫斯基的长篇小说《钢铁是怎样炼成的》、诺维科夫-普里波伊的《对马》、马雅可夫斯基的诗集《呐喊》、爱伦堡等人的报告文学集《在特鲁厄尔前线》和阿·托尔斯泰的剧本《丹东之死》等。

这一时期,作品被译得最多的作家是高尔基。最早出现的是宋桂煌从英文转译的《高尔基小说集》(上海民智书局,1928)。这部小说集中载有《二十六个男和一女》和《拆尔卡士》(即《切尔卡什》)等五篇作品。最早出现的单行本是沈端先(即夏衍)从日文转译的高尔基的《母亲》。[1] 30年代中国出版的有关高尔基的文集、选集和各种单行本更多,总数达57种,如鲁迅编的《戈里基文录》、瞿秋白译的《高尔基创作选集》、黄源编译的《高尔基代表作》、周天民等编选的《高尔基选集》(六卷)等。此外问世的还有:鲁迅等译的短篇集《恶魔》和《俄罗斯的童话》、史铁儿(即瞿秋白)译的《不平常的故事》、巴金译的短篇集《草原故事》、丽尼译的《天蓝的生活》、钱谦吾(即阿英)译的《劳动的音乐》、蓬子译的《我的童年》、王季愚译的《在人间》、杜畏之等译的《我的大学》、何素文译的《夏天》、何妨译的《忏悔》、罗稷南译的《四十年间》、赵璜(即柔石)译的《颓废》(即《阿尔达莫诺夫家

---

[1] 该书1929年由上海大江书铺出版第一部,次年出版第二部。

的事业》)、钟石韦译的《三人》、李谊译的《夜店》(即《底层》)和贺知远译的《太阳的孩子们》等。

进入20世纪40年代,由于苏德战争和太平洋战争的爆发,中国文坛把自己的目光转向了苏联卫国战争文学。1942年在上海创刊(1949年终刊)的《苏联文艺》发表的各类作品的总字数达六百多万字,其中大部分是反映苏联卫国战争的文学作品。此外,仅就单行本而言,各出版社出版或重版的此类书籍的数量有百余种之多。这些作品极大地鼓舞了中国人民反抗外族入侵和黑暗统治的斗志。也许今天的人们已经淡忘了它们,有些作品从艺术上看似乎也有些逊色。但是,其中经受住了历史检验的优秀之作,仍值得我们珍视。这一时期,苏联其他一些文学作品也有译介。值得一提的有:肖洛霍夫的《静静的顿河》(全译本)、叶赛宁、勃洛克和马雅可夫斯基合集的《苏联三大诗人代表作》、阿·托尔斯泰的《苦难的历程》和《彼得大帝》、费定的《城与年》、奥斯特洛夫斯基的《暴风雨所诞生的》、潘诺娃的《旅伴》、克雷莫夫的《油船德宾特号》、波列伏依的《真正的人》、卡达耶夫的《时间呀,前进!》、列昂诺夫的《索溪》、冈察尔的《旗手》(第一部)、包戈廷的剧本《带枪的人》《苏联名作家专集》(共五辑)等。其中不少名著在这一时期初次被译成中文。可以说,至20世纪40年代末,苏联重要的主流文学作品译介得已相当全面。

1919年以后的30年间,译介到中国的俄苏文学作品产生了巨大的影响。钱谷融教授曾经生动地描述过抗战时期他随学校迁至四川偏远小城,在那里迷上俄国文学的一些情景。他还表示自己"是喝着俄国文学的乳汁而成长的","俄国文学对我的影响不仅仅是在文学方面,它深入到我的血液和骨髓里,我观照万事万物的眼光识力,乃至我的整个心灵,都与俄国文学对我的陶冶薰育之功不可分。我已不记得最先接触到的俄国文学名著是哪一本了,总之是一接触到它就立即把我深深地吸引住了,使我如醉如痴,使我废寝忘食。尽管只要是真正的名著,不管它是英、美的,法国的,德国的,还是其他国家的,都能吸引我,都能使我迷醉。但是论其作品数量之多,吸引我的程度之深,则无论哪一国的文学,都比不上俄国文学"。这样的感受和评价在那一时代的知识分子中并不罕见。

由于社会的、历史的和文学的因素使然,中国知识分子(特别是左翼知识分子)强烈地认同俄苏文化中蕴含着的鲜明的民主意识、人道精神和历史使命感。红色中国对俄苏文化表现出空前的热情,俄罗斯优秀的音乐、绘画、舞蹈和文学作品曾风靡整个中国,深刻地影响了几代中国人精神上的成长。除了俄罗斯本土以外,中国读者和观众对俄苏文化的熟悉程度举世无双。在高举斗争旗帜的年代,这种外来文化不仅培育了人们的理想主义的情怀,而且也给予了我们当时的文化所缺乏的那种生活气息和人情味。因此,尽管中俄(苏)两国之间的国家关系几经曲折,但是俄苏文化的影响力却历久而不衰。

在中国译介俄苏文学的漫漫长途中,除了翻译家们所做出的杰出贡献外,还有无数的出版人为此付出了艰辛的努力,甚至冒了巨大的风险。在俄苏文学经典的译著中,我们常常可以看到商务印书馆、中华书局、开明书店、文化生活出版社等出版社的名字,也常常可以看到三联书店的前身生活书店、读书出版社、新知书店的名字。这套丛书中就有:生活书店1936年出版的、由周立波翻译的肖洛霍夫的小说《被开垦的处女地》,生活书店1936年出版的、由王季愚翻译的高尔基的小说《在人间》,生活书店1937年出版的、由周扬和罗稷南翻译的列夫·托尔斯泰的小说《安娜·卡列尼娜》,新知书店1937年出版的、由梅益翻译的普里波伊的小说《对马》,读书出版社1943年出版的、由王语今翻译的奥斯特洛夫斯基的小说《暴风雨所诞生的》,新知书店1946年出版的、由梅益翻译的奥斯特洛夫斯基的小说《钢铁是怎样炼成的》,生活书店1948年出版的、由罗稷南翻译的高尔基小说《克里·萨木金的一生》。熠熠生辉的名家名译,这是现代出版界在中国文化发展史上写就的不可磨灭的一笔。这套丛书的出版也是三联书店文脉传承的写照。

尽管由于时代的发展，文字的变迁，丛书中某些译本的表述方式或者人物译名会与当下有所差异，但是这些出自名家之手的早期译本有着独特的价值。名译与名著的辉映，使经典具有了恒久的魅力。相信如今的读者也能从那些原汁原味的译著中品味名著与译家的风采，汲取有益的养料。

陈建华

2018 年 7 月于沪上西郊夏州花园

目　次

序言 …………………………………………………… 1
一 …………………………………………………… 1
二 …………………………………………………… 16
三 …………………………………………………… 35
四 …………………………………………………… 63
五 …………………………………………………… 82
六 …………………………………………………… 97
七 …………………………………………………… 118
八 …………………………………………………… 138
九 …………………………………………………… 164
十 …………………………………………………… 190
十一 ………………………………………………… 220
十二 ………………………………………………… 252
十三 ………………………………………………… 286
高尔基自传 ………………………………………… 308

序　言

　　我曾经再三考虑，是否值得在这时候重印高尔基的《我的童年》。印刷纸张既如此困难，而文化食粮的饥荒又严重万分，印出一本新书来，倘不为当前读书界所急迫需要，无疑是浪费出版界的人力、财力。虽然现在已隐隐出现一种新风气，不管内容如何，甚至文字都欠通顺，只要书名香艳——譬如这样一个书名，《一个死在战场上的姑娘》，出版大致可以不成问题。其实这也还是一种老风气，从前是才子佳人的三角四角，后来进展到革命与恋爱的纠缠不清，现在时势不同，自然应该又抗战又恋爱，才算与现实密切配合，正是合情合理地从一条线索发展下来。但即此也可以看出出版条件并不算如何严格，在付印一本世界名著之前去考虑值得或不值得的问题，似乎是一样多余而可笑的事情。

不过，我还是考虑。因为，我所要付印的究竟不是一本时髦的书，何况又是译本，何况又是重印。年岁大了，煞风景的事有时就不肯十分冒昧。更何况由我来参加一份战时出版界的人力、财力的浪费，似乎也大可不必。但是，经过了再三考虑，我还是决定将这个译本交给书店。

我的理由是：二十年来中国新文艺创作能够达到目前的水准（不管这水准低得怎样可怜），得益于外国名著的介绍，是比承继中国旧有的文学遗产，具有更大的影响的。抗战以来我们荒废了翻译工作，这在整个文学建设上不能不说是一个巨大的损失。这自然也有客观的原因，譬如战前我们都有一点外国文学的藏书的，但这几年来都在辗转流离中丢光了，而新书又买不起，也买不到，要想翻译也无从译起，就是一个事实。但是，不得已求其次，我们已经翻译出来的外国文学的名著，在这个时候选择几本比较重要的重印一次，也可算是补救之一法。加以近年来到处都呈现书荒，到处都可以听到没有书看的呼声，未始不是由于文字欠通顺的作品出版过多，以致读者买了等于不买，看了更加头疼的缘故。重印一册外国文学的名著，或者对于读者而言，比看完一本内容空洞而文章拙劣的抗战作品会多得到一点什么，在心灵深处多充实一点什么呢。

《我的童年》是高尔基的自传的第一册，是作者真实生活的回忆和记录，这在中国文艺界已用不着再加介绍。作者身历俄罗斯的两个时代，两个社会，从黑暗到光明，从野蛮到文明，从专制到民主，从奴役到自由，作者亲自参加了这人类解放的艰苦的工程，而且在他的祖国俄罗斯的土地上首先实现了他的理想。在《我的童年》中所记载的事实，虽说是高尔基个人童年时代所遭遇的琐事，却是普遍存在于当时沙皇统治下的俄罗斯社会里的罪恶，一切贫穷和苦难的人们所不能不犯的罪恶，贪婪、残忍、愚昧、疯狂……看来仿佛全是下贱的人们所特有的性质，其实一条令人掩鼻的龌龊的抹布，它的本质岂不是一丝一缕都是洁白的。这是社会制度将它捏成污黑和稀烂，长满霉菌和微生虫，最后将它丢进垃圾里去，所以发生在阴暗的地下窖和破烂的草棚里的那些烂布似的人们的悲剧，其痛的程度绝非一个守财奴失百万财富时的寻死觅活所可比拟，也决非住着高楼大厦的正人君子所能了解万一。高尔基的童年消磨在一群被侮辱与被损害的人们中间，其幼小的灵魂早在重重灾害中养成对于一切无告者的伟大的同情，和为解放他们战斗到底的决心。写作《我的童年》，作者的动机正是为了要消灭这些罪恶才向世界公告这些罪恶，而高尔基自己就以一个见证人的身份在书中出现。

译笔拙陋，加以从英译转译，原作的风格必然十丧八九。但一群被残害了的黑暗的灵魂的颤动，当仍使读者感到同情的痛苦吧。而且，你倘使不是一个锦衣肉食的公子小姐，恐怕也早在中国社会里见到同样的苦难者，被同样的命运磨折着。现在抗战的火焰正在烧毁一切罪恶的锁链，在战后中国，应该是的，应该也不会再有一对老年夫妻为一个小钱打起架来，一个酒醉的无赖踢死他的怀孕的妻子，一个天真聪明的孩子在码头上偷窃东西……人类的耻辱继续存在吧。因此，本书虽直接与抗战无关，却也未始不像借来一面明亮的镜子，照见自己身上的正是可怕的肿毒，而不是健康的肥胖。

经过这样的考虑，我决定在这时候重印高尔基的《我的童年》了。我所遗憾的，是适逢中苏文化协会将全部书籍疏散下乡，无从得到原本请友人为我重校一次。现在只好就译文本身详加整理，使其比初译本稍微畅达，以尽个人能力上最大的努力。

蓬　子

一九四一年轰炸季中，于重庆

一

在一间狭窄的黑暗的房子里,我的父亲穿着一件很长的白衣裳,躺在窗下的地板上。他的赤裸的脚古怪地张开着,他那和平地放在胸上的安静的手儿的手指弯曲着;他的快乐的眼睛紧闭在两个铜钱似的黑圆圈下面;他的静静的面上的光彩消灭了。我呢,被他那露着牙齿的怪样子吓得心怕。

我的母亲胡乱地围着一条红裙,跪在我父亲身旁,就是用我时常切西瓜皮用的那一个黑梳子,梳着他的长而柔软的头发,从额上梳到颈背上;她以低低的,粗哑的声音不断地说着,而她的浮肿的眼睛仿佛一定要被不断流着的眼泪冲走了。

我的外祖母握着我的手儿,她是长着一颗高大而圆圆的脑袋,大的眼睛，一颗有如海绵的鼻子——她是一个面色黧黑的，温柔的，怪有趣的人。她也哭泣着，而她悲伤的声音和我母亲的正合成一种合拍的和音，当她一面颤抖着一面把我推向我父亲面前去的时候；可是我，恐惧而且不舒服，固执地想要依着她的身子躲避开去。我以前从来不曾看见过大人们也要号哭的，而且我又听不懂我的外祖母说了又说的话：

"和你爹爹话别吧。你将永远看不到他了。他是死了——还没有到死的时候呀。"

我生过很凶的病，事实上是才起床不久，而且我记得很清楚，在我刚生病的那时候，我的父亲时常为我快乐地忙碌着的。后来他突然不见了，我的外祖母来代替了他的地位，一个陌生人。

"你是从什么地方来的？"我问她。

"从上头来的，从尼尼来的，"她答道，"但我不是走来的，我乘船来的。人是不能在水上行走的呀，你这小鬼头。"

这话是又可笑，又听不懂，又不确的。楼上住着一个有胡髭的、华丽的波斯人；地窖里住着一个卖羊皮的衰老而黄的卡而马克人。你要上楼，你可以骑着栏杆上楼去，假使你要那样下来，你可以滚下来的。这是经验告诉我如此。那里有一间有水的房间？这话完全是不确的，高兴作弄人罢了。

"为什么我是小鬼头啊？"

"为什么？因为你太会闹。"她说着，笑了。

她甜蜜地，愉快地，和谐地说着话。就在这第一天，我就和她做朋友了。现在我所需要她做的一切，是叫她快点把我带出房间去。

我的母亲把我紧拥在她怀里；她的眼泪与呻吟在我心中创造出一种

怪不安的感情。她那副悲苦的样子,我还是第一回看见。她往常时常显出是一个很少说话的庄严的妇人;清洁的,光亮的,结实得有如一匹马儿似的,她的身体几乎是充满着野蛮的精力,她的双臂是可怕的强壮。可是现在她变得浮肿而且怔忡的,是完全绝望的了。她的头发,往日时常是十分雅洁地鬌在她头上,戴着一顶大而镶着华丽的边缘的帽子,可是现在是倒在她裸露的肩上,覆在她的脸上,至于那还没有散开的发辫的一部分,是曳在我的父亲的永睡的脸上。虽然我在这房间里已有好多时候,可是她还没有看过我一眼;她没有做别的事,只梳理着我父亲的头发,一面含泪地呜咽着,抽噎着。

现在几个棕黑色的掘墓人和一个兵士伸头探进门口来。

兵士厉声叫着:

"现在要分别了!快一点!"

窗上遮着一块黑披肩,风吹起来,有如一张船帆。我懂得这个,是因为有一天,我的父亲曾经将我带上一只帆船,然而突然地,天空中响起一声霹雳来了。他笑着,扶着我靠住他的膝头叫道:

"没有关系的。不要胆小!"

我的母亲突然沉重地倒在地上,但几乎又同时翻过身来,她的头发拖在尘埃里;她的冷淡的洁白的面孔变成铅青色,有如我父亲似的露着她的牙齿,她以可怕的声音说道:

"关上大门吧!……亚里克希——滚开!"

把我推在一边,外祖母奔到了门口叫着:

"朋友们!不要胆小,不要来干涉,请走开吧,为了基督的爱,这并不是虎列拉症,只是分娩……我请求你们走开,好人们!"

我躲在箱子后面的一个黑暗角落里，从那里我看到我的母亲怎样倒在地板上，喘着气而且紧咬着她的牙齿；外祖母跪在她旁边，亲热地而且充满希望地谈着：

"在圣父和圣子的名字之下……忍耐着，范丽亚！圣母呀！……我们的保护者！……"

我怕起来了。她们在靠近我父亲的地板上面匍匐着，摸摸他，呻吟着而且长啸着，可是他仍旧没有动，而且确实在微笑着。她们这样在地板上匍匐了许多时候。母亲几次立起来，可是又倒了下去，外祖母在室内滚进滚出有如一个大的黑的又柔软的球儿。突然地一个婴孩啼叫了。

"谢谢上帝！"外祖母说，"是一个男孩子！"于是，她燃着一支蜡烛。

这时候，我一定在角落里睡熟了吧，因为以后的事情我丝毫记不起来了。

永远留在我记忆里的第二个印象，是落雨的一天，在墓场上的一个荒凉的角落里。我立在一个滑滑的泥堆旁，望着他们把我父亲的棺材放进这里面去的那坟坑。在坑底，积满许多水，也有一些青蛙，有两只甚至跳上了棺材的黄色的盖上。

墓旁，是我、母亲、一个浸得湿淋淋的教士[1]和两个拿着铁铲的刻薄的掘墓人。

暖雨的点滴美丽得有如玻璃细珠，我们都被浸湿了。

"填满墓穴吧。"教士吩咐着，走开了。

---

[1] 教士（Sexton）系教堂的下级职员，司看管房屋器具等，又司打钟，送殡，有时也司掘墓的。——译者

外祖母开始号叫着,用她那遮头用的披肩的一角,掩在她脸上。掘墓人深深弯着身子,开始迅速地把泥块抛在棺材上,击着青蛙——它们向坑旁跳去,但都落到坟底里去了。

"快点走吧,亚里克希。"外祖母说,抓住了我的肩膀。但我不想走,从她手里挣了出来。

"还有什么呢,啊,上帝呀?"外祖母唠叨着,一半怨我,一半怨上帝而且还沉默了一会儿,她的脑袋颓丧地垂下了。

坟墓已经填满泥土,可是她仍旧站在那里,一直到掘坟人把铁铲抛在地面上,发出一种锵锵的响声,而且一阵微风突然扬起又消灭了,将雨滴洒在人身上。于是,她挽住我的手儿,经过一条横在好多漆黑的十字架中间的小路,领我上一个离此有一点儿路的教堂去。

"你为什么不号啕?"她问我,当我们离开了墓地的时候,"你应该号啕的呀。"

"我不高兴号啕。"这是我的回答。

"好,假使你不高兴号啕,那你就用不着号啕了。"她温和地说。

她这句话很使我惊骇,因为我是很少号啕的,而且,当我号啕的时候,与其说是为了忧伤的缘故,不如说是为了愤怒多些吧;况且,我的父亲时常要讥笑我的眼泪的,同时我的母亲也会大叫着:"你不要大胆地叫呀!"

此后,我们就赶着一部四轮矮车,经过一条宽阔的可是龌龊的街道,在两排粉刷得暗红的房子中间。

当我们赶着车儿的时候,我向外祖母问:"那些青蛙还能够跳出来吗?"

"永不会了!"她回答,"上帝祝福它们吧!"

我回忆着,我的父亲和我的母亲从来不曾如此常常而且如此亲热地谈着上帝的。

几天后,我的母亲和外祖母将我带上一只汽船,我们有一个小小的房舱在船里。

我的小弟弟马克塞姆死了,包在一块白布里,用一条红带缠好,放在角落里的一张桌子上。我爬上了包裹和衣箱,从船洞望出去,我觉得船洞正像一匹马的眼睛呢。污秽的,起着泡沫的水不断地流到窗玻璃上来。有一次,是这般来势汹汹地打上玻璃来,竟溅到我的身上了,于是我不由自主地跳回地板上来。

"不要胆小。"外祖母说,用她的仁慈的手儿把我轻轻举起来,重新将我放到包裹上去。

一阵灰白的,潮湿的雾覆在水面上;不断可以看到一片朦胧的陆地横在远方,只是又被雾和水沫遮住了。除了我母亲,我们周遭一切都动荡着,唯有她,两手抱在她的脑后,安定而静默地倚在墙上,面色是铁一样的严肃而无情,而且还像铁一样的没有表情。带了这副样子站在那里,沉默的,眼睛紧闭着的,在我看来,她真是一个绝对的陌生人了,甚至她那外套我也觉得陌生起来。

外祖母好几次温和地对她说:"范丽亚,你不要吃点东西吗?"

我的母亲既没有声音打破这沉默,也没有移动她的位置。

外祖母和我说话是低声的,但对我的母亲却是大声的,然而同时又是谨慎而胆怯的,而且说得很少。我想,她是怕母亲的吧(这是很显然的),于是我俩仿佛因此更接近了。

"撒拉托夫!"我的母亲突然高声地而且可怕地叫喊起来,"水手在哪里?"

奇怪的,我听到了新的话!什么撒拉托夫呀?什么水手呀?

一个阔肩膀,灰白头发的人,穿着蓝衣服,现在走进来了。他手里拿着一个小箱子,外祖母接了过来,把我弟弟的尸体放在这里面。安排好这事情,她便伸着手儿把这箱子及尸体运出门外去。可是,哎呦!因为长得太胖,她只能侧着身子走出房舱底狭狭的门路去,所以她是带着可笑的犹豫,踟蹰在门前了。

"真是,妈妈!"我的母亲不耐烦地叫道,从她的手里拿过这小棺材来。于是她俩都不见了,其时我留在后面的房舱里,留意着这位穿蓝衣裳的男人。

"好朋友,小弟弟就这样去了吗?"他说着,向我俯下身子来。

"你是谁?"

"我是一个水手。"

"那么撒拉托夫是谁?"

"撒拉托夫是一个镇,你从窗门里望出去吧。那里就是!"

从船窗望过去,果然有一片陆地仿佛在浮动;朦胧地而且不完整地露着这陆地,好像它是躺在雾里蒸散着水汽,这使我想到它是刚从一块热面包上切下来的一大片面包。

"外祖母上哪里去了?"

"去埋她的小外孙。"

"她们要把他埋在地下吗?"

"是的，她们自然要把他埋在地下的。"

于是，我将那些已经和我父亲一同埋在地下的活生生的青蛙告诉了这水手。

他举起了我，拥抱着而且吻着我，叫道：

"啊，我的可怜的小人儿，你没有知道呢。应该可怜的不是那些青蛙，而是你的母亲，想一想吧，她是怎样地被悲伤所压倒了。"

这时，在船上传来了一阵响亮的吼号声。因为已经知道这声音是从汽船里发出来的，所以我也就不怕了；可是这位水手却匆匆地把我放在地板上，迅速地跑开去，嘴里叫着：

"我必须跑了！"

偷跑的欲望捉住我的心。我冒险走出了门外。外面，黑暗的，狭窄的空间是空空的，而不远的地方，黄铜在梯阶的踏板上闪耀着光。向上望望，我看见人们手里拿着皮夹和包裹，显然是走出这船外去了。这意思就是我也应该走了。

可是当我走到船腰的前面，在一群农人们中间，他们都向我唤叫着。

"他是谁家的人呀？你是属于谁家的？"

没有一个人知道。

他们拥着我，摇着我，撞着我，经过许多时候，一直到这个灰白头发的水手又出现了。于是他捉住我，解释着：

"这是房舱里的阿斯达拉干人的孩子。"

他带我跑到房舱里，将我放在包裹上面，然后他又走开了，他向我摇摇他的手指，威吓着："我要给你一些东西！"

船上的声音渐渐轻下去了。船已经不再荡摇；也不再受水的动力的扰动。房舱的窗门是紧闭在潮湿的墙壁里，光线是黑暗的，空气是窒闷的。我仿佛觉得这几个包裹渐渐变大，而且开始压在我身上了；这一切是可怕的，于是我开始疑惑着，我是否要永远孤独地被遗留在这一只空船里。

我走到门旁去，但是门推不开，这黄铜的门柄不肯旋转过来，于是我拿了一个牛乳瓶，尽力地向它敲去。结果是，只打破了瓶子，牛乳溅满在我腿上，而且流进我的靴子里。被这一个失败征服了，我倒在包裹上柔顺地哭泣着，于是不久便睡着了。

当我醒来的时候，船儿又在震动着，房舱的窗门亮得有如一颗太阳。

外祖母坐在我的旁边，梳栉着她的头发，皱着额角喃喃地在说什么。她的头发特别多，披满了肩膀、胸部，一直到她膝头，甚至触到地板。头发是蓝黑色的。用一只手儿从地板上拿它起来，非常困难地拿着，她用了一个几乎落尽了栉齿的木梳，插入这繁密的发辫里去。她的嘴唇卷曲着，她的黑眼睛荧荧地闪着可怕的光芒，同时她的面孔缠在那一大堆头发里，看起来是细小得滑稽。她的表情几乎是恶毒的，可是，当我询问她为什么她的头发有这么长的时候，她却用了和平日一样和蔼的，温柔的声音来回答：

"当然，这是上帝给我的一种惩罚——就是在梳它的时候，你只要看一看——当我年轻的时候，我这鬃毛使我感到了骄傲，可是现在我衰老了，我要诅咒它了。但你还是再睡一会儿吧。现在时候还很早。太阳刚刚才起来呢。"

"但我不想再睡了。"

"很好，那么不要再睡吧，"她立即同意我，编挽着她的头发，瞥一眼那硬挺挺地卧在舱位上的面孔朝上的母亲，"你昨天晚上为什么把瓶子打碎的？轻轻告诉我吧。"

她时常这般地说，爱用这一类特别和谐的话语，它们都生根在我的记忆里，有如芬芳的，鲜明的，永远不谢的花朵一般。当她微笑的时候，她的漆黑的，甜腻的眼睛的瞳仁，张着且闪耀着，含有一种说不出的魔力，而且她的坚固的白牙齿也快活地闪耀着的。除开她的无数皱纹和她的棕褐色的皮色之外，她有着一种年轻的焕发的容光。她的疵瑕，就在她的球茎形的鼻子和伸长的鼻管以及红的嘴唇，这完全因为她有从她那镶银的黑鼻烟壶里嗅鼻烟的习惯和喜欢喝酒的缘故。她的一切都是暗黑的，可是在她内心却辉煌着一股不熄的快乐的热烈的火焰，而这火焰是从她的眼睛里显露出来。虽然她是弯着的，事实上几乎是驼背的，可是她能轻快地而且温柔地走着，完全像一只大猫似的，而且她还温驯得也像那个良善的动物呢。

在她没有闯入我的生活里之前，我好像是沉睡着，而且蒙在鼓里似的；但是当她出现之后，她唤醒了我，领我看见了日光。用一根单纯的丝线将我的一切印象连接起来，她把它们织成一个许多彩色的标本，使她自己成为我一生中最知心，最亲爱而且最了解一切的朋友；同时她的对于一切造化的大公无私的爱，也充实了我的心灵，使我养成对于艰苦生活所必需的精力。

四十年前，船只的驶行是很慢的；我们经过了许多时候才驶到尼尼，而我是永不会忘记那几天美不胜收的生活的。

美好的天气已开始了。从早晨到晚上，我和外祖母在甲板上，在清朗的天幕下，懒洋洋地，缓缓地，在伏尔加河的镀着秋天的黄金的两岸之间平流过去；而且，当光亮的红色的汽船，拖着一只用一根长绳系在后面的驳船前行，在灰蓝色的水面上起伏着的时候，许多回响的呻吟播散着。驳船是灰色的，使我想起一只木虱来。

不知不觉的，太阳在伏尔加河上漂浮着。每一小时，我们四围的景色总是更新一次；青青的山高耸着，有如大地的华丽的衣裳上的繁多的褶纹一样；在岸上，罗列着市镇和村落；秋天的金黄的叶子，浮荡在水面上。

"看呀，这一切是多么美丽！"外祖母不停地叫着，容光焕发，双眼因快乐而张大着，她从船的这边跑到那边。她时常凝视岸上，将我忘记了；她站在甲板上面，双手叠在胸口，沉默地微笑着，而她的眼睛里充满了泪水。我扯着她的黑色的饰着小花枝的亚麻布裙。

"唉！"她叫喊着，惊跳起来，"我一定是睡着了，而且已开始在做梦哩。"

"但是你为什么叫喊起来的呀？"

"我亲爱的，为了快乐，也为了老年啊，"她微笑着回答，"我已经衰老了，你知道的——六十年的岁月已在我头上悠悠逝去了。"

于是，拿着一撮鼻烟，她便开始告诉我几个关于善心的强盗、圣人，以及各种野兽和鬼怪的奇怪的故事。

她是温柔地，神秘地和我谈着这些故事，她的面孔紧对着我，她的张大的眼睛盯视着我，这样当真把那在我身内成长着的精力灌输到我心上了。她愈说得久，或者可以说愈唱得久，她的话语也愈加娓娓动听地流动着。听她说话真有说不出的愉快。

我倾听着，还要求她讲别的，而这就是我所得到的结果：

"在火炉里住着一个老妖怪。有一次，他的脚爪里刺着一根小木片，于是他摇来摇去地呜咽着：'啊，小老鼠，它伤得我很厉害呀；啊，小老鼠，我不能忍受这痛苦呀！'"

翘起她的脚儿，她便把它握在手里两边摇着，而且这般滑稽地皱着面孔，真好像是她自己受了伤一般。

立在四围的水手们——有胡髭的，性情和善的人们——听着而且笑着，而且赞赏着这些故事，他们会说：

"外祖母，再给我们讲另一个故事吧。"

过后他们会说：

"来和我们一同用晚饭吧。"

在用晚饭的时候，他们用伏特加款待外祖母，用西瓜款待我；他们干这个事情是秘密的，因为船上有一个人在那里往来巡走，他禁止别人吃水果，而且见了时常把水果拿走，抛在河里。他穿着一身官的衣裳，而且时常喝着酒；人们在躲避着他的眼光。

母亲到甲板上来的次数很少，而且总是立在远离我们的地方。她老是沉默的。她的大而苗条的身体，她的严肃的面孔，她的结着发辫的光亮头发的沉重的头顶——她的一切都是结实而坚固的。我觉得她好像是包裹在一阵雾里，或者在一朵透明的云里似的，从这里面，她以她那和外祖母一样大的灰白色眼睛张望着。

有一次，她严厉地叫道：

"妈妈，人们在笑你呀？"

"上帝祝福他们吧！"外祖母毫不介意地回答，"让他们笑我去吧，愿他们好运气。"

我不会忘记外祖母看到尼尼的时候所显露的孩提般的快乐。拿着我的手儿，她将我拖到一旁去叫着。

"看呀！看呀，这是多么美丽啊！那就是尼尼，那就是呀！那里有好多东西简直不是人间所有的。再看看那教堂吧，它不是好像生着翅膀吗？"于是她转向我的母亲，快要哭泣了，"范丽亚，看呀，你不看看吗？过来，你好像已经忘记它的一切了。你不能少许表示一点快乐吗？"

我的母亲皱着眉头，苦笑着。

当我们驶到这美丽的镇外，在两条塞满船只而且耸立着无数细长的桅樯的河流之间，一只载满了人的大船靠着这市镇驶拢来。握着船腰里的篙钩，搭客们一个又一个地上船面甲板去了。一位矮小的，衰老的男人，穿着黑衣服，长着一撮金红的胡髭，鸟一样的鼻子和青色的眼睛，在他人前面挤着路往前来。

"爸爸！"我的母亲用粗哑的高声叫着，一面倒在他的怀里；但是他用小小的红手儿捧住她的面孔，而且急急地拍着她的头颊，叫道：

"快，呆子！你到底什么事呀？……"

外祖母突然将他们抱着吻着，而且像一个陀螺似的转着，转着；她将我推到他们面前，迅速地说：

"快——快点！这是你的米盖尔舅父，这是约哥夫，这是纳推丽亚舅母，这是两位都叫作撒斯却的表兄，而这就是他们的姊妹开推丽娜。这都是我们的家人。这不是一个大家庭吗？"

外祖父对她说：

"你好吗，母亲？"于是他们互相亲吻了三次。

然后他从密密的人群中拖着我，将他的手儿放在我头上，问道：

"那么你是谁呢？"

"我是房舱里的阿斯达拉干人的孩子。"

"哎呀，他究竟在讲些什么话呀？"外祖父转向我的母亲说，但是没有等到她回答，他又摇着我说，"你真是你的父亲的儿子。走进船里去吧。"

上岸后，成群的人从一条横在两个掩覆着被踏烂了的野草的峻险的斜坡之间的铺着粗糙的鹅卵石的道路，向山上走去。

外祖父和母亲走在我们众人的前面。他比母亲要低一个头，以迅速的短步走着；同时她以巍巍的身材低头望他，毫不假借地显得是浮在他旁边一般。在他们后面，走着漆黑的头发光光的米盖尔舅父，衰老得和外祖父一样的，光亮的而且鬈发的约哥夫，几个穿着颜色鲜明的胖妇人和六个都比我年龄大而且都比我静默的孩子。我是和外祖母、纳推丽亚舅母走在一块。苍白的，蓝眼睛的而且肥胖的舅母，时常站下来，喘着气，低声说着：

"啊，我不能够再走了！"

"他们为什么麻烦你同来呢？"外祖母愤怒地唠叨着，"他们都是一批呆家伙！"

我既不喜欢这些大人们，也不喜欢这些孩子们。我觉得在他们之间我是一个陌生人——甚至外祖母也有点变得疏远了。

我尤其不喜欢我的舅父。我立即感到他是我的仇敌，于是我便意识到一种对他要小心提防的好奇心的感觉。

现在我们走完我们的旅程了。

在顶峰上,位在右面的斜坡上,立着这街道上的第一幢建筑——一幢矮矮的一层楼的房子,粉刷着污秽的桃红色的油漆,一个狭狭的凸挂着的房顶和弓形的窗。从街上看起来,这似乎是一幢大房子,但是在内部,一些阴暗的细小的房间却使你感到拘束。像在靠近码头的浮台上一样,无论哪里都有怒气冲冲的人们在扭作一团,而且有一种恶味渗透了这整个地方。

我走到天井里去。那个天井也是令人不舒服的。在天井里,放满了大而湿的衣服,而且乱堆着许多木桶,桶里都装满了同样颜色的污水,在水里浸着别的衣服。在一个快要倒塌的草棚的角落里,有许多木头熊熊地燃烧在一个火炉里,在火炉上面,有什么东西在沸煮着或烘焙着,而且有一个看不见的人在说着这些奇怪的话语:

"紫檀素、洋红、硫酸!"

二

于是，一种紧张的，变动的，说不清的奇怪的生命，以惊人的迅速与紧张，开始奔流着了。这使我想到一个由一位温和的，可是非常忠实的天才巧述着的不完全的故事。现在，一旦回忆过去，连我自己也有点不相信。隔开了这一段时间的距离，事情真会是那样的吗？而且我极想来争辩或否认这些事实——难受的亲属们灰色生活的残酷，想起来真是太痛苦了。但真理是比痛苦来得更有力呀，况且，我并不是在叙述我自己，而是叙述那一个狭窄的，窒息的环境的不愉快的印象，在那里生活着这一阶级的俄国人——是的，就是到了今天也还生活着的。

我的外祖母的家简单地沸腾着相互的仇怨，所有大人们都沾染了这个，就是孩子们也接传了。从我外祖母的谈话里窃听来的，我知道我的母亲到的那一天，正是她的兄弟们要求他们的父亲分家的一天。她的不期而归，使他们对于分家这欲望更急切且更强烈了，因为他们生怕我的母亲会要求那份想给她的，但被我外祖父扣留住的妆奁，因为我母亲是偷偷地结了婚，拂违他的志愿的。我的舅父们以为这一份妆奁应该分给他们。此外，他们还自己经过许多时候的很凶的闹架，闹不清谁得在镇上开一个工厂，或在库纳文村庄的奥咯河上。

一天，距离我们到了不久，大家正在用正餐的时候，一场吵闹突然发生了。我的舅父们跳起来，伏在桌子上面，开始向我的外祖父喊叫着，还号叫着，而且摇摆着有如群狗似的，我的外祖父的面色变得绯红。他用一只羹匙在桌子上面乱敲，而且以一种尖锐的声调叫喊着，正像一只雄鸡在喔喔啼：

"你们都给我滚出门外去！"

外祖母痛苦地扭歪了面孔说："父亲，拿他们要求的给了他们吧，那样你会得到一点平安了。"

"不要多讲，呆子！"外祖父闪着眼睛叫。这真奇怪，看起来他是多么地个儿小，可是他能够叫得这般响，有震聋耳朵的力量。

母亲从桌旁立起来，而且静静地走到窗边，向着我们大家朝转了她的背脊。

米盖尔舅父突然用他的手背击在他兄弟的脸上了。后者愤怒地狂号，和他在一块扭着，他们两个咆哮着滚倒在地板上面，喘不过气来，而且相互辱骂着对方。孩子们开始哭叫了，我的带着孩子的纳推丽亚舅母野蛮地惊唤着；我的母亲抱住她的身体，拖她到别的地方去了；活泼的小乳母攸琴尼亚将孩子们赶出厨房了，椅子都撞倒了；年轻的阔肩膀的特希盖诺克骑在米盖尔舅父背上，同时工头葛里哥雷·伊凡诺未奇，一个秃头的，有胡髭的，戴着颜色眼镜的男人，静静地用手巾缚住了我的舅父的手儿。

他旋转脑袋，让他的疏疏的，散漫的黑胡髭拖到了地面上，米盖尔舅父在可怕地诅咒着；围绕桌子跑着的外祖父在痛苦地喊着："你们这些兄弟们！……亲骨肉！……你们真不要脸！"

在吵架刚开始的时候，我就恐惧得跳上了一个火炉。从那里，我以痛苦的惊惶，留心着我的外祖母在一个小小的水盆里洗涤着约哥夫舅父的被打破了的脑袋，他这时是叫着而且顿着脚。而她是以一种忧伤的声调说着："可恶的东西！你们真不比一群野兽好！要到什么时候你们才会清醒过来呢？"

外祖父将他破衬衫拖上他的肩膀，向她叫道："唉，老太婆你故意将这些野兽东西带到世间来的吗？"

当约哥夫舅父出去了的时候，外祖母在一个角落里休憩，忧伤地颤抖着，祈祷道："圣母，你保佑我的孩子们清醒过来吧。"

外祖父坐在她旁边，急瞥了那杯盘狼藉的桌子，于是温柔地说：

"当你想着他们，娘，而且还想着那小的一个的时候，他们正烦扰着范丽亚……哪一个具有高尚的天性呢？"

"不要再说了，存心和善点！脱下你那件衬衫来，我会替你缝补的……"于是，外祖母用两个手掌放在他头上，亲吻着他的额角。他——比起她来他的个儿真是细小呢——把面孔紧贴在她肩膀上说：

"我们要把他们的份儿给予他们，娘，那是显然的。"

"是的，爹，这要赶快办了。"

于是他们谈了许多时候；起初是和谐地谈着的，但不久，外祖父开始用脚擦着地板，有如一只雄鸡要飞翔之前的动作一般，而且还向外祖母举起一个恐吓的手指来，以一种残酷的低语说着：

"我知道你！你爱他们远胜于爱我……而你的密虚喀是个什么呢——一个耶稣会徒！约虚喀呢？——一个互助团团员！[1]而他们都要靠我生活的……一批依人的食客们呀！他们都是那个样子的。"

我不舒服地在火炉上面转动着，敲下了一个神像，砰然一声落下来了，响得有如一个霹雳似的。

外祖父跳上梯阶，拖下我来，而且向我凝视着，仿佛是第一次看见我一般。

"谁把你放在火炉上面的？你的母亲吗？"

"我自己爬上那里去的。"

"你说谎！"

"不，我没有说谎。我自己爬上那里去的。我吓死了。"

他推开我，用他的手掌在我脑袋上轻轻地敲击着。

"正像你的父亲！我不要见你！"

跑出厨房，正是我求之不得的高兴哩。

我很清楚地自觉到，外祖父的狡猾的，锐利的蓝眼睛，到处都跟住了我；而我是怕他的。我记得，我时常如何渴望着能够避免他那凶酷的

---

[1] 互助团系一种秘密团体，创于中古，以友爱互助为目的，散居于世界各处，互相以暗号相通。

目光。在我，仿佛觉得外祖父是恶毒的；他和谁说话都带着讥笑和恶意，而且挑拨着，尽他所能地使别的每个人都生气起来。

他时常叫着："嘿！你！"

这拖得很长的声音"嘿"时常使我想起一种痛苦的和战栗的感觉。当休息用晚茶的时候，我的舅父们和工人们从工场里疲倦地走进厨房里来，他们的手儿都沾染着紫檀素而且被硫酸烧灼过，他们的头发都缠着麻带，他们的神气都像厨房角落里的容貌昏黯的神像——在那恐怖的一个钟头里，我的外祖父时常坐在我对面，而且和我说话特别多，因而引起了其他的孙子们的忌妒。他身上的一切都是尖刻而且适当的。他的用丝线绒饰的沉重的缎背心是旧的了；他的很短小的有色棉布衬衫是皱缩的了；大块的补丁夸炫在他外裤的膝头上面；可是，比起他那穿着假胸褂和打着绸领结的儿子们来，仿佛他的服饰还比较干净得多而且精致得多了。

在我们到了几天之后，他就教我学祈祷。所有其余的孩子们都比我年龄大，由乌斯柏斯基教堂的教区吏教他们读书写字。懦弱的舅母纳推丽亚时常温柔地教着我。她是一个具有一副孩子般的容貌的妇人，而且还长着一双如此透明的眼睛的，我觉得，望着它们时，仿佛能够看清楚在她脑袋里面的东西。我爱老望着她的这一对眼睛，一点也不移动我的凝视。她的眼睛是时常闪瞬着的，当她旋转她的脑袋，万分温柔地说，几乎耳语一般的："很好——现在请你说，在天上的我们的天父，你的名字是神圣的——"而且假使我问道："'你的名字是神圣的'是什么意思呢？"她会胆怯怯地向四周急瞥，而且这般地训告我了："不要发什么问题吧。这是错误的。你只要跟着我说：'我们的天父'——"

她的话烦恼我。为什么发问题是错误的呢？"你的名字是神圣的"这句话，在我心中生了一种神秘的意义。所以我有意用各种可能的方法来混乱了它。

可是我的苍白的而且几乎疲乏的舅母，耐心地清了清她那时常沙沙的喉咙，说："不，那样是不对的。只要说'你的名字是神圣的'就尽够了。"

一天，外祖父询问了：

"好，亚里克希，你今天干了些什么事？玩吗？你额头上的伤痕明白地告诉了我。伤痕是很容易得来的。'我们的天父'怎样了？你有学会吗？"

"他的记忆力真坏。"我的舅母温柔地说。

外祖父微笑着，仿佛他很高兴一般，举起了他的沙黄色的眉毛了。"这怎么办呢？他必须受鞭挞，那才行。"

于是他又转向我。

"你的父亲时常要打你的吗？"

因为我不懂他所说的话，所以我是沉默着，可是我的母亲却来代我回答了：

"不，马克塞姆从来不打他的，而且他还禁止我打他呢。"

"为了什么呢，我可以这样问吗？"

"他说，打不是教育。"

"他对于一切都是一个呆子——那个马克塞姆。上帝会原谅我，这般地说着这死者！"外祖父清楚地且愤怒地叫道。他突然看到这些话语激起我的愤怒了。"你那愠着的脸干什么？"他问。"嘿！……你！……"

于是梳下了他的红红的，银丝纹的头发，他补充说，"这一个礼拜六，我要给撒斯却一顿答挞了。"

"一顿答挞是什么呢？"我问。

他们都大笑了，外祖父说："等一会儿，你就会知道的。"

我暗地里反复思量着"答挞"这个字。显然地，它和"鞭挞"与"打"有同样的意义的吧。我曾经看到过人们打着马儿、狗儿和猫儿，而且在阿斯达拉干，兵士们是时常要打波斯人的；但我却从来没有看到过，谁曾打过一个小孩子。可是此地，我的舅父们都猛力地打着他们自己的孩子们，而孩子们也毫无怨言地忍受着这毒打，只擦擦受伤的部分而已；假使我问他们受了伤没有，他们时常勇敢地回答：

"一点也不。"

"是，一点也不。"

于是，有名的顶针的故事发生了。

在黄昏，从用茶的时候到用餐的时候，我的舅父们和工头时常拿那染色的碎片资料来缝成一整块，系签条用的。米盖尔舅父想调排那半瞎的葛里哥雷，吩咐他的九岁的侄儿把他的顶针在烛火上烧得红热。撒斯却拿顶针夹在烛剪里热着，将它烧成十二分红热，然后，偷偷地想法把它放在葛里哥雷的手旁，而他自己则躲藏到火炉旁边去了；正在这时候，外祖父走进来了，坐下去工作，把这枚红热的顶针套入了他的手指里。

听到了一阵骚乱的声音，我跑进厨房里去了，我是永不会忘记的啊，那时外祖父是多么可笑地调护他的烧焦了的手指，一面还跳着且惊喊着：

"玩这个把戏的恶徒在哪里?"

米盖尔舅父蜷伏在桌子下面,抓了这枚顶针,嘘吹着。葛里哥雷依旧漠不关心地继续地缝着,这时候有许多人影戏弄着他的大块的本色的补布。接着约哥夫舅父冲进来了,他自己去躲藏在火炉旁的角落里,静静地站在那里笑。外祖母是忙着磨生番薯。

"撒斯却·约哥夫干的!"米盖尔舅父突然地叫道。

"骗子!"约哥夫舅父叫着,从灰炉背后冲出来了。可是他的儿子从一个角落里哭泣着且号啕着:"爸爸!不要相信他!他自己告诉我这样干的。"

我的舅父们开始互相辱骂起来了,但外祖父却确然变得静默了,在他的手指上敷涂了一点磨碎的生番薯酱,领着我默默地走出去了。

他们都说米盖尔舅父是该受责罚的了。我自然询问着,那么他是否要受鞭挞,或者一顿笞挞呢。

"他活该。"外祖父回答着,斜瞥我。

米盖尔舅父的手儿在桌子上面敲着,向我的母亲狂叫道:"范丽亚,叫你的小狗不许响,否则我要敲去了他的头。"

"那么,讲下去吧!看你怎样拿你的手儿在他身上敲!"这是我的母亲的回答。此外没有一个人说别对话了。

她有一种天才,能够用几句极简短的话,类乎上面所说的话,把人们从她面前推开,扫到了一旁,使他们感觉到非常渺小。我很清楚,他们都怕惧她的;甚至外祖父和她说话的声音,也比和别人说话更幽静些。观察着这情形,我感到了极大的满足,而且我时常骄傲地公开地和我的表兄们说"我的母亲是他们的劲敌呢"。他们也承认这回事的。

但礼拜六所发生的事情，却减少了我对于母亲的尊敬心了。

到礼拜六，我也有烦恼的时间的。大人们都安闲地染着各种不同的质料的颜色，而我是被这安闲迷住了；他们拿了某种黄色的东西，浸在黑的颜料里，结果变成暗蓝色了。他们把一片灰色的呢布放在红水里，于是染成莲紫色。这是很简单的，然而于我是不可解。我渴望亲自去染一点什么，而且我把我的愿望忠实地告诉给撒斯却·约哥未奇听了，他是一个沉思的孩子，时常尊敬那比他年龄大点的人的，时常是和善的，服从的，预备来侍候每一个人的。

大人们都万分称赞他的服从和伶俐，可是外祖父却不肯睐以青眼，时常说：

"一个狡猾的乞丐！"

憔瘦而黧黑的，生着一双凸出的，留意的眼睛的撒斯却·约哥未奇，时常以一种低低的，迅速的声音说着话，仿佛他的言语在扼制着他似的。当他说话的时候，他始终恐惧地左右警视着，仿佛他想借口一点小小事故跑开，去藏躲了起来。他的栗色的眼睛的瞳子是沉静的，除了他受刺激的时候，于是变成浸在白色里了。我不喜欢他。我宁喜欢那个被蔑侮的懒汉撒斯却·米盖洛夫。他是一个安静的孩子，生着一双忧郁的眼睛和一脸愉悦的微笑，极像他的仁爱的母亲的。他有一口龌龊的，凸出的牙齿，在他上牙床上生着重排牙；因为这缺点是大有关系的吧，所以他时常用手指放进嘴里面去，试着摇落那后面的几颗牙齿，而且他还十分和蔼地答应那打算去检查他的后牙的任何人。在这挤满了人的屋内，他消度着一种孤寂的生活，白天他喜欢坐在黑暗的角落里，而黄昏他却喜欢坐在窗口的；假使他能够默默地流连在那里，以他的面孔贴在窗玻璃上一连几个钟头，凝视着那成群的乌鸦，时而飞上天空，时而迅速地沉到地面，在绛红的晚天里，环翔于乌斯柏斯基教堂的圆屋顶上，后来，模糊在一团深浓的黑云里，消灭在什么地方了，只留下了一阵空虚。假使能够这样，他是非常幸福的。当他见到这种情形的时候，他不愿意说什么了，只有一阵甜蜜的疲乏占据住他的心房。

约哥夫舅父的撒斯却却正相反，他能够流畅地而且有力地谈论着一切事情，有如一个大人。听到了我想学染色的方法，他劝告我，从碗橱里去拿一块顶好的白桌布来吧，然后把它染成蓝的。

"白的往往颜色染得好，我知道。"他十分郑重地说。

我拖了一块沉重的白桌布，跑到天井里；但当我刚把桌布的边缘放在深蓝的染缸里，特希盖诺克从别的地方奔到我面前，救出了这桌布了。他用粗糙的手儿绞着桌布，向我的表哥叫着，而他正在一个安全地方，旁观着我的工作。

"快点去叫你的外祖母来。"

于是表哥恶意地摇着他的漆黑的蓬松的脑袋说：

"你会因此受责罚呢。"

外祖母跑到这出事的地方，看到了这情景，她号啕着，甚至哭泣了。她带了一副可笑的样子责备着我：

"啊，你这个讨厌的小孩子！我希望你会因此得到一顿殴打。"

后来，她终于对特希盖诺克说了："关于这件事，你用不着对祖父说什么话的。我会想法不让他知道。让我们希望会有什么别的事情来分他的心吧。"

特希盖诺克在他那颜色斑斑的前褂上揩干了他的手儿，用一副有成见的态度说道："我吗？我不会告诉他的；但你最好还是去留心留心撒斯却有否去告诉这些故事吧。""我会给他一点东西，叫他不要说话的。"外祖母说着，带我上屋里去了。

礼拜六，在晚祷前，我被唤进厨房去了，那里充满着黑暗与静默。我记得那房子的和草棚的紧关着的门，和一股秋天的黄昏的灰白色的雾气以及雨水的沉重的淅沥声。特希盖诺克坐在火炉前面的一张狭狭的长凳上，他的神气好像很生气，而且一点不像他的本来面目了；外祖父立在烟囱旁边，从一只水桶里拿出许多长的答鞭来，量着，又放在一堆，然后在空中挥舞着，发出了一阵尖锐的啸嗖声。外祖母是在阴影里，喧喧地抽着鼻烟，而且喃喃地说着：

"现在得到发挥你的本性的机会了，暴君呀！"

撒斯却坐在厨房中央的一张椅子上，以他的指节擦着眼睛，带了一种反常的声音，一个老乞丐似的哀号着：

"原谅我，看基督面上……"

米盖尔舅父的儿女，兄妹俩，热心地立在椅旁，有如两个木偶。

"当我打过你的时候，我会原谅你了。"外祖父说，抽着一根长而湿的答鞭，横过了他的指节。

"那么……脱下你的裤子来吧！"

他静静地说着。在这低低的，污黑的天花板下，还几乎漆黑的厨房的永远忘不了的静默，既不是他的声音，也不是这孩子转动在嘎嘎的椅子上的声音，也不是外祖母的双脚的拖步声，所能打破的。

撒斯却立着，解开他的外裤，一直落到了他的膝上，于是俯下身去用手儿拿着裤子,蹒跚地到长凳旁去。他的样子真令人不忍相看啊,我的脚也开始颤抖起来了。

但更可恶的事情发生了,当他头朝着下面,顺从地躺倒在长凳上,而特希盖诺克用一块阔面巾放在他的臂下,绕住他的颈项,把他缚在长凳上面,于是俯身在他下面,用两只漆黑的手儿捉住他的膝踝。

"亚里克希!"外祖父叫道,"走近来,走来!你不听我对你讲的话吗?看看,什么是鞭挞的滋味!……"

他拿了笞鞭在赤裸裸的肌肉上轻轻一挥,于是撒斯却大声号叫起来了。

"没用的家伙!"外祖父说,"那不算什么事!……只不过叫你懂得一点疼痛的滋味。"

他如此凶狠地敲打着,使肌肉立即现出红肿来,无数条大而红的鞭痕覆满在撒斯却身上了。我的表哥发出一阵缓长的号恸。

"这样好吗?"外祖父问着,一面他的手儿在起落着,"你喜欢这样吗?……这是为了顶针的缘故!"

当他举起手儿,一挥,我的心儿仿佛也升了起来,当他的手儿落下去的时候,仿佛在我心中有什么东西沉下去了。

"我不再这样了,"撒斯却尖声叫着,他的声音是可怕的微弱,真是令人不忍相听,"关于桌布,我不是已经告诉过,我不是已经告诉过吗?"

仿佛在诵念着"诗篇"一般的,外祖父静静地回答道:

"搬弄是非是不能证明无罪的。告发人先打,然后再处置这桌布的事情。"

外祖母庇护在我身上，握住我的手儿叫着："我不让亚里克希给你打一下！我不答应，你这怪物！"于是她踢开了门，叫道："范丽亚·范尔范莱！"

外祖父冲到她的面前，推倒她，捉住了我，带到了长凳旁。我用拳头敲击他，扯着他的沙黄色的胡髭，而且还咬住他的手指。他吼着，而且紧挟着我，有如挟在一个虎头钳里。结果，我被他推倒在长凳上了，他在我的面孔上敲击着。

我永远不会忘记他那野蛮的号叫："缚起来！我要杀死他！"我也不会忘记我母亲的苍白的面孔和张大的眼睛，当她在长凳旁往返奔跑着，惊喊：

"父亲！你千万不要这样！让我有他这个人吧！"

外祖父殴打着我，一直到我失去了知觉；因此我的身体不舒服了好几天，我是垂着面孔，颠簸在一张宽阔的，气闷的床上，在一间只有一个窗和一盏时常点在角落里的神像们的圣架前面的油灯的小房间里。这些昏黑的日子在我一生中是含有最重大的意义的。在这几天内，我是惊人地发展着，我意识到在我身上起了一种特别的变化了。我开始经验到一种对于别人的新的挂碍，而且对于别人的受苦和自己的受苦，我变得十分敏感，几乎好像我的心脏已经被撕破了，所以善感。

为了这缘故，我的母亲和外祖母间的吵架，在我仿佛成了一个极大的打击——当外祖母（在狭小的房间里，她的神气看起来是十分黧黑而且高大的）忽而暴怒起来，把我母亲推到那放着神像的角落里，嘶声地叱着：

"你为什么不把他领走的?"

"我怕啊。"

"像你这样一个强壮的,康健的东西!你应该问心自愧吧,范尔范莱!我已经是一个老妇人了,然而我还不怕。可耻呀。"

"母亲,不要再讲了吧;我是深恶这整个事情的。"

"不,你并不曾爱他!你对这个可怜的孤儿并没有悯惜心!"

"我一生都是一个孤儿啊。"我的母亲说,她高声地且忧伤地说出这话来。

以后,她们坐在角落里一个箱子上面,叫号了许多时候,然后我的母亲说:

"假使不为亚里克希考虑,我一定要离开此地,立即走开了。我不能够再在地狱里活下去,母亲,我不能够!我没有这精力了。"

"啊!我的亲骨肉!"外祖母低语着。

我在心里记住了这一切。母亲是衰弱的,和其他的人一样,怕外祖父,而且,为了我,她才没有离开这个她觉得不堪生活下去的家庭。这真是非常不幸呢。但不久,我的母亲果真离开了这家庭,上别的地方访人去了。

接着这事情,不久,外祖父突然地仿佛从天花板上落下来一般,出现在我面前,而且在我床上坐下了,他的冰冷的手儿放在我头上。

"近来好吗,小绅士?说!回答我。不要不快活呀!好?你要说什么话?"

我极想踢开了他的腿儿,可是一动就使我疼痛。他的脑袋比从前更显得沙黄色了,在不快活地摆动着;他的光亮的眼睛仿佛在壁上找寻什么东西一般的,当他从口袋里取出了一个姜饼山羊、一只糖角、一颗苹果和一撮紫葡萄干,放在我的正对鼻下的枕头上面。

"啊,你呀,这是给你的一份礼物。"

他俯下身来,在我前额上亲吻着了。于是,用他那两只细小的,残酷的手儿抚摩着我的脑袋,他的弯曲的,爪似的手指是污着黄色的。他开始说起话来。

"那次我留下了我的痕迹在你身上了,朋友,你是很生气的。你咬我而且抓我,所以我也发脾气了。但,比你该受的责罚更严重地责罚了你,这在你无论如何不见得会有大损失的。还会有第二次呢。假使是你自己一家人打了你,你必须不记在心里的。这是你的一种训练。假使是外人,这就不同了,可是我们是一家人,就是有人责罚了你吧,这是不能计较的。外人来攫你必须拒绝的,但是一家人有什么关系呢?我猜得到,你以为我是从来没有受过鞭挞的吗?亚里克希!我所受的鞭挞的痛楚,你就是在一个噩梦里,也不是你所能想象得到的,我是被鞭挞得这般凶,就是上帝自己看见了也要流泪的。结局呢?我——一个孤儿,一个可怜的母亲的儿子——已经升到了现在的地位——一个组合的头脑,一个工头。"

向我俯下了他的枯萎的,缩皱的身体,他开始快活地选好了话,用一种活泼的有力的言语,向我诉述关于他的幼年的往日了。他的青色的眼睛是非常明亮的,他的金色的头发是斜倾地直耸着的,当他偏转了他那高音的声音,在我面上呼吸着。

"你乘了汽船到这里来……现在蒸汽可以运你到无论什么地方去了;但在我年轻的时候,我是孤单地拖着一只货船,在伏尔加河上。货船是在水里,而我是赤着足儿在岸上跑,锐利的石子布满了河岸……我这般地从清晨跑到傍晚,阳光残酷地刺在我的颈背上,而我的脑袋是怔忡着,仿佛装满了熔铁一般。有时,我被三种厄运所征服了……我的可怜的小骨头疼痛着,但我还前进,虽然我看不清道路了;接着我的眼睛泛满了泪水,当眼泪滚流下来的时候,我哭出了我的心。唉!亚里克希!这是不忍说啊!"

"我前进又前进,一直到纤绳溜脱了我的手,我俯倒在地上了。但我并不因此悲伤!我爬起来,依旧很健。假使我不曾休憩一会儿,我真会死去了。"

"那时候,我们时常这般的生活着,在上帝和我们的祝福的主耶稣基督的眼前。我是这般地把伏尔加母亲估量成三段时间,从塞般斯克到立平斯克,从立平斯克到撒拉托夫,再一直到了阿斯达拉干和玛卡里夫,到了市场——有三千多俄里呢。到第四年,我变成一个自由的水手了。我曾向我的船长表明我成了一个自由水手了。"

当他说话的时候,他仿佛增大了体积,在我眼前变得像一朵云,他是由一个细小的,衰弱的老人,变为一个非常强健的个体了。他不是曾经孤独地在河上拉过一只大而灰白的货船吗?他时常从床上跳起来,向我表白货船是怎样地绕着纤索在河上跋涉着,而且是怎样地扬起水来,用那低沉的声音唱出了一种歌曲的断片;然后活泼地跳回床上,用粗大而动人的话继续说着,使我的惊讶心不断地增强起来。

"好,亚里克希,有时在一个夏天的黄昏,当我们到了吉格赖克,或者到了青青的山脚下的某地方,我们时常坐下来,懒懒地煮着夜餐,这时候山村里的舟子们时常唱着感伤的歌曲,而且他们一开始,全船的水手们马上就合奏着，送出一种透人心灵的战栗来，使伏尔加河像一匹马儿似的疾驰着，像云朵似的升到了半空；各种烦恼都像尘埃似的被风吹散了，他们歌唱着，一直到羹汤沸翻了起来，于是厨子被人用一块布片拂击着了。'你尽玩，但请你不要忘记了你的工作。'我们说。"

好几次，人们将脑袋探进门来叫他了，但每次我都恳求他不要出去。

于是他笑着演演手势叫他们走开说："等一会儿吧。"

他和我留在一块儿，告诉我许多故事，一直到天色快要昏黑的时候；而且，当他和我说了亲切的再会，离开我之后，我才知道他是既不恶毒，也不可怕的。想到曾经这般残酷地殴打过我的人就是他，泪水会涌上我的眼睛来，但我是不会忘记的。

我的外祖父的这一次访问，引起别人来看我了；于是，从早晨到晚上，时常有人坐在我的床上，打算来悦乐我；但我记得，往往是既不乐意也不开心的。

比谁都来得勤的，是我的外祖母了，她和我同睡在一张床上的。但那几天最在我脑中留下了明确的印象的，要算特希盖诺克了。他时常在黄昏里出现——轮廓端方，胸部阔大的，头发卷曲的，穿着他的最好的衣服——一件绣金的衬衫、毛绒裤和那像一只小风琴似的吱吱响着的长靴。他的头发是光滑的，他的斜视的快活的眼睛闪耀在他的浓密的眉毛下，而他的白牙齿是闪耀在他的胡髭的影子里；他的衬衫温柔地放着光，仿佛反映着神灯的红光一样。

"看呀！"他说着，卷上他的袖子，露出了他的赤裸裸的手臂，一直到了手肘。这是覆满了红痕的。"看，这是多么肿啊；而且昨天是很糟，非常痛苦呢。当你的外祖父大怒起来,我看他要来打你的时候,我用手臂去拦阻住,心想这答鞭一定会折断的,那么当他去觅另一根答鞭的时候,你的外祖母或你的母亲可以领你去藏开了。我的孩子,在这游戏里,我是一只老鸟呢。"

他温静地而且慈爱地笑着,又一瞥那肿肿的手臂,于是继续说:

"我是很替你悲伤,因为我想我是能够阻止他的。这真是多么可耻呀!……但他是老远地向你挥过来了!"

他鼓着鼻息而且摇着他的脑袋,有如一匹马似的,他继续说述着这事件。这种孩提般的天真,仿佛吸引得他更接近我了。我告诉他,我是很爱他的,而他带了一种永生在我的记忆里的天真来回答我。

我也爱你的哟,这就是我为什么愿意自己被伤的理由了——因为我是爱你的。你以为对于别人我也会如此干的吗?那我真会使自己做一个呆子了。

后来,他一面频频地瞥视那房门,一面低声地吩咐我:"下次他打你的时候,你不要打算逃,也不要挣扎吧,假使你反抗,这会使你加倍的受伤。假使你无抵抗,他会轻轻地责罚你就算了事。请你千万软弱而且温柔些吧,不要向他显出怒色来。请你记住了这话;这是一个至善的忠告。"

"当然他不会再殴打我了。"我叫道。

"啊,自然!"特希盖诺克静静地回答我,"自然他再要殴打你的,而且还时常要殴打你呢!"

"然而为什么呢?"

"因为外祖父在留意着你",他又谨慎地来忠谏我了,"当他要鞭挞你的时候，他拿着挞鞭直挥下来。好，假使你静静地躺在那里，那么他会把答鞭放低一点，那样你的皮肤可以不被打碎了……现在你清楚了吗？拿你的身体向他和答鞭迎过去，这样反而对于你好一点。"

他以乌黑的斜视的眼睛向我眨转着，于是补充说："关于这一类事情，我甚至比一个警察还清楚一点。我的两肩曾经被殴得褪去了皮肤呢，我的孩子！"

我望着他的光明的面孔，一面回忆着外祖母的关于伊凡·察里未奇和伊凡诺虚喀·道拉寄喀故事。

三

当我又痊愈的时候,我发觉特希盖诺克在家属内占据着一个重要的地位。外祖父不再像对付他的儿子们一般地向他发雷霆,而且还会半闭着眼睛,顿顿脑袋,在他背后说:

"特希盖诺克——他是一个好工人。记住我的话,他会发达的,他会有好运道。"

我的舅父们对特希盖诺克也都非常客气而且和蔼了,不再像对付工头葛里哥雷一般地作弄他了,几乎是每天黄昏,葛里哥雷总成了或某种侮辱而且恶毒的诡计的对象。有时,他们把他的剪刀柄烧成红热的,或者把一枚钉儿以钉尖朝上放在他的椅子座位上,或者把所有各种同样颜色的质料的碎片放在手旁,那么,因为他是半瞎的,当他拿来缝成一块的时候，外祖父会因此而责骂他了。

一天，当他正餐之后熟睡在厨房里的时候，他们用洋红涂满了他的面孔，于是他便显出一副可笑又可怕的神气。经过了许久时候，他是戴着一副涂抹的圆眼镜，笨拙地从灰白胡髭里张望着，而他的长长的铅一般的鼻子则颓丧地下垂着，有如一个舌头。

他们玩这类鬼把戏的花样是永远不会完的，但这工头只沉默地忍受着，仅轻轻地戛然地叫着，而且在他去拿铁、剪刀、针斋或顶针之前，留心用涎沫涂满他的手指罢了。后来，这变成他的习惯了，就是在用正餐的时候，在拿起刀和叉来之前，也要唾满了口沫在他的手指上面，因而引起孩子们的大开心。当他受了伤的时候，他的大面孔变成皱纹的波浪，他的额上古怪地布满了皱纹，而且竖起了眉毛，把他的面孔神秘地隐没在他的光秃秃的脑袋上了。

我已记不清外祖父看到了他的儿子们寻开心，他怎么受得下去，可是外祖母时常对他们摇摇她的拳头叫着。

"你们这些无耻的，坏良心的东西！"

但我的舅父们也在特希盖诺克背后说他坏话；他们嘲弄他，找他工作上的错处，称他是一个窃贼、懒鬼。

我问外祖母他们为什么这样闹的。她毫不踌躇地对我解释着，而且，照例的，总要使我完全明了这事情为止。"你知道的，谁要做他自己的事情的时候，谁都想拉住特希盖诺克的；这就是他们为什么要互相毁谤他的理由了。他们说：'他是一个坏工人'；然而他们的用意却并不是这样。此外，他们还很怕特希盖诺克不同他们之间任何人一道，单和时常照他自己的方针做事的外祖父在一块,而且还怕他会和伊凡喀夫另外开设一个厂,这于你的舅父们是完全没有利益的。现在你清楚了吧?"于是她温柔地笑起来了。"他们对于无论什么事情都很狡猾,说上帝是没有的;而外祖父是看清楚了他们的诡计,所以戏弄着他们说:'我们替伊凡买一张兵役豁免证,那么他们不会来征他去当兵了。我是不能没有他的呀。'这番话使他们很生气,这正是他们所不愿意的事情;况且他们也很吝啬金钱的。兵役豁役证是很需要一点钱的啊。"

如我在汽船上的时候一般,我又和外祖母住在一起了。每天黄昏,在我入睡之前,她时常要讲些童话给我听,或者讲些关于她的生活的逸事,这也和一个故事一样好听的。但是讲到了关于家庭里的事情,如儿女间的财产的分配,外祖父购买了一幢新房子,等等,她却漠不关心,好像是一个陌生人在远方讲着这事情,至多也不过像一个邻人罢了,不像一个次于家长的重要人物。

从她口里,我知道了特希盖诺克是一个弃婴;是在一个初春的潮湿的夜里,在墙门间的一条长凳上面,发现了他这个人。

"他躺在那里,"外祖母沉思地而且神秘地说,"已经不大能够号叫了,因为他快要冻得麻痹。"

"为什么人们要把儿女们拿去抛弃呢?"

"这是因为没有乳,或者别的东西,可给婴孩吃。她听到某地方死了一个新近才生的小孩,于是她就去把自己的孩子放在那里。"

她停止了说话,抓抓她的脑袋;然后叹息着,凝视着天花板,再继续说下去:

"往往是因为贫穷的缘故啊,亚里克希,有一种贫穷是说不出口的,因为一个未结婚的姑娘是不敢承认她有一个孩子的——人们会因此侮辱她呢。

"外祖父想把特希盖诺克交给公安局去，可是我说：'不，我们要拿他来填补我们死去的孩子们的空缺。'因为，你知道的，我是生过了十八个孩子。假使他们每一个都活着，那么他们会住满了一条街——十八个新家庭呀！你知道的，我是十八岁结婚的，而到了这个时候，我已生过十五个孩子了；可是上帝太钟爱我的血肉了，他拿走了他们——拿走了我所有的小小的婴孩们给天使们，所以我是同时又悲哀又快活的。"

她穿着睡衣坐在床边上，她的繁多而蓬松的，乌黑的头发披散在她身上，她的神气很像那只新近由一个从色格奇来的长着胡髭的猎人领到我们的天井里来的人熊。

在她的洁净的，雪白的胸口上画了一个十字架的记号之后，她温柔地笑起来了，她时常对于无论什么事情都怀着无足轻重的成见。

"给上帝拿走了，对于他们是有利的，但叫我孤独地留在世上可太痛苦了，所以有了特希盖诺克我心里很喜欢呢——但是到了现在我还感到对于你们的爱情的痛苦啊，我的小孩们呀！——唔，我们收容了他，给他受了洗礼，而他到现在还幸福地和我们生活在一块。当初我是叫他'甲虫'的，因为他有时真会嗡嗡地叫着，而且他还会匍匐着又嗡嗡地叫着，穿过了各房间，有如一只甲虫似的。你必须爱他的。他是一个好灵魂。"

我是爱特希盖诺克的，而且不计其数地忠告他。到了礼拜六，当外祖父责罚了我们一星期内的犯规的事情之后出去做晚祷的时候，我们在厨房里得到一个无从形容的幸福的机会了。

特希盖诺克从火炉里捉出几只蟑螂来,迅速地用丝线替它们做好了马具,剪好了一架纸雪橇,于是两对黑马立即在清洁的,光滑的黄桌子上腾跃着了。特希盖诺克用一条薄薄的木片当作马鞭,赶着它们缓缓地跑着,而且催促它们前进,叫着:

"现在它们出发到主教的家里去了。"

于是他拿一片小小的纸头黏在一只蟑螂的背上,差它跑在雪橇背后。

"我们忘记袋儿了",他解释着,"和尚在跑路的时候总携带着袋儿的。快,向右转!"

他把另一只蟑螂的足儿系住在棉花上面,这样,当虫儿前伸着它的头儿,跳跃着前进的时候,他拍起手儿来,叫道:

"这是教会庶务员从酒店里出来做晚祷去了。"

干了这个玩意儿以后,他拿出一只老鼠来给我们看,它会听到了命令就站起来,用后腿走着路,在身后拖着它的长尾巴,而且还诙谐地闪着它的黑玻璃珠似的活泼的眼睛。

他和老鼠们做朋友,时常把老鼠藏在他怀里,用糖喂养着,而且亲吻着。

"老鼠是顶聪明的东西了",他时常用肯定的声调说这话,"家神是很喜欢老鼠的,谁如果肯喂养老鼠,鬼神会让他的一切愿望都得到满足。"

对于玩纸牌和钱,他也会闹诡计的,而且他时常叫得比无论哪一个孩子都声音高些;但事实上,他们和他也没有什么分别。一天,当他们和他玩着纸牌的时候,他们连续地作弄了他好几次,于是他很生气了。

他气愤愤地耸着他的嘴唇，不高兴再玩下去，而且事后还告诉我，抽搐着他的鼻子说：

"这是一种串谋呀！他们互相传着暗号，于是在桌子下面传递过纸牌去。那样玩法你可以称为游戏吗？假使讲用奸计，我也绝不会弱于他们的。"

他还只有十九岁，但他比我们四个人并合起来还大一些。

对于他，使我特别忘记不了的，是在那放假日的黄昏，那时外祖父和米盖尔舅父出去看他们的朋友去了，而鬓发不整洁的约哥夫舅父是携着他的六弦提琴出现了，这时候，外祖母用许多美味在预备着茶，将伏特加装在方瓶里——在瓶的下部有红色花朵镶在玻璃上面。逢到了这些机会，特希盖诺克穿着他的放假日的服装，华美地出着风头。葛里哥雷温柔地而且倚侧地匍匐着来了，他的颜色眼镜闪着光辉；生着斑痣的，红面孔的，肥胖得好像一个 Toby jug 的尼亚尼亚·攸琴尼亚来了，她有一双狡猾的眼睛和一种笛似的声音；多毛的教会庶务员从乌斯柏斯基来了，还有其他满身黏着黑泥的人们，他们的神气都很像鲥子鱼和鳗鱼的。他们都吃喝了许多东西，同时困难地呼吸着；孩子们的酒杯里也装满了甜蜜的糖浆，于是渐渐地燃起了一种温热的可是奇怪的悦乐了。

约哥夫舅父多情地奏起他的六弦琴来，而且当他要奏琴的时候，他总时常说着这不变的话语：

"唔，现在让我们来开始吧！"

摇摆着鬓发的脑袋，他把身子俯伏在六弦琴上，好像一只鹅儿似的伸出了他的颈项；在他那圆圆的没有思虑的面上的表情变成梦一般的，他的热情的躲闪的眼睛也朦胧在一种温柔的雾里了；轻轻地拨着琴弦，他奏着某个片段的歌曲,当他奏时,他的足儿不自主地立了起来。他的音乐要求一种紧张的沉默。它奔驰着好像一条从远方冲来的急流,带着一种不可思议的悲伤和不快活的情绪打动了而且透彻了人的心灵。在他那音乐的影响下,我们都变得忧郁,现在就是最年老的也都觉得自己是一个小孩子了。我们极端静默地坐在那儿——消失在梦一般的沉默中。撒斯却·米盖洛夫直挺挺地坐在我们的舅父身旁,张着嘴凝视那六弦琴,而且快活地流滴着口涎,要算他特别卖气力地在听他弹奏。我们其余的都默坐在那里不动,仿佛被冻僵了似的,或者被符咒迷住了似的。此外所能听到的唯一的声音,只有那茶壶的温静的喃喃声,可是它并没有打断六弦琴的哀诉。

两扇小小的方窗将光线投进在秋夜的黑暗里,而且时时有人在轻轻地敲拍着这两扇窗门。蜡烛的黄色光线尖锐得好像长矛似的,在桌子上面摇晃着。

约哥夫舅父愈来愈显得严正了,仿佛他是紧闭着牙齿在熟睡一般;可是他的手儿却又好像单独活着的。他那右手的弯曲的手指,在漆黑的键盘上朦胧地颤抖着,恰似那震着翅膀的而且挣扎着的鸟儿,同时他的左手以一种躲闪的速度,在琴颈上面上上下下地移动着。

当他喝饱了酒的时候,总是从牙齿缝里唱出一种不愉快的战颤的声音,一种无穷尽的歌唱:

"假使约哥夫是一只狗儿,
他会从早晨哀叫到晚上。
哎呀!我是疲倦啊!

> 哎呀！生活是阴郁啊！
>
> 尼姑们行走在街道上面，
>
> 乌鸦们谈话在围墙上面，
>
> 哎呀！我是疲倦啊！
>
> 蟋蟀唧唧在火炉后，
>
> 叫甲虫儿去活动。
>
> 哎呀！我是疲倦啊！
>
> 一个叫花子高挂了
>
> 他的长袜在晒干着，
>
> 可是另一个又暗地偷走了。
>
> 哎呀！我是疲倦啊！
>
> 是的！生活是万分阴郁啊！"

我是不忍卒听这首歌，当我的舅父唱到叫花子这一段时，我往往在一阵抑制不住的悲苦的暴风雨里哭泣起来了。

音乐所发生在特希盖诺克身上的影响，和发生在别人身上一样。他一面倾听着音乐，一面用他的手指在他乌黑的蓬松的发鬈上乱抓着，而且他是半醒半睡地凝视在一个角落里。

有时，他会意外地用一种哀诉的调子叫起来："唉！假使我有一个好声音啊！主哟！我会怎样地唱呢。"

外祖母叹息了一声说道："约虚喀[1]，你打算来敲碎了我们的心

---

[1] 约哥夫舅父的昵称。——编者注

吗?……范尼亚喀[1],想你总会给我们一个跳舞吧?"

她的请求不是常常可以立即得着允许的,但有时会这样,音乐师突然在琴弦上拉开两手,于是,捏拢拳头,他的态度好像在无声地抛下一件看不见的东西在地板上一般,他尖锐地叫起来了:

"滚开吧,忧郁呀!现在,范尼亚喀,你起来吧!"

特希盖诺克显着非常乖巧的神气,拉直了他的黄色斗篷之后,然后非常仔细地,仿佛在铁针上面行走着一般。他走到了厨房中央,于是红涨着他的棕黑色的面孔,羞怯怯地痴笑着,他请求着说:

"快点,请快点,约哥夫!"

于是六弦琴疯狂地铿铿地响着,足趾痉挛地在地板上击拍着,碟子、盆子在桌子上和口橱里叮当着,同时特希盖诺克映耀在厨房的灯光的中心,飞扑着好像一只纸鸢似的了;他的手臂挥舞着,像煞一架风磨的风帆,他的脚这般迅速地移动着,迅速得反像不动了;然后他再扑倒在地板上,像一只金燕子似的回旋着又回旋着,他的灿烂的绸斗篷颤动着又卷叠着,向四围射出了一种光耀,仿佛他是光明的而且飘浮在空中似的了。他忘记了一切,不知疲乏地跳舞着,仿佛一旦打开了大门,他真会舞出家外去,在街道上跳舞着,而且通过了这市镇远去了……到了我们所不知道的地方。

"转过来!"约哥夫舅父叫着,顿着他的脚,而且吹出了一个尖锐的哨唿;接着他用一种兴奋的声音,说出这古老的奇妙的谚语来:

---

[1] 特希盖诺克的昵称。——编者注

"啊，我的！假使我不悲哀离开我的铲，
我早和我的妻儿们断绝关系了。"

坐在桌旁的人们，互相摇弄着足儿，而且时时叫着呼喊着，仿佛他们是给烘焙着一般。有胡髭的工头拍拍他的光秃秃的头儿，也加入这咆哮里了。有一回，他向我俯下身来，他的柔软的胡髭拂过了我肩头，而且在我耳朵旁边说起话来，好像对一个大人说着：

"假使你的父亲在这里，亚里克西·马克塞姆，他要来助兴了。他是一个有趣的人呢——时常快快活活的。你还记得他吗，不记得吗？"

"不。"

"你不记得吗？唔，有一次他和你的外祖母——可是等一会儿说给你听。"

高大而消瘦的，有点像一个通俗的神像似的他，立起身来，向外祖母弯了个身之后，用一种特别粗暴的声音请求着：

"亚康留娜·伊凡诺夫娜，你能够慷慨地为我们跳舞吗，有如你曾经和马克塞姆·撒惠提未奇跳过一次的？这会使我们开心呢。"

"你在说什么话呀，我的亲爱的人？你的话算什么意思，葛里哥雷·伊凡诺未奇？"外祖母喊着，但她微笑着又显得洋洋得意，"以为我在这个年龄还会跳舞吗？我只会献丑罢了。"

可是她却突然显着一副青春神容跳起来了。她整整裙裾，挺直了身子，摇摆着沉重的脑袋，箭一般的穿过了厨房，于是她叫着：

"唔，让我来献丑吧！这会使你们很开心吧。现在，约虚喀，奏起琴来！"

我的舅父狂热起来了，于是闭上眼睛，十分缓慢地继续奏下去了。特希盖诺克静静地站了一会儿，接着跳起到外祖母所在的地方，围住她，蹲着。这时候，她毫无声息地掠过地板去，仿佛她是浮在空中一般的。她伸出了她的手臂，举起了她的眉毛，她的乌黑的眼睛是凝视着空间。她的神气我觉得非常滑稽，于是我取笑她了；可是葛里哥雷却严肃地举着手指，而所有大人们都不以为然地向房间里我这一边望着。

"范尼亚喀，不要吵吧。"葛里哥雷说，于是特希盖诺克顺从地跳到一边，在门旁坐下。同时尼亚尼亚·攸琴尼亚凸出了她的亚当的苹果，[1] 开始用她那低低的愉快的声音歌唱着：

"一直到了星期六，

整个星期她赚着她所能赚的，

从早晨做花编一直到晚上，

一直到她快要看不清楚的时候。"

外祖母好像不仅是在跳舞，而且还在讲着一个故事似的。她温柔地，梦一般移动着；她轻轻地摇摆，有时从手臂下望望她，她的整个粗大的身体在不稳地摆动，她的双足在仔细地摸路。后来她站住了，好像突然受到什么东西的惊吓一般，她的面孔颤抖着，而且变成阴暗的了——但接着又映耀着她的愉快的，衷心的微笑了。仿佛向谁让路似的，

---

[1] 亚当的苹果是指那颈前凸跳的软骨。相传亚当窃食的时候，此物硬梗于喉中，故名。——译者

飘到一边去,她显得不肯伸出手儿来,而且接着她还垂倒脑袋,仿佛死去一般,但她又在向谁倾听着了,而且快活地微笑了……她突然地疾驰过她的位置,像一个陀螺似的旋动着,她的体态仿佛变得更秀丽,她的身体好像显得更高,而且她还吸引了我们的视线集中在她身上——在那惊人的返老还童的片刻,她是显得这般光荣的美丽和万分的迷人呀。于是尼亚尼亚·攸琴尼亚唱着:

"到了星期日,在弥撒之后,
这姑娘跳舞着,一直到午夜,
她敢于迟迟地才离开,
因为放假日在她是很少的。"

当她跳完以后,外祖母回到了茶壶旁边的她的位置上。大家都赞扬她,于是她一面梳着头发,一面说:

"不要再赞美吧!你们都没有看到过真正的跳舞呢。在巴拉却,我们的家乡,有一个年轻的姑娘——现在我已经忘记了她的名字和别的许多名字了——倘使你看到了她的跳舞,你真会快活地叫喊出来。看着她,这就是一种盛宴呀。你不会再需要别的东西了。我是多么忌妒她——我真是一个罪人啊!"

"歌者和舞者是世界上最伟大的人物。"尼亚尼亚·攸琴尼亚庄严地说着,开始唱起那关于大卫德王的故事来。同时约哥夫舅父拖住了特希盖诺克,对他说:

"你应该在酒店里面跳舞的。你会使人们看得出神啊。"

"我愿意我能够歌唱!"特希盖诺克诉着苦,"假使上帝赐给我一个歌喉,我怕迄今已经唱了十年吧,而且还会继续唱下去,只要我是一个和尚。"

大家喝着伏特加,而葛里哥雷喝得特别多。当外祖母一杯又一杯地替他斟着的时候,她通知他:

"留心点,葛里哥雷,不然你的眼睛会完全瞎了的。"

"我不要留心!我的目光已经没有什么用处了。"他肯定地回答。

他喝着,可是他并不醉,只是变得越来越爱说话了。他差不多始终和我说着关于我父亲的闲话。

"我的朋友马克塞姆·撒惠提未奇是一个具有一副伟大的心肠的人物……"

外祖母叹息着,一面证实了他的话:

"是的,他真正是的——一个上帝的嫡亲的儿子。"

我觉得这些话都非常有趣,于是我变得好像被符咒所征服似的了,而且我的心头充满了一种温柔的可是不舒服的忧愁,因为忧愁和快活是并排地同居在我们心中的,差不多不能够分离的,它们以一种躲闪的不可见的速度互相连续着。

有一次,颇有点酒意的约哥夫舅父撕破了他的衬衫,而且疯狂地扯着他的卷曲的头发、他的灰色的胡髭、他的鼻子和他那下垂的嘴唇。

"我是什么东西呀?"他号恸着,浸在泪水中了,"我为什么在此地的?"于是他在他的腮颊上、前额上和胸膛上自己敲击着自己,呜咽着:"无价值的堕落的东西哟!破灭的灵魂哟!"

"唉——唉!你的话很对!"葛里哥雷喃喃叫着。

外祖母这个时候也不很清醒了,她紧紧地抓住他的手儿,说:

"很对,约虚喀。上帝知道怎样来教训我们的。"

当外祖母喝过了酒的时候,她是显得更可爱了;她的眼睛变得更加漆黑而且微笑着的,向每一个人流露出她心底的热情。拂去了那块包着她的面孔太热的手帕,她用一种醉人的声音说着:

"主哟!主哟!一切事情都多么完善啊!你不知道一切事情都多么完善吗?"

这是一声从她心底喊出来的号叫——她一生的箴言。

我的万事听天由命的舅父的眼泪和号叫深深地打动了我。于是我问外祖母,他为什么这般号叫着、责备着,而且殴打着他自己。

"你什么事情都要知道!"她厌恨地说,完全不像她平日的态度了,"但请你等一等吧。不久,你对于这个事情可以完全明白了。"

我的好奇心依旧被这事件刺激得更兴奋了,于是我上工厂里去,拿这题目去请教特希盖诺克,但他没有回答我。他只安静地笑着,向葛里哥雷斜瞥了一眼,于是把我推到外面,叫道:

"不要再瞎闹,跑开吧。否则我要把你拿到染缸里去染成颜色。"

葛里哥雷立在阔大的低低的火炉前,有好几只染缸贴在火炉上面。他拿了一根长而黑的拨火棒淘着染缸,而且时常举起棒儿来,看着那染料汁从棒头滴下去。光明的火焰欺侮他那件穿在身上的皮前襟,这是染着无数颜色有如牧师的十字架了。染料缓缓地沸煮在染缸里;一阵苦辣的水汽像一朵浓密的云似的扩展到门口。葛里哥雷以他的模糊的充血的眼睛从眼镜底下望着我,于是骤然地对特希盖诺克说道:

"你该到天井里去了。你看不清楚了吧?"

但是当特希盖诺克到了天井里之后,葛里哥雷坐在一包紫檀素上面,向我演演手势。

"过来!"

他将我拖近了他的膝踝,用他那温暖的柔和的胡髭对着我的腮颊摩擦着,于是以一种追忆似的声调对我说:

"你的舅父殴打着而且磨折着他的妻子,一直到她死去,而现在他的良心在戳刺他了。你清楚吗?你看,你是什么事情都想知道的,所以你反而弄得糊涂了。"

葛里哥雷是和外祖父一般天真的,然而他的话语却是紊乱的,而且他好像洞悉每一个人似的。

"他怎样地杀死她的?"他带了一种闲暇的声调继续说下去,"啊,是这般的。他是和她同卧在一张床上的,于是他拿被单去兜住了她的头,而且按住了被单,痛殴着她,为了什么呢?这是他自己也不知道为什么要这么干的。"

特希盖诺克已经从天井里拿了一包东西回到室里来,他蹲伏在炉火前面温暖着他的两手;而这工头是一点也没有注意到特希盖诺克,提出了他的意见:

"或许是因为她比他好一些,所以他忌妒她的。克什米尔人是不喜欢好人们的,我的孩子。他们是忌妒好人们的。他们不能够忍受好人们,所以打算赶走他们。你可以问问你的外祖母,他们怎样地赶走了你的父亲。她会详细地告诉你的;她憎恶欺骗,因为她是不懂得欺骗的。虽然她是喝酒而且吸鼻烟的,但她可以列入圣人们中间去。她是一个光明的妇人。你要紧紧地跟住她,永不要让她离开。"

他把我推到门口，于是我颓丧而惊慌地走到天井里去了。范尼亚喀在门路里追住了我，于是柔和地低声说：

"不要怕他吧。他是很好的，正视着他吧，那是他所最喜欢的。"

这一切都是新奇而苦痛的。我是不很知道别人的生活的，但我模糊地记得我的父亲和母亲绝不是这般生活的；他们谈话有一种不同的方式，他们对于幸福有一种不同的观念。他们时常一块同行，而且紧贴地并坐的。到了黄昏，当他们坐在窗口，高声地歌唱着的时候，他们时常欢笑起来，而且同声地笑了许多时候。这时候，人们聚集在街道上面，凝视着他们。这些人们仰望着的时候的面孔使我诙谐地想起了正餐之后的龌龊的碟子。但此地的人们是很少欢笑的；而且当他们欢笑的时候，往往你不容易猜到他们在欢笑是为了什么缘故。他们时常互相生气，而且在角落里秘密地互相恫吓着。孩子们都是被降服了的，而且被忽视的，像雨打尘埃似的被打倒在地上了。我感觉到自己是这家庭里的一个生客，而我在此地的一切生活环境只不过是一串刺，刺得我发生了怀疑心，强逼我以最严密的注意去研究那继续发生的事情。

我和特希盖诺克的友谊变得急进了。外祖母从清晨到深夜都被家务所烦劳着，所以我差不多成天都跟着特希盖诺克玩。每当外祖父殴打我的时候，他依旧时常以他的手儿来拦阻笞鞭的，于是第二天他会伸开他的红肿的手指，诉苦道：

"这真没有意思！这并不使你减轻痛苦，而我呢，看哟，伤得多么厉害。所以，我不能再干这事情了！"

然而到了第二次，他又亲身来拦阻着，受了和上次同样的徒然的伤害。

"但是我想,你的意思不是不想再这么干吗?"我说。

"我的意思是不再这么干了,但不知怎样又干了这回事。我是毫不思索地干了的。"

此后不久我对于特希盖诺克有了某种的了解,这使我对于他增进了兴趣和爱情。

每逢星期五,他时常拿这只栗色的阉了的雪拉巴,外祖母的宝贝,一只伶俐的,唐突的,佳美的动物,配驾在雪橇上面。然后披上他的长及膝盖的皮外套,戴上他的沉重的帽子,而且紧紧地扣住他的青色的皮带,出发到市场去购买食料了。有时,时间已经非常迟晚,可是他还没有回来,于是合家的人们都得不安。有人时时刻刻跑到窗口去,用呼吸融化了窗玻璃上的冰冻,以便瞭望那马路上的远近四方。

"还没有看见他吗?"

"没有。"

外祖母时常比他们之中谁都关心他。

"哎哟!"她向她的儿子们和我的外祖父叫起来,"你们将人和马儿都一齐毁了。我真奇怪,你们一点也不感到自己的惭愧,你们这些没有良心的东西!Ach!你们这些呆笨的子孙,你们这些酒鬼!上帝会因此来惩罚你们呢。"

"够了!"外祖父咆哮着,显着怒意,"这是最后所遭逢的一次了。"

有时,特希盖诺克一直到了中午才回来。我的舅父们和外祖父都匆匆地跑到天井里去迎接他,外祖母是缓步在他们后面,像煞一只人熊,她带着一副决然的神气吸着鼻烟,因为这是她吸鼻烟的时候了。孩子们都跑出去,开始快活地提卸那雪橇里的货物。雪橇里是装满了猪肉、死鸟和各种预备烤烧的大肉片。

"我们告诉你的一切,都买来了吗?"外祖父问着,以他的锐利的眼睛向雪橇斜瞥了一眼,来细察其中所装的东西。

"是的,一点也没有错。"特希盖诺克一面快活地回答,一面在天井里跳跃着,拍拍他的套着无指手套的手儿,来取暖他自己。

"不要把你的手套弄坏了。它们是值钱的。"外祖父庄严地说,"你还有一点零钱吗?"

"没有了。"

外祖父围绕那雪橇里的货物安静地走着,而且用一种低沉的声调说着话:

"你又买得太多了。没有钱,你无论如何买不到的,你能够买到吗?我是没有钱了。"外祖父显着怒色跨开了。

我的舅父们高兴地动手做卸货的工作,他们一面吹啸着,一面用手儿估量着鸟、鱼、鹅的脏腑,小牛的足和许多肉片。

"啊,立即就卸完了。"他们以高声的赞美叫喊着。

尤其是米盖尔舅父顶快乐了,他在这些货物四周跳着,使力闻着这些家禽,他的嘴唇喷着这些美味发出了声响,他的不宁静的眼睛狂喜地紧闭着。他很像他的父亲,他有和父亲同样干枯的神容,只不过比较高一点,而他的头发是漆黑的罢了。

他的寒冷的两手溜进了袖口里,他询问特希盖诺克说:

"我的父亲给了你多少钱?"

"五个卢布。"

"这里是值十五个卢布呢!你自己花去了多少钱?"

"四个卢布,十戈比。"

"或许在你的口袋里还另有九十个戈比吧。约哥夫,你没有留心钱是怎样完全超过了那个地位吗?"

约哥夫舅父穿着衬衫立在霜雪里,安静地笑着,在寒冷的蔚蓝的光线里瞬闪着眼睛。

"你有替我们买一点白兰地吗,范尼亚喀,你有买吗?"他懒懒地问道。

外祖母这时候正在卸除马的驾具。

"唉,我的小东西!唉!荡子,唉,上帝的玩物!"

摇着它的浓密的鬃毛的高大的雪拉巴,它的白牙齿紧贴在她肩上,它的覆满软毛的鼻子弄进了她的头发里,以满意的眼睛凝视着她的面孔,而且摇去了它的眼睫上的霜雪,在轻轻地嘶鸣着。

"唉!你是需要一点面包了。"

她拿一块大而咸的面包皮塞进它的嘴里,然后再把她的前襟在它鼻下折成一个袋儿,她沉思地看守它吃面包。

像马儿一般活泼的,特希盖诺克跳到了她的身旁。

"它是一只这般佳好的马儿,祖妈!而且如此伶俐的!"

"滚开!不要打算在我身上施用诡计吧!"外祖母叫着,顿踏着她的脚,"你知道的,今天我是不喜欢你。"

她后来向我说明,特希盖诺克在市场上购买来的,远不如偷来的多些。"假使外祖父给他五个卢布,那么他买了三个卢布,再偷了值三个卢布的东西,"她忧伤地说,"他对于偷窃是感到一种兴趣。他好像是一个荡子。他有一回打算偷,而结果很好,他的成功使他得到了欢笑和赞美，就是为了这个原因，他养成偷窃的习惯了。外祖父在他年轻的时候是吃着可怜的面包的，到后来才不再需要了，所以到了老年变得很贪婪，现在把金钱看得比他自己的儿女的血肉都更宝贵！他甚至连一件礼物也感到快乐！至于米盖尔和约哥夫……"

她显出一副瞧不起的姿势，沉默了一会儿，然后定睛望着她那鼻烟壶的关着的壶盖，愤懑地说下去：

"但是，李尼亚，那是一个盲妇所做的一些工作呢……命运太太……她坐在那里替我们纺织，而我们甚至连样子也不能够选择的。……但是呀，假使伊凡偷窃被他们捉住了，他们会打死他啊。"

于是在沉默了又一会儿之后，她安静地继续说：

"唉！我们有许多教理，然而我们都不去实践。"

第二天，我恳求特希盖诺克不要再去偷窃吧。"假使你再去偷，他们会打死了你。"

"他们不会碰一碰我的……而且我会立即溜出了他们的掌握。我敏捷得有如一只烈性的马儿呢，"他说着，笑了，但接着又沉下面孔来，"自然我很清楚，偷窃是错误的而且危险的事情。我偷……只为享乐我自己，因为我是太厌倦了。我是一个钱也不贮积的。你的舅父们没有等一个星期过去都把我的钱拿完了。而我也一点不介意！让他们拿去吧。我一点也不要。"

他突然抱起我来，而且温静地摇着我。

"你是这般轻而且这般瘦，而你的骨头却这般硬，所以你将来会变成一个壮汉的。我说，你为什么不去学奏六弦琴呢？去请教约哥夫舅父吧！但你现在还太小，这真可怜！你虽是小，但你已有你自己的脾气了！你不很喜欢你的外祖父，你喜欢吗？"

"我不知道。"

"除了你的外祖母，我不喜欢一个克什米尔人。让魔鬼抓去了他们！"

"那么我呢？"

"你？你不是一个克什米尔人。你是一个匹虚珂夫人……是别一种血统，完全是别一种家系。"

他突然猛力地紧挟着我。

"唉！"他几乎是在呻吟，"假使我有一副美好的歌喉啊！善的主哟！我将怎样地激动了这世界啊……现在跑开吧，老孩子。我必须从事我的工作了。"

他将我放在地板上面，然后拿了一把上好的钉头放在他的口里，开始在一块大方木板上面，铺开了而且钉好了潮湿而黑的宽阔的质料。

此后他的结束马上就到来了。

是这样发生的。靠着那天井的门旁的壁上，放着一个有着粗壮而多结的两臂的大橡树十字架，放在那里已经很久了。在我进这房子里来生活的最初的几天，就注意到这个十字架，那时还是新而黄色的，但此刻是被秋雨淋成乌黑的了，它发出一种剥去树皮的橡木的苦味来，而且在这拥挤的龌龊的天井里拦住了路。

约哥夫舅父买了这个十字架要去放在他的妻子的坟上，而且宣过誓，在她死去的周年，他要扛着这个十字架到墓地去，周年是在初冬的一个星期六。

寒冷而且风大，天在下雪。外祖父、外祖母和三个孩子，一早就上墓地去听镇魂歌去了，我是被留下在家里，像是某种罪过的惩罚。

一式地穿着短而黑的皮外套的我的舅父们，从地上竖起十字架，站在它的两臂下面。葛里哥雷和几个外人困难地举起这沉重的木材，拿十字架去放在特希盖诺克的宽阔的肩上。他蹒跚着，他的腿好像要倒下去了。

"你的气力能够运它吗？"葛里哥雷问。

"我不知道，好像很沉重呢。"

"开门，你这瞎鬼！"米盖尔舅父愤怒地叫着。

于是约哥夫舅父说：

"你应该感到自己的可耻呢，范尼亚喀。你比我们两个人合起来还强壮哟。"

葛里哥雷推开了门，但他却固执地忠告特希盖诺克：

"留心，你不要坏了自己！去吧，上帝会保佑你的！"

"秃头的呆家伙！"米盖尔舅父从街上叫着。

这时候，所有天井里的人们都在高声谈着又笑着，好像他们都高兴拿走了这十字架。

葛里哥雷·伊凡诺未奇携着我的手儿，领我到工厂里去，他仁和地说：

"或许为了这缘故，外祖父今天不打你了。"

他叫我坐在一堆预备染色的毛织物上，而且细心用毛织物围住我，高到我的肩头。他吸着从染缸里蒸发出的水汽，沉思地说：

"我亲爱的，我知道你外祖父已经有三十七年了。我看见他的事业的开始，但我也将看到他的事业的结束。我们那时候是朋友——事实上,我们是一块发起,一块想出这生意来的。他是一个能干人,你的外祖父!他打算做一个主人,但我是不清楚的。然而上帝无论如何比我们谁都能干了。他只要微微一笑,于是顶聪明的人也闪着眼睛像一个呆子了。你现在还不明白那所说和所做的一切,但你应该去学习了解一切事情。一个孤儿的生活是一种痛苦的生活哟!你的父亲马克塞姆·撒惠提未奇是一个好汉。他也很有学问的。这就是你外祖父何以不喜欢他,何以同他没有一点关系的理由了。

听听这些仁爱的谈话,又看看那舞动在火炉里的红的又金的火焰,和水汽的乳白色的云雾(从染缸上升起来,像一层暗蓝色的霜似的落在屋顶倾斜的木板上面;穿过了屋顶的参差的隙缝,可以看见天空像蓝色的飘带的绞组似的),这真是愉快的事情。风停下来;天井里好像撒满了透明的尘灰似的;在街道上赶着的雪橇,发出一种尖锐的声音;从房子的烟囱里升出一缕蓝色的烟雾;淡淡的影子平溜过雪上……也是在讲一个故事。

瘦削的,手足长长的葛里哥雷,长着胡髭,没有戴帽,耳朵很大,正像一个良善的巫士,他一面淘着沸煮的染料,一面教训着我。

"正视着每一个人吧。假使一只狗向你扑过来,那么你也扑过去吧,那时候他将会让你自由。"

他的沉重的眼镜压在鼻梁上面。鼻尖是和外祖母同样蓝色的——而且也为了同样的原因。

"什么事?"他谛听着,突然地叫了起来。于是他用脚踢上炉门,跑过了,或者可说跳过了天井,而我也跟在他后面冲过去。在厨房的地板中央,躺着特希盖诺克,他的面孔向上朝着:阔大的光线从窗户里溜进来，落在他的头上、他的胸膛上和他的脚上。他的前额古怪地闪耀着；他的眉毛是竖起了；他的斜视的眼睛一心一意地凝视着乌黑的天花板；一阵沾满红斑的白沫从他那没有血色的唇上涌出来，而且也从他的唇角流下了血水，流满他的腮颊上、他的项颈上和地板上；他的背下，有一条浓浓的血之流在那里匍匐。他的腿儿笨拙地伸着，而他的裤子显然地是浸湿了，湿润润地黏在被泥沙擦过的，闪耀得有如太阳的木板上面。血之细流横断了光线之流，而且显得十分活泼地，流向门槛去。

特希盖诺克一动也不动，事实上只躺在那里，他的两手直垂在身旁，他的手指抓着地板，而他的染色的指甲闪耀在阳光里面。

尼亚尼亚·攸琴尼亚蹲在他身旁，拿了一支细长的蜡烛放在他手里，然而他已经拿不住这蜡烛，落下在地板上面，被血水浸湿了灯芯。尼亚尼亚·攸琴尼亚拾起蜡烛，拂干它，然后第二次再去安放在这几个不宁静的手指里。在厨房里，可以听见一阵轻微的低语；这仿佛风似的要把我吹出门外去，但我紧紧地揪住了门柱。

"他扑倒了！"约哥夫舅父以一种暗淡的声音解释着，他是战抖着而且旋转着脑袋。他的面孔是苍白而且忧伤的；他的眼睛失去了神色，不断地闪着。"他跌倒了，于是十字架落在他身上……而且正打中了他的背部，假使这个时候我们不丢下十字架，我们真会坏了自己呢。"

"这是你干的。"葛里哥雷懒懒地说。

"可怎……"

"你干的哟！"

血始终在流着，在门旁，已经积成一个池，似乎愈来愈显得黑而浓。流出了另一阵血迹斑斑的白沫，特希盖诺克呼号了起来，好像正在梦中一般,然后他完了,仿佛愈来愈显得平坦,好像他是黏在或陷在地板里。

"米盖尔骑着马上教堂寻父亲去了,"约哥夫舅父低声说,"我则赶快雇了一部马车把他运到此地来。我幸而没有立在十字架的两臂下,否则我也会被压得如此了。"

尼亚尼亚·攸琴尼亚又拿蜡烛去放在他的手里,蜡与眼泪滴下在他掌上。

"干得好!你这粗心的家伙,把他的脑袋贴到地板上去。"葛里哥雷苛酷地而且粗暴地说。

"你这话什么意思呀?"

"你为什么不拿去了他的帽儿?"

尼亚尼亚·攸琴尼亚从特希盖诺克的笨拙地撞在地板上的脑袋上扯去他的帽儿。于是脑袋倒在一边了,而血是无限地只从他的嘴的一边流出来。这般地继续了一段可怕的长时间。当初,我希望特希盖诺克会叹息了一声,在地板上坐起来,然后蒙眬地说:"呸!烘一般的热呀!"有如他在星期日正餐后所常说的。

然而他并没有坐起来;他反而似乎更陷入地里去。太阳已经从他身上收回去;明媚的阳光已经短了好些,只能落在窗槛上面。他的整个样子显得更黯黑;他的手指已经不再会活动;他的嘴唇也看不见泡沫了。在他脑袋周围,有三支蜡烛出现在黑暗里,摇晃着金色的火焰,映照着他的蓬乱的暗蓝色的头发,而且在他那污秽的腮颊上投下了颤动的黄色的波纹,映照着他的鼻尖和他的污血的牙齿。

尼亚尼亚·攸琴尼亚跪在他旁边,流着眼泪,一边嗫嚅着说:"我的小鸽子呀！我的解忧鸟呀！"

这是难受的寒冷。我爬到桌下，在那里藏着我自己。于是外祖父穿着树狸皮的外套，滚跌着走进厨房里来；和他同来的，有穿着一袭皮领外套的外祖母、米盖尔舅父、孙子们和许多不属于这房子里的人们。

外祖父拿他的外套丢在地板上，号叫着：

"暴徒呀！你们偷偷地，你们鲁莽地，你们干得好！在这五年内，他的身体有多少重量还值多少金子的——那是一定的！"

丢在地板上面的那些外套，遮得我看不见特希盖诺克，于是我爬到桌外，敲着外祖父的腿儿。他把我推到一旁去，向我舅父摇着他的小小的红拳头。

"你们这些狼呀！"

他在一条长凳上面坐下来，将两臂休息在长凳上面，忽然干号起来了，而且用一种战栗的声音说着：

"我完全清楚的！……他苦恼你们！就是因为这个缘故！啊，范尼亚喀，可怜的呆子！他们怎样对付你的，快？'烂了的缰绳对于一个陌生人的马是够好的！母亲呀！上帝不爱我们的暮年吗，他爱吗？母亲呀！'"

外祖母蜷伏在地板上面，抚摩着特希盖诺克的两手和胸膛，呼吹着他的眼睛，握住了他的两手，摩擦着。然后，她推倒所有的蜡烛，困难地立起身来，十分愁惨地望着她的光亮的黑外套，而且可怕地大睁着眼睛，用一种低沉的声音说："滚吧，可诅咒的人！"

只剩下外祖父，其余的都陆续地走出厨房去了。

平平安安地埋葬了特希盖诺克，而且不久就被遗忘了。

四

  我躺在一张宽阔的床上,一条厚厚的毛毯在我周围折成四叠,我谛听着我的正在祈祷的外祖母。她俯跪着;一只手儿按在她胸上,不断地和另一只手儿叉成一个十字。外面,在天井里,是一阵浓霜主宰着;一缕青色的月光穿过了冰似的天空,偷窥在窗玻璃上,阿媚地落在她的仁爱的面上和高大的鼻子上,而且在她的漆黑的眼睛里燃起了一丝燐光。她的柔软的繁多的头发仿佛被一个熔炉所照耀着似的;她的黑衣服在沙沙地响,从她的肩头叠着波纹落下来,展开在地板上面。

  外祖母做完了祈祷之后,默默地脱去衣服,仔细地折叠好,放在角落里的一个衣箱上。于是她上床来睡了。我假装熟睡着。

  "你并没有睡着,你这无赖,你只是作假罢了。"她温柔地说,"快,我的鸭儿,我们来盖点被袱吧。"

因为预知什么事情将会发生,所以我真忍不住微笑了。她看到这情形,于是叫道:"你这般地作弄你的老年的外祖母吗?"她拿着毛毯,十分使劲地,而且真有好本领,把毛毯向她自己身上拖去。于是我跳到了半空,然后再滚下来,坠到温柔的羽床上,而这时她却呵呵地笑了,说:"什么事,小人儿?有一只蚊子咬了你一口吗?"

但有时,她却祈祷得这般长久,我是真的睡着了,没听见她回到床上来。

比较时间久点的祈祷,往往是因为烦恼了一天,或者吵嘴和打架了一天的结果;而听她的这些祈祷,真是极有趣的一件事。外祖母把家内所发生的一切事情向上帝详细地报告着。她俯下身体,看起来,好像一个大土堆似的了。她是跪在地板上面,最初是迅速地而且模糊地低语着的,接着破哑地喃喃说:

"啊主哟,你知道我们都是愿意做点好事情的。长子米盖尔应该叫他在镇上去创立新业了——在河上将对他有害的;而别的这一个是一个新的邻舍,而且不很劳动。我不知道这样下去将来要变成怎样!还有父亲呀。约哥夫是他的掌上珠。特别钟爱一个孩子这是对的吗?但他是一个固执的老头子。啊主哟,请你教训他!"

她的大而光亮的眼睛张望着形容黯黑的神像,她在这般地怂恿上帝:

"啊主哟,给他一个好梦吧,使他知道应该怎样对待他的孩子们!"

当她伏倒身体,以她的阔大的前额撞在地板上之后,她又挺直了身体,甘言地说:

"给予范尔范莱某种幸福吧！她曾经怎样触犯过你呢？她比别的孩子们更加罪孽深重吗？为什么一个健康的青年妇人要受这样的磨难哟？而且请想想葛里哥雷啊，啊主哟！他的眼睛是日见其坏了。假使他一旦瞎了眼睛，他会给赶出去流浪的。那才是骇人的事情！他替祖父用尽了所有的精力，但你想祖父可会帮助他吗？啊主哟！啊主哟！"

她依旧沉默了许多时候，她的脑袋谦虚地俯垂着，两手下垂在两旁，是静寂到仿佛已经熟睡着，或者突然地冻住一般了。

"还有其他没有呢？"她高声地自问着，皱拢了她的眉毛。

"啊主哟，拯救一切忠实的人们吧！原宥我——我可诅咒的愚蠢！——你知道我的犯罪并不是出于恶意的，而是由于愚蠢。"于是透了一口深呼吸，她会再亲爱地而且满意地说下去了，"上帝的儿子，你是什么都知道的！天父，你是什么事情都清楚的。"

我顶喜欢外祖母的上帝了，"他"似乎非常接近她的，所以我时常说：

"告诉我一点关于上帝的事情吧。"

她时常以一副特别的态度谈论着上帝——非常镇静地，奇怪地吐出她的话语，紧闭着她的眼睛；而且她时常谨慎地坐下来，毫不慌张地安排好她的包头布，在她开始说话之前。

"上帝的座位是在山上的，在乐园的草地之间。这是一个蓝宝石的祭坛，在终年繁花满树的银菩提树下面，因为在乐园里是没有冬天，甚至连秋天也没有，花儿是永远不会凋萎的，因为快乐是神圣的恩惠，许多天使环绕上帝飞翔着，好像雪片一般；而且，或许有蜂儿在那里嗡嗡地鸣叫，白鸽子在天与地之间飞翔着，把关于我们和一切人的一切的事情告诉给上帝听,也说不定的。在地上,你、我和外祖父各人都有一个天使。上帝是平等地对待我们一切人的。譬如说,你的天使会去告诉上帝:'亚里克希向他外祖父饶舌。'于是上帝说:'很好,叫这老头子鞭挞他吧。'所以我们都这般地受上帝所支配;上帝以应该得的处置给予人们——有的给他忧愁,有的给他快乐。所以凡是他所做的一切都是正当的,而天使们快快乐乐,展开了他们的翅膀,不断地向他歌唱:'啊,上帝。光荣是属于你的;光荣是属于你的。'他只向他们微笑,然而这就足够了——而且还盈余了。"于是她自己也会微笑起来,将她的脑袋左右地摇摆着。

"你有看到过吗?"

"不,我并没有看见过,可是我知道。"

当她谈到上帝,或天堂,或天使们的时候,她仿佛缩拢了体积。她的面孔渐渐地变得更年轻,她的水汪汪的眼睛射出一缕古怪的温暖的光芒来。我时常用手儿拿着她的沉重的,光亮的发辫,缠住我的颈项,一面我是静静地默坐着,一面谛听着她的讲不完的可是永不会乏味的故事。

"普通的人们是不让他们看见上帝的——他们的视觉是朦胧的。唯有圣者们才能够面对面地正视上帝呀。但是天使们我是看见过的,他们有时带了一副慈悲的样子启示给灵魂。我立在教堂里做早弥撒,我看见两个天使,移动在祭坛上面,有如云朵一般。透过天使们,人可以看到一切东西都渐渐地,渐渐地变得更光明,而且他们的薄纱似的翅膀触到地板了。他们移动在祭坛上面,帮助着神父依利亚;当他举起他的孱弱的手儿做着祈祷的时候,是替他支撑着他的手肘。他已经很老弱了,而且,因为差不多已经眼睛瞎,所以时常蹒跚着的。可是那一天,他却迅速地做完弥撒,而且完结得时间很早。当我看到天使们的时候,我几乎快乐死了。我的心儿仿佛要爆裂了,我的眼泪流下来。唉唉,这是多么美丽啊!啊,亚里克希,亲爱的心肝,上帝所在的地方——不管在天堂或在地上——一切事情都很好的。"

"你的意思不是说,在此地,在我们家里,一切事情都很好的吗?"

外祖母做了十字架的记号,答道:

"赞美圣母玛利亚——一切事情都很好的。"

这话刺激我。我不能够同意,在我们的家庭里,事情是很好的。从我的目光看起来,事情是变得愈来愈难容忍下去了。

一天,当我走过米盖尔舅父的房门口,我看见纳推丽亚舅母,没有穿好衣服,手儿叠在她胸上,往来地踱蹬着,有如一只迷惑的野兽,而且还低声的,可是带了一种苦痛的声调呻吟着:

"我的上帝,请你保护我!使我离开此地吧!"

我能同情于她的祈祷,正如我能懂得葛里哥雷的话一样,当他咆哮着:

"一旦我的眼睛完全瞎了,他们会赶我出去求乞吧;可是无论如何总比现在这样子好一点。"

我愿意他能够马上眼睛瞎,因为我的意思是说,这样可以找到一个和他出去的机会,那么我们可以一块开始求乞了。我已经把这事情告诉过葛里哥雷,而他在胡髭里微笑着,回答我:

"那很好!我们一块出去吧。可是我要上市镇里去。克什米尔人范希里的外甥,他的女儿的儿子,在那里,他或许会给我什么事情做。"

我几次注意到纳推丽亚舅母的深陷着的眼睛下面的青肿；有时，一片肿胀的嘴唇浮凸在她那焦黄的脸上。

"刚才米盖尔舅父打过她吗？"我询问外祖母。她叹息了一声，回答着：

"是的，他打过了她，可是并不很凶——这恶鬼！外祖父也不像在夜间那么反对得厉害。他是坏良心的，她呢——她像一团肉酱！"

"可是他没有像往常那么打得凶了，"她以更快活的声调继续说，"他只在嘴上打了一下，或在她耳旁打了几拳，或者拖了她的头发一两分钟，但有一个时候，他时常磨难她几个钟头之多呢。在一个复活日，外祖父殴打过我，从正餐的时候一直打到就寝的时候。他继续地殴打我，只有在他透气的时候才停止一下，但转眼又开始了。他也是用一条皮条的。"

"但他为什么要这样呢？"

"我现在忘记了。还有一回，他敲击我，一直到我快要死去了，而且接着他还五个钟头不让我吃东西。当他完毕了殴打，我已经差不多不能够活了。"

我非常惊讶。外祖母有外祖父两倍么大，而他却会这样对她占优胜，这真是令人不能相信的事情。

"那么，他还比你强壮吗？"我问。

"并不更强壮，但更衰老罢了。何况，他是我的丈夫，他替我回答上帝的；而且我的责任，只是忍耐地受着苦罢了。"

看她拂拭着神像，擦涤着神像的饰物的样子，真是有趣而且快活的。在神像的冠帽上面装饰着许多珠子、银子和宝石,当她用手儿温和地拿下帽子来,她是含了一脸微笑凝视着它,而且以一种热情的声调说着:

"你看这是多么可爱的一个面孔啊!"于是画了一个十字,亲了吻,她再继续地说,"你是满身的尘灰和龌龊呀,圣母,基督徒们的帮助者,选民的喜悦!看吧,李尼亚,亲爱的,字写得多小,字母又多么细;可是这仍然看得很清楚。这是叫'十二个圣日',在中间,你可以看见纯洁的定命的伟大的圣母;而且还写着'不要为我悲伤吧,圣母,因为我是快要进坟墓去了'。"

有时候,我觉得,她是十分热情而认真地和这神像玩着的,正如我的表妹伊开推丽娜玩着她的木偶一般。

她时常要见到魔鬼们,有时一块看见了几个,有时却只有一个。

"在一个皎洁的月夜,正当大斋期的时候,我经过路佗尔福夫氏的房子。我仰望着,看见了一个魔鬼在屋顶上面,贴近着烟囱坐在那里!它周身漆黑,在烟囱顶上抱着它的有角的头儿,使劲地吸着气。它坐在那里吸着气又呻吟着,这大而笨重的东西,它的尾巴扫在屋顶上,它的脚不断地在抓。我向它合了一个十字,于是说:'基督复活,他的仇敌们都逃散了。'听到那句话,它长啸一声,匆忙地从屋顶上溜到天井里——所以它是逃走了!那天,在路佗尔福夫氏的家里,他们一定在烹调着肉吧,而它是在享受这肉的气味。"

听到她描摹这魔鬼匆忙地逃走了屋顶,我大笑起来,而她也笑起来了,同时她说着:

"它们是爱玩鬼把戏的,正和孩子们一样。一天,我正在洗濯室里洗濯着，而且已经很晚了，这时候，突然地，这小房子的门打开来，冲进了无数的红的、青的和黑的小东西，各样大小都有的，散满室内各地方。我飞奔到门前，可是我通不过去；在一群魔鬼们的里面，我简直连手脚都动不得了！它们充满全室内，连转个身也不成。它们匍匐在我足旁，扯住我衣服，拥挤地围住我，我甚至没有容身之地了。它们是蓬松的，温柔的，暖和的，有点猫儿似的，虽然它们用后腿走着的。它们却将我围绕着又围绕着，偷窥着一切东西，鼠儿似的露着它们的牙齿，闪着它们的小而青色的眼睛，几乎还用它们的角儿贯刺着我，耸着它们的小小的尾巴——正似猪儿的尾巴。啊，我亲爱的！我似乎要疯狂了。然而它们也不再撞我了！蜡烛是快要熄灭，铜锅里的水已经变得微温，洗濯的水是溅满地板了。唉唉！你的呼吸是烦恼而悲伤的。"

闭上我的眼睛，我能够看到这有着灰白的鹅卵石的小房间的门槛，那些各种颜色的蓬松的小东西的醒醒的群体渐渐地充满这洗濯室。我能够看见它们吹灭蜡烛，伸出傲慢的红舌头来。这真是一副可笑又可怕的图画。

外祖母沉默了片刻，摇着她的脑袋，在她又开始发言之前：

"在一个冬夜，那时候天下雪，我看见了几个妖怪。我经过亨可夫栈道——在那地方，假使你记得，你的米盖尔舅父和约哥夫舅父打算要在一个冰洞里溺死过你的父亲的——而且我刚进小路里去，那时候，一阵叽咕声也叱咤声传来了。于是我张望着，看见了驾着三匹黑马的一个车子向我狂奔而来。在车夫的地位，站着一个大而肥胖的魔鬼，戴着夜帽，牙齿耸凸着。它拿了用铜铁链索做成的缰绳，伸着手臂，因为路到了尽头，马儿就飞过池塘去，消失在一阵雪花中了。那些坐在后面橇车里的，也都是些魔鬼们。它们坐在那里，叽咕着又叫嚣着，又挥着它们的夜帽。总计有七部忒洛卡车（Troikas）这般地狂驰着过去，仿佛是救火机一般，都驾着黑马，而且都满载着正宗的魔鬼们。你知道，它们是互相拜访的，在夜间，它们赶着车儿去赴各种不同的宴会去。我希望，我所看见的，是一个魔鬼的结婚吧。"

因为她说得如此简洁而且肯定，所以别人是会相信外祖母的。

可是，所有她的故事之中最美妙的一个，要算那讲到玛利亚怎样走在这受苦的地上，怎样吩咐这女强盗或这女英雄（Amazonchief）伊盖立伊夫，不要去杀戮或抢掠俄国的人民。在那个故事之后，要讲到关于祝福的亚里克西的故事了；讲到武士伊凡，哲人范希里了；关于哥希里亚牧师和上帝的可爱的孩子了；和关于玛推·波赛特尼兹的，关于盗首巴巴·犹斯太的，关于埃及的罪人玛丽的，关于强盗的儿子的悲伤的母亲的恐怖的故事了。神话、老故事和诗歌，她是知道得无量数的。

她谁也不怕——也不怕外祖父，也不怕魔鬼们，也不怕任何恶魔的权力的；可是，她却非常怕黑蟑螂，当它们还距离她好远的时候，她已感到了是在面前，有时，在夜间，她会悄悄叫我惊醒过来：

"亚里克希，亲爱的，有一只蟑螂在匍匐着。心善点，赶走了它吧。"

半睡半醒的，我将燃起蜡烛，匍匐在地板上面搜寻这仇敌——这是一个我时常不一定立刻会成功的请求。

"不，没有一个蟑螂的影子呀！"我会说。可是，十分安静地躺着，脑袋里在被袱里的她，会以一种无力的声调恳求我：

"啊，是的，没有一个呀！再看一遍吧，请你！我总觉得有一个蟑螂在什么地方。"

然而她是永不会错误的。不管迟迟早早,我会在离床不远的地方寻着了蟑螂。于是她推开毛毯,长呼了一声安慰的叹息,微笑着,说:

"你有杀死它吗?谢谢上帝!谢谢你。"

假使我找不出这昆虫来,她真会再也睡不着,于是我可以在夜的沉默里,感到她是在怎样地颤抖着;而且我还听到了她在喘气地低语着:

"它是在门旁边。现在它爬到箱柜下面去了。"

"你为什么这样怕蟑螂呢?"

"我自己也不知道。"她非常理性地回答,"这就是这些可怕的黑东西匍匐着的原因吧,所有别的害虫上帝都赋予一种意义的;木虱表明了房子是潮湿的;臭虫的意义是指出了墙壁的污秽;虱是预兆疾病的,这是谁都知道的;可是这些东西呢!——谁知道它们具有什么权力,或者它们过着什么生活?"

一天,当她俯跪着,热诚地和上帝谈着的时候,外祖父推开门,沙声地叫道:

"唔,母亲,上帝又磨难我们了。我们是失了火呀。"

"你说什么?"外祖母叫着,从地板上跳了起来。他们俩都冲入大客厅里,他们的脚步响得很厉害。"攸琴尼亚,拿下神像来。纳推丽亚,穿好婴孩的衣服吧。"

外祖母以一种权威者的庄严的声音发着命令,但外祖父却不做别的,只喃喃着:

"嘿——嘿!"

我跑入厨房里。那朝向天井的窗门是照耀得好像金子一般了,在地板上面也现出火光的黄块;而正在穿着衣服的约哥夫舅父,他的赤脚踏着那些黄块,而且跳跃着,仿佛被烧灼了一般,他叫道:

"这是密虚喀干的事。他放着火,于是出去了。"

"静点,恶狗!"外祖母说着,这般粗暴地将他向门旁推去,他几乎跌倒了。

透过窗玻璃上的霜,可以看到工厂的燃烧着的屋顶,卷缠的火焰从开着的门里射出来。这是一个静默的夜,任何烟雾的混和都毁坏不了火焰的颜色的。火焰上面正翱翔着一朵乌黑的云,可是并没有从我们的视界里遮住了 Mlethchna 大路的银色的光流。雪闪耀着一种青白色的光亮,房子的壁墙左右摇摆着,仿佛想把自己拖到天井里那燃烧着的角落里去,那里火焰在这般高兴地开玩笑,射过了工厂的墙壁的阔大而红的隙缝,拖出了弯曲的、红热的钉子。金红的缎带缠绕着屋顶的漆黑的栋梁,不久完全包裹住了;唯有细长的烟囱顶筒直耸在这一切中间,打噎似的吐出烟云来。一阵有如绸帛的塞窣声似的温柔的小爆声,向我们的窗上掠过,火焰始终在播散着,一直到工厂被火焰装饰得好像教堂里的圣壁(Iconostasis)一般,而且对我而言是愈来愈变得迷人了。

拿一件厚重的外套覆在我头上,拿最近便的第一双靴子穿进我脚里,我跑出墙门间,立在踏阶上,被光线的闪亮的玩意儿所麻醉,所昏眩,被我的外祖父、舅父们和葛里哥雷的呼号所昏迷,被外祖母的行动所惊吓,因为她头上缠着一只空袋,身上包着一件马衣,一直冲进火焰里去了。她不见了,在叫着:

"硫酸,你们这些呆子!这是要爆裂的呀!"

"拖她回来吧,葛里哥雷!"外祖父吼着,"哎呀!她是为——!"

可是外祖母这时候又出现了,浑身给烟气熏得污黑的,昏昏晕地,她的伸着的双手里拿了一个硫酸瓶,她的身体几乎俯伏在瓶子上了。

"父亲,去拉出马来吧!"她沙声地叫着,咳嗽着又急语着,"而且拿去了我肩上的这东西吧。你看到了吗,它是烧着了?"

葛里哥雷拖下她肩上的冒烟的马衣,于是,够得上两个男人的工作,他把大块的雪畚入工厂的门里去。我的舅父拿了一把斧头在手里,向他跳去,同时外祖父在外祖母周围跑圈子,把雪片撒在她身上。于是她把硫酸瓶放在雪堆里,向那一大群人拥挤着的大门跑过去。向他们致了敬礼之后,她说:

"邻舍们,请你们保全了栈房吧!假使火着上了栈房和干草棚,那么我们会什么都烧完,而且会连累到你们的屋宇的。请去扯掉屋顶,把干草拖入园子里去吧!葛里哥雷,你为什么不把雪块掷到顶上去,而都掷在地上呢?现在,约哥夫,不要再荒废时间了!拿几把斧头和铁铲给这些好人们。亲爱的邻舍们,像知己一般地帮忙吧,上帝会酬谢你们的!"

我觉得她是像火一样有趣味的。被那些几乎将她吞灭下去的火焰照耀着,她冲到天井里——一个黑的人形,她各方面帮助着,安排这整个的事情不让丝毫东西从她的注意里疏忽过去。

雪拉巴跑到天井里,立起后脚来,几乎将外祖父推到在地上了。火光落在它那灼灼的大眼睛里;当它的前足在空中搔着的时候,它沉重地呼吸着。于是外祖父任缰绳落到了地上,跳向一旁,叫道:

"母亲,捉住它!"

她几乎倒在这后脚立着的马儿的脚下了,于是她立在它前面,用她的伸着的手臂合了一个十字。这动物可怜地长嘶着,让自己被拖到她身旁去,离开了火焰。

"你用不着怕的。"外祖母低声说,一面轻抚着它的项颈,握住了缰绳,"你以为,在你处于这般的境地的时候,我会离开你吗?啊,你这愚蠢的小老鼠!"

这小"老鼠"是有她两倍那么大,却服从地跟她上门口去,它鼻呼着,凝视着她的红面孔。尼亚尼亚·攸琴尼亚从房子里带来了几个蒙着面孔的年轻人,他们以窒闷的声调叫喊着。

"范希里·范希里奇,"她叫道,"我们什么地方都找不到亚里克希呀!"

"滚开!滚开!"是外祖父的回答,挥着他的手儿。于是我去躲藏在楼梯下面,那么尼亚尼亚·攸琴尼亚不会把我带走了。

工厂的屋顶这时候倒下来了,而冒烟的,好似金炭般闪耀着的支柱,向天空耸立着。一阵青的、蓝的和红的旋风,带了咆哮声和砰礴声,从这建筑里发出来,火焰以一阵新的力量射到天井里和众人身上。他们拥在一块,把一铲铲的雪抛到浩大的烟火里去。

热使染缸沸了起来,升腾着一阵水蒸气和浓烟的云雾,有一种惹得人的眼睛流出水来的奇怪的气味,泛滥在天井里。我从楼梯下爬出来,到了外祖母的脚下。

"滚开!"她叫喊着,"你会给践踏死的。滚开!"

这时候,有一个骑在马背上,戴着铜盔的男人,闯进天井里来。他的栗色的马儿饰满了东西,他将一条鞭儿高高地举在头上,威吓地叫道：

"那边让路！"

匆匆地且快活地响着钟声，正和一个节日一样美丽。

外祖母把我推回踏阶上去。

"我对你说过什么话？滚开！"

在这般一个时候，我是不能反抗她的，所以我回到厨房里，重新又贴到窗上去。但是，从那一大群密集的众人里，我看不到火——我只看见，在冬皮帽中间，有许多铜盔在闪耀着。

在一个短时间内，火消熄下去，完全消灭了，而建筑被水浸湿了。警察赶走了旁观者们，而外祖母走进厨房里来。

"是谁？啊，是你！你为什么不上床睡去？唉，受了惊吓吧？现在没有什么东西可怕了；现在是没有事了。"

她沉默地坐在我旁边，微微地摇动一下。沉静的夜带了黑暗回来，这是一种安慰。外祖父即刻进来了，立在门口，说：

"母亲吗？"

"是的。"

"你有烧伤吗？"

"一点点——无关重要的。"

他燃着一支硫黄火柴，照见他的煤污的面孔，他寻觅着，在一张桌子上寻到了一支蜡烛，于是迅速地走过去，坐下在外祖母旁边。

"我们最要紧的事情是去洗濯自己。"她说，因为她也给烟煤熏得污黑，而且还有一种苦辣的烟味。

"有时候，"外祖父说，深深地透进一口气，"上帝是喜欢给你大大的好意的。"在她的肩头上打了一下,露出一脸冷笑,他继续说:"只有某时候,你知道的,一点钟左右吧;但这仍然是一个样子的。"

外祖母也微笑起来,开始说着话,然而外祖父却制止了她的话,皱着眉:

"我们要赶走葛里哥雷了。都是他疏忽的缘故,惹起这一场烦恼。他的工作的日子是过去了。他是衰老了。那个愚蠢的约虚喀正坐在楼梯上面号叫;你最好是到他那边去。"

她立起身来,出去了,将她的手儿举到面上,吹着手指。外祖父没有向我望,只温柔地问道:

"你看见火从头烧起来吗,你看见了吗?还有你看见外祖母怎样行动着,你看见了吗?她是一个老妇人了,你记住吧!——解体的而且将死的——可是你看!——嘿——嘿!你!"

他挤成一团地坐着。经过了一阵长久的沉默之后,他立起来,剪去烛花,同时他询问着:

"你怕吗?"

"不。"

"很好!没有什么东西可怕的。"

兴奋地从他的肩头拖着他的衬衣,他走向角落里的洗脸架去,我听到他一面在黑暗中跺着脚,一面喊着:

"失火真是一件蠢事情。那引起火来的人,应该拿到市场上去殴打的。他不是一个呆子,一定是个贼。假使那可以模模糊糊过去,那么将来有更多的失火事情会发生。现在去吧,上床睡去!你坐在那里干什么事?"

我照他所说的照办了，可是那天晚上我不想睡。我刚躺下去，一阵可怕的咆哮来欢迎我，我觉得这声音仿佛从床上发出来的。我跑回厨房里去了，外祖父站在厨房中央，没有穿衬衣，拿了一支蜡烛——它猛烈地摇晃着。

我跳上火炉，藏躲在一个角落里。这一家人又陷在大骚动的境界里了；一阵令人心碎的咆哮撞击着天花板和墙，每过一分钟这声音更加凶起来。

一切都和刚才烧火的时候一样。外祖父和舅父无目的地乱跑着；外祖母在叫喊着，当她把他们从一个地方赶到另一个地方去的时候；葛里哥雷大声地把木块放进火炉里去，把铁锅装满水。他走到厨房里，摇摆着脑袋，正像一头阿斯达拉干的骆驼。

"先烧火炉吧。"外祖母以一种权威者的声调说着。

他急忙照她吩咐那么去做，而他却绊倒在我的腿上了。

"是谁呀？"他叫道，非常慌乱，"呸！你真吓死我！你总在你不应当在的地方。"

"发生了什么事吗？"

"纳推丽亚舅母生了一个小婴孩。"他沉静地回答，跳到地板上去。

我记得，我的母亲并没有那么叫，当她生下小婴孩来的时候。

把锅子在火上放好之后，葛里哥雷爬上火炉到我面前来，从口袋里取出一个烟斗，拿给我看。

"我吸点烟，因为于我眼睛有益处的。"他解释着，"外祖母劝我吸鼻烟，但我想，吸烟草会使我更好些吧。"

他坐在火炉边上，两腿交叉着，俯视着蜡烛的微光。他的耳朵和腮颊给烟煤污黑了,衬衣的一边是破烂了,所以我能够看清楚他的肋骨——阔大得有如一只桶底肋木一般。他的眼镜的一面是破碎了,几乎玻璃的一半是突出在镜框外面,从空洞里,一只红而湿润的,显露着受伤的神气的眼睛,在偷窥。

粗制的烟草装满他的烟斗,他谛听着那临盆的产妇的呻吟,于是断续地喃喃起来,有如一个醉汉。

"你的外祖母烧灼得这样厉害,我真不知道她怎样能够来当心这可怜的东西。听一听吧,你的舅母在怎样呻吟。你知道的,大家都忘记她了。当火开始燃烧起来的时候,她已经不成了。在这时生产真是可怕的。你看,生下孩子到世上来,这是多么痛苦,可是妇人们仍旧是没想到的!但是,请记住我的话——妇人们应该仔细想一想的,因为她们是母亲——"

我此刻微睡着了,然而被一阵吵闹所惊醒过来:一阵敲门声,米盖尔舅父的酒醉声。我的耳朵里飘进了这些话儿:

"高贵的门是不关的!——"

"给她和着甜酒的圣油吧,半杯油、半杯甜酒和一匙烟煤——"

米盖尔舅父似一个疲惫的小孩子一般问着:

"让我看看她!"

他坐在地板上面。他的腿儿躺着,而且不断地向他前面直喷着唾沫,他的手儿是敲在地板上。我开始发觉火炉已经暖热得受不了,所以我溜下来。可是当我和舅父成一个并排的时候,他捉住我的腿儿,于是我仰倒在地板上了。

"呆子!"我叫。

他跳起来，又紧攫着我，咆哮着：

"我要拿你来撞火炉呀——"

我逃到了最精致的客室的一个角落里，在神像的下面，而且奔到外祖父的膝间去。他把我推在一边，向上凝视着，用低低的声音继续说下去：

"我们每一个人都不能原谅的——"

神灯在他头上明亮地燃点着，一支蜡烛放在房间中央的一张桌子上，朦胧的冬天的早晨的光线已经偷窥进窗户来。

他立即向我俯下身子，问道：

"你干什么事？"

什么事都和我有关——我的脑袋是麻木的，我的身体疲惫得要命；然而我不愿意这样说，因为我觉得一切都很奇异。室内，差不多每一把椅子都坐满了陌生人。有一个穿淡紫色的长袍的牧师、一个戴眼镜的穿一件军服的苍发的老头子和许多别的人们，他们都静静地坐在那里，好像木偶们或冻住了的形象们一般的，仿佛在希望着什么和谛听着附近的地方的溅水声似的。约哥夫舅父直挺挺地立在门旁，手儿反在背后。

"啊！"外祖父对他说，"带着孩子上床去睡吧。"

我的舅父招呼我跟他去，一路留神领我到外祖母的房子的门前。当我上床之后，他低声说：

"你的舅母纳推丽亚死了。"

听到这句话我并不惊骇。在厨房里或在用餐的时候，她这人没有看到已经很长久了。

"外祖母在哪里呀？"我问。

"在下面。"他回答，摇摇手儿，然后走出了房子，仍旧悄悄地赤足行着。

我躺在床上，看看我的周围。我仿佛看到了窗玻璃上许多毛松松的，灰白的，瞎眼的面孔紧贴在那里。虽然我很清楚，那些都是外祖母的挂在角落里的箱子上面的衣服，但我的想象里总觉得有一个有生命的东西躲藏在那里，而且在等候着。我把脑袋藏在枕头下，但剩下一只眼睛没有被遮住，所以我是能够看到房门的，而且我心愿，我有勇气跳出床外，跑出这房子去。房内很热，有一种沉重的，窒息的气味，我想到特希盖诺克死去的那晚上和那条流在地板上的血。

在我的脑袋里，或者在我的心里，仿佛有什么东西在膨胀着。我在那个房间里所看到过的一切东西，仿佛都展开在我的"心眼"前面，有如一列街道里的橇车似的升起来压倒我了。

门缓缓地推开来，外祖母匍匐进室内，用她的肩膀撞上门，缓缓地向我走来。她对着神灯的蓝色的光线伸出手儿，温柔地哀泣着，有如一个孩子似的：

"啊，我的可怜的小手儿！我的可怜的手儿使我如此痛苦呀！"

五

不久,另一个噩梦开始了。一天黄昏,当我们用完了茶。我和外祖父坐在那里读诗篇,同时外祖母正在洗涤杯子和碟子的时候,约哥夫舅父闯进房里来了。他披散着头发和往日一样,他的神气怪像一把家用的扫帚。他也没有向我们致礼,单把他的帽子抛在一个角落里,于是以兴奋的态度,开始迅速地说起话来。

"密虚喀无理取闹。他和我一块用餐,喝了很多的酒,于是开始显然疯狂起来。他打碎瓷器,撕破一张刚才完工的羊毛衫的订货单,打破窗门,侮辱葛里哥雷和我,而且此刻他还上此地来恐吓你了。他叫着:'我要扯去了父亲的胡髭!我要杀死他!'所以你最好当心点。"

外祖父慢慢地站起身来,双手放在桌子上面。他沉重地蹙起了眉头,他的面孔仿佛是干枯的,变得狭小又残酷,好像是一把斧头了。

"母亲,你没有听到他的话吗?"他叫道,"你心中做何感想,唉?我们的儿子要来杀死他的父亲了!然而此刻时机已熟;此刻时机已熟,我的孩子们。"

直伸着两肩,他从房子里走到门口去,锐声地将那紧钩着门儿的沉重的铁钩敲进门的圆环,于是再转向约哥夫舅父,说:

"都是因为你们想得范尔范莱的嫁妆。就是因为这个缘故呀!"

于是他对着我舅父的面孔讥诮地笑了,而我的舅父是以一种生气的声调问着:

"我要它干什么?"

"你?我知道你!"

外祖母是沉默着,同时迅速地把杯子和碟子放进口橱里去。

"唔?"外祖父叫着,苦笑了,"很好!谢谢你,我的儿子。母亲,拿一根火棒给这只狐狸(指他狡猾——译者)吧,假如你喜欢,给一样铁器也可以的。现在,约哥夫,当你的兄弟闯进屋来的时候,在我眼前杀死了他吧!"

我的舅父把两手插入口袋里,退到一个角落里去。

"自然,假使你不相信我——"

"相信你吗?"外祖父叫着,顿起脚来,"不!我会相信一个动物——一只狗,甚至一只刺猬的——但是我不相信你。我太清楚你了。你叫他喝酒,然后再给他策略。很好!你在期待着什么呢?现在就杀死了我吧——他或我,随你自己选拣!"

外祖母对我温柔地低语着:"跑到楼上去,到窗口去留心着,当你看到米盖尔舅父来到街上的时候,赶快跑回来告诉我们。现在就走吧!快点!"

我的强暴的舅父们的侵入,使我感到一点小小的恐惧,然而我的心中自有自信的骄傲在。我倚在那紧对大路的窗口,现在路上已经厚厚地覆满着尘土,在尘土里,恰恰可以看到满是粗糙的鹅卵石子。街道是遥远地伸向左边去,通过栈道,继续伸到了奥斯忒洛尼方场。在那里,坚固地筑在泥土里,竖立着一幢灰色的建筑物,在它的四个角落,每一个角上都有一个钟塔耸立在那里——这是一个古老的牢狱,会令人感到一种忧郁的美的提示。在右边,约莫在三家之外,在围绕着狱吏们的黄色的住家而建筑着的希尼亚方场有一个空场,而在铅一般颜色的火警钟楼上面,有好多巡警的形象,在瞭望的走廊上面回旋着,好像锁着铁链的狗儿们一般。整个方场是和栈道离开的——在栈道的一端,耸立着一丛青青的丛林,更右面去,是躺着凝滞不动的亭可夫塘。而外祖母是时常告诉我这故事,一个冬天,我的舅父们曾经将我的父亲推进这个池塘里,存心想淹死他。差不多遥对着我们的窗户,有一条比栉着各种颜色的小房子的胡同,一直通到那"三使徒"的阴沉的,蹲伏着的教堂。假使你直望教堂,它的屋顶显得正像一只船儿颠倒在花园的青色波浪上面,被一个长长的冬天的风雪所毁坏了,被秋天的连续的雨水所冲洗了。在我们的街道里的褪色的房子是覆积着尘土的了。这些房子仿佛都半闭着眼睛在互相窥望,好像那教堂的墙门间里的乞丐们一般,也好像我,它们也仿佛在等候谁,而它们的开着的窗户都显露着一种疑惑的神气。

在街道上面,只有寥寥几个人,带了一副闲散的态度,在那里行走,好像一些沉思的蟑螂行走在温暖的炉边一般。一种闷热向我奔来,包子和红罗葡及烧洋葱的讨厌的气味逼上我身来了——是一种时常使我感到忧郁的气味呀。

我是非常可怜的——可笑的,不能容忍的可怜啊!我觉得我的胸口好像充满了红热的铅,它在内部压逼着,渗流出我的肋骨来。我仿佛觉得自己已经吹涨得好像一个鱼泡了,然而我,还是被紧压在那间小小的房子里面,在一块棺材形的天花板下。

米盖尔舅父来了——从胡同里绕着灰白色的房子的角落在偷窥着。他想扯下帽子,盖在耳朵上面,可是他的耳朵却仍旧耸凸着。他穿着一件褐色的厚阔的短外褂和一双十分泥污的高靴;一只手儿是藏在格子裤的口袋里,而另一只是在拉着胡髭。我看不清楚他的面孔,但他立在那里的样子,好像预备要冲过马路来,用他那粗糙的黑手抓住外祖父的房子。我应该跑下楼去通知他来了,但我却钉住在窗口拔不起身,于是我等候着,一直到看见了我的舅父,仿佛胆怯似的,踢得尘土掩满他的长靴,跨过马路来了。我听到酒店在咯吱地响,连门的玻璃板也响了起来,在他推开门来的时候,我这才跑下楼去敲外祖父的门。

"是谁?"他粗暴地问,不想让我进去,"啊,是你!唔,什么事?"

"他已经到酒店里了!"

"很好!跑开吧!"

"在那里我可胆怯呀。"

"我可没法帮助你。"

于是我又去立在窗口了。天色已经快黑了。马路上面的尘土愈积愈厚,看起来几乎变成黑色。黄色的光线从临近的窗户徐徐地流出来,从对面的房子里传过来几只弦索乐器奏弹的乐歌——忧郁而甜蜜。在旅馆里,也有人在歌唱着;当启开门来的时候,有一种微弱的破碎的声音飘浮到街道上。我认得,这是跛脚的乞丐尼基都虚喀的声音——他是一个有胡髭的老人,装着一只玻璃眼睛,而那另一只也时常紧闭着的。当撞着旅馆门的时候,撞门的声音这般响,仿佛他的歌唱被一把斧头所切断了似的。

外祖母时常万分忌妒这位乞丐的。当她听完了他的歌,她时常带了一个叹息说:

"这是你该学的才能啊!他是谙熟无数诗歌的。这是一种天赋——这是天赋呀!"

有时,她会邀他到天井里来,而他是坐在阶沿上面唱歌,或者讲述故事,此时外祖母坐在他旁边,倾听他的话,而且她会这般地惊喊起来:

"说下去。你打算告诉我,圣母玛利亚是永在利森的吗?"

关于这,他会用一种含着信心的低低的声音来回答:

"她无论哪里都去的——无论哪一省都经过的。"

仿佛有一种躲闪的梦一般的倦怠从街上飘到我身上来,而且在我的心头和我的眼睛上面,放下了难堪的沉重了。我愿意外祖母来到我身边——否则外祖父也好。我真奇怪,我的父亲到底是怎样一种人物啊,为什么外祖父和我的舅父们是这般讨厌他,而同时外祖母和葛里哥雷和尼亚尼亚·攸琴尼亚又说他这般好。而且我的母亲是在哪里呢?我一天厉害一天地思念她,把她做成外祖母向我述说的一切童话和古传说的中心。她不要和她自己的家属同住,这事情增加了我对她的敬意。我想象她是住在大路上的一个旅馆里,和那些剪劫有钱的旅客的盗贼们在一块,和乞丐们均分那些抢来的东西。否则,她或许和那些良善的盗贼们住在一个森林里,自然是在一个洞穴里,替他们管家,留心看守他们偷来的东西。再不然,她一定漫游在地球上,在计算那地球里的宝藏,好像女盗魁伊盖立契夫和圣母玛利亚走在一块似的,而且圣母玛利亚会对她说,如她对女盗魁所说的一样:

"不要去偷取金子和银子,
啊,贪得的奴隶,从每一个洞里;
不要去掠夺地上的一切宝藏,
为了你贪婪的身体的快活。"

对于这,我的母亲会用女盗魁的话来回答的:

"原谅我,圣母,祝福的圣处女!
赐给我罪恶的灵魂休息吧;
不是为了自己我去偷窃金子,
我是为了我的年轻的儿子。"

于是,天性和善的,像外祖母一般的圣母玛利亚原谅她了,说:

"玛路虚喀,玛路虚喀,鞑靼的血种,
为了你,不幸的一个,

　　　　我去站在十字架下了；
　　　　担着你的重担继续着你的旅程，
　　　　洒下了你的眼泪在疲乏的路上，
　　　　但请你不要去干扰俄罗斯人啊；
　　　　到树林里去剪劫蒙古人吧，
　　　　或者去掠夺卡尔马克人的东西。"

　　想着这故事，我就沉浸在这中间，仿佛这是一个梦。后来我被一阵践踏声，一阵吵闹声，和从下面，从草棚、天井里传来的咆哮声所惊醒了。我望望窗外，看见外祖父、约哥夫舅父和一个由旅馆主人所雇用的男人——那令人捧腹的酒馆掌柜米尔杨——将米盖尔舅父送出了柳条门，推到街上。他用拳头猛打，但他们都用手在他臂上、背上和颈上敲着，然后再把他踢出去。末了，他着急地冲出大门，落在覆满尘土的马路上面。大门砰然地关上，门梢和门闩刮拉地在响。这场风潮所遗留下来的只有一顶受尽蹂躏的帽儿躺在门口，此外一切都归静寂了。

　　我的舅父在马路上面躺了一会儿之后，他拖着自己的身子起来，一切都变成破烂的而且蓬乱的了。他拾起一块鹅卵石子，打在大门上面，发出这般一种铿锵的回声，仿佛是在桶底敲了一拳所引起的声音一般。旅馆里爬出了好些模糊的人们，他们在叫着，诅咒着，用力演着手势；从周围房子的窗口，探出人头来；街道上充满着人，都在高声地笑着谈着。这一切，正像一个能够引起人的好奇心，而同时又使你不愉快而且使你充满恐怖的故事。突然间，这整个事情都完全消灭了；声音完全死

去，每一个人都从我的视界里消灭了。

外祖母坐在门旁的一口箱子上面，深弯着身子，一动也不动，困难地呼吸着。我去立在她的近旁，抚摩她的暖热的，温柔的又湿润的腮颊，但她却一点也不像感觉到我的抚摩似的，她在粗声地不断地喃喃着：

"啊，上帝！你一点也不怜悯我和我的孩子们吗？主呀！哀怜吧！——"

外祖父虽然在波里华伊街的那幢房子里只住了一年——从一个春天到第二个春天——但好像在那一段时间里已经获得一种不愉快的声名了。差不多每逢星期日，孩子们总跑到我们的门口来，快乐地歌唱着：

"克什米尔人又在吵闹了。"

米盖尔舅父照例是在黄昏出现的，整夜都将这个房子陷在围攻的状态中，使住在里边的人们感到一种恐怖的疯狂；有时他还伴了两三个助手来——下等阶级的样子的怪讨厌的流氓们。他们时常暗暗地从栈道蹑到花园里来，而且，有一次，他们尽量在那里放肆他们的酒醉了的怪念，剥去覆盆子树和蘡薁树的丛林的树皮，而且有时还侵入洗涤室里去，打碎了一切能够打碎的东西——洗衣凳、长凳、锅镬——打碎了火炉，拆开了地板，推倒了门架。

外祖父是严肃而沉默的，他立在窗口，倾听这些来破坏他的财产的

人们所发出来的声音。当时,外祖母(她的模样在黑暗里是无从描写的)跑到天井里去,以一种请求的声音叫喊着:

"密虚喀!你打算怎样呀?密虚喀!"

来回答的,是可怕得像疯人的疯话似的,一串连珠般的骂人的俄国话,由这只畜生从花园里向她吐过来,但他显然不懂得其中的意义的,也感觉不到他说的话语所发生的效果。

我知道,在这个时候,我不能去跟在外祖母后面了,但我又怕孤寂,所以我走到了外祖父的房里。他即刻又看见我,于是叫道:

"滚出去!诅咒你!"

我跑上顶楼,从屋背窗上望着天井和花园,要想把外祖母收进我的视线里。我怕他们会杀死她,于是我号叫起来,向她喊,但她并没有回到我身边来;只有我的酒醉了的舅父,他听见了我的话,于是用暴怒的龌龊的话语,辱骂着我的母亲。

其中有一天黄昏,外祖父有点不舒服,他一面在枕上摇着他那包着一块面巾的脑袋,一面锐声地号恸着:

"为了这苦恼啊,我在生活,在犯罪,而且在积成富有!假使不是为了耻辱和不体面,我真会叫了警察来,明天把他们拿到官长前面去。但是想到了不体面呀!哪个父母曾经拿法律来加在他们的儿子们身上的?唔,你是再没有别的事情可做了,只静静地躺在那里忍受吧,你这老人呀!"

他突然跳出床外,蹒跚地走到窗前。

外祖母抓住他的手臂,"你上哪里去?"她问。

"点起火来吧。"他说,呼吸很困难。

当外祖母燃着了蜡烛,他从她手里拿过烛台,拿得紧贴着他的身体,好像一个兵士拿着一杆枪似的。他用了高朗的讥笑的声调,从窗口叫喊着:

"嘻,密虚喀!你这贼骨头!你这生疥癣的疯狗!"

顶上面的一块窗玻璃立即被打得粉碎了;有半块砖石落在外祖母旁边的桌子上面。

"你为什么不瞄得准一点呢?"外祖父神经质地喊着。

外祖母装作是来领我的,刚好把他抱在她怀里,于是将他拖回到床上,以一种恐怖的声调,反复地和他说:

"你想怎样?你想怎样?上帝会原谅你的!我知道,他这般作恶,西伯利亚会成了他的归宿。但是在他发狂的时候,他不会清楚西伯利亚是什么意思的。"

外祖父愤怒地移动着他的腿,无情地呜咽着,以一种遏制着的声音说:

"请他来杀死我吧!"

从外面,传来了咆哮声、顿脚声和一种刮墙声。我从桌上攫取了那块砖瓦,跑到窗口去,但外祖母在这个时候抓住我,拿砖瓦抛在一个角落里,叽咕着说:

"你这小鬼!"

另一次,我的舅父武装了一根粗木桩来,他立在黑暗的梯阶的顶上,要打开门,从天井闯到房子的墙门间里。然而外祖父手里已经拿着一根手杖,在另一边等候他,而且还带了两个武装着棍棒的房客和拿好了一根面杖的旅馆主人的高大的妻子。外祖母柔和地走在他们身后,以恳切的请求的声调喃喃地说：

"请让我去看他吧！让我和他说一句话吧！"

外祖父立在那里，一只脚向前冲着，很像那幅"猎熊"的图画里的那位执长矛的男人。当外祖母跑到他身边的时候，他什么话也不说，只用他的手肘和他的脚动了一下，推开她。四个人全都可怕地准备好站在那儿。在他们头上，有一盏灯悬挂在墙壁上面，射出了一缕参差的，痉挛的橙光，落在他们的面容上。我从楼梯的顶上看清楚这一切。我始终希望能抓住外祖母和我一块在楼上。

我的舅父完成了这工作，用气力和效果打开门来了。门已经溜出它的位置，预备要弹出上铰链——下铰链是已经被打断，在不谐和地震响着。

外祖父反复着同样的颤抖的声音，对他的武装的同志们说：

"去捉住他的两臂和两腿，但请你们留出他的愚蠢的脑袋吧。"

在墙上，在门旁边，开着一个小小的窗门，从那里你刚刚可以伸进你的脑袋去。舅父打碎窗玻璃，但是还有碎玻璃剩留在窗的四围，所以看起来好像谁的黑眼睛了。外祖母冲到这扇窗门旁边，把她的手儿伸到窗外的天井里，遥着手儿警告他，一面还叫着："密虚喀！看上帝面上走开吧，他们将要抽你的肋骨了。走开吧！"

他用拿在手里的木桩向她打来。可以清楚地看到一件粗大的东西扫过窗来，落在她的手上，接着，外祖母就跌倒了；但她虽然仰卧在地上，她却还要叫着：

"密虚喀！密——虚——喀！跑吧！"

"母亲，你在哪里？"外祖父以一种骇人的声音狂喊着。

门打落了，装在黑的门楣里的，是我的舅父站在那里；但片刻后，他是被抛到阶下了，有如用一把铁铲抛出一团胶泥似的。

旅馆主人的妻子把外祖母搬到外祖父的房间里。他立即跟了她进去，凶悍地叩问她：

"骨头有打破吗？"

"噢！我觉得每一根骨头都打破了，"外祖母闭着眼睛说，"你怎样对付他的？你怎样对付他的？"

"聪明点吧！"外祖父严厉地叫道，"你以为我是一头野兽吗？他被捆着手足躺在地窖里，我已经用水好好地给他淋过一回了。我承认这种行动是一件坏事情；但是引起这整个苦恼的是谁呀？"

外祖母呻吟着。

"我已经请接骨医生去了。竭力忍受着苦痛，等他来。"外祖父说着，傍着她坐下在床上，"他们在毁坏我们，母亲——在最短期间内就可能的。"

"把他们所要求的给了他们吧。"

"范尔范莱怎样呢？"

他们对于这事情讨论了许多时候——外祖母是静静地而且痛苦地说着，外祖父是以高响而愤怒的声调说着的。

于是，一个小小的驼背的老妇人进来了。她生着一个长及两耳的大嘴巴；她的下牙床颤抖着，她的张开的嘴，披挂着，有如一条鱼的口嘴似的，而且有一个尖鼻子偷窥在她上嘴唇上面。她的眼睛是看不见的。当她的拐杖划着地板的时候，她很少移动她的脚，她的手里携着一包叮当响的东西。

我觉得，好像她是带了"死"来给外祖母的。于是我冲到她身边，用尽我的力气高叫道：

"走开！"

外祖父不很温静地捉住我，显着非常烦躁的神气，把我带到气楼上。

六

当春天到来的时候,我的舅父们分开了——约哥夫依旧留在市镇里,米盖尔在河旁筑起他自己的家来,而外祖父在波里华伊街买了一幢高大而有趣的房子,楼下的一层是一个旅馆,楼上有几间适意的小房间,而且有一个花园通到那条耸着无叶的柳枝的栈道。

"给你的手杖!"外祖父说,快乐地着他的眼睛,当我伴着他在温柔的,泥泞的路上,在视察了花园之后,"我不久将开始教你读和写,所以你将能够使用这些手杖了。"

这房子挤满房客,除出顶上的一层,外祖父在那里有一间给他自己的和招待访客们的房间,以及出气楼,那里是外祖母和我的家。它的窗门是面街的,所以,在黄昏或放假日,倚在窗槛上,人可以看到好多酒醉的男人们，从旅馆里爬出来，蹒跚在马路上面，叫着又颠蹶着。有时，他们会像口袋一般被抛到马路上来，而他们却要打算再进旅馆去，于是大门砰砰地，戛戛地响，铰链吁吁地响，一场战争开始了。望着这一切，真是有趣味的事情。

每天早晨，外祖父要上他儿子们的工厂里去，帮助他们安排，每天黄昏回来的时候，总是疲惫的，颓丧的，烦躁的。

外祖母要烹调，缝纫，在厨房里和花园里忙碌着，整天从事于这一件或那一件事情，真像一个高大的桅盘放在一架看不见的小滑车里转动。她不断闻鼻烟，打喷嚏，拂拂她那流汗的面孔说：

"好的旧世界，祝你幸福！快，亚里克希，我亲爱的，这不是一种佳好的安静的生活吗？'天上的皇后'，这是你的功劳，——使一切事情都变得这般如意！"

可是我对于安静生活的观念是和她不同的。这房子里的别的房客们，骚扰地跑进，跑出，跑上，跑下，从早晨一直到夜晚，以这般样子来显出他们的友爱——时常是匆匆忙忙，又时常弄得时间顶晚；时常在诉苦，而且时常打算叫出来："亚康留娜·伊凡诺夫娜！"

而亚康留娜·伊凡诺夫娜永远是可爱的，对于大家都一样殷勤的，她会亲自动手去闻鼻烟，而且在一块红色的小方格手帕上仔细地擦着她的鼻子和她的手指，在她回答之前：

"要赶走虱儿，我的朋友，你得时常洗洗身体，而且洗洗Mint-vapar澡。假使虱儿是在皮肤下面，那么，你要用一匙纯粹的鹅油、一匙硫黄，三滴水银——把这三种原料用一块碎壶片在一个瓦管里拌七遍，然后拿这混合物当作膏药来涂抹。可是你得记住，假使你用一个木的或骨的调羹来拌它，那么水银会变得没有用；假若你放进一个铜的或银的调羹去，你用了反而会害你。"

有时，在考虑之后，她会说：

"你最好，我的好妇人，去请教亚塞夫，彼奇郁地方的药剂师，因为我不知道应该如何忠告你才好。"

她像一个收生婆，也像一个家庭间的争吵与纷扰的调停人。她会医小儿病和诵述"圣母玛利亚的梦"，要使妇人们"为了造化"而心里记住诵述的内容，而且关于家务事常常会请她来贡献意见。

"黄瓜自己会告诉你，什么时候是腌渍的辰光到了；当它掉落在地上，发出一种古怪的香味，这是采摘的时候了。麦酒呢，可以草草对付的，而且它是不喜欢太甜的，所以可用葡萄干来配制，你可以每二加仑半麦酒里掺一 Zolotnih 葡萄干，……制乳皮你可以用各种方法。有杜斯基味，有琪姆潘斯基味，有高加索味。"

我整天跟着她在花园里和天井里，陪她上邻舍们家里去。她会在那里坐几个钟头，喝着茶，说着各样的故事。我仿佛变成她的一部分了，在我的一生的这一段时间里，我所记得的最清楚的东西，无过于那个有毅力的老妇人了，她是永远不倦于做好事情的。

有时，我的母亲会短时间从某地方出现在我们面前。伟大而严肃的，她以冷淡而灰白的，有如冬天的太阳似的眼睛，望着我们众人，但不久又不见了，一点没有留给我们可以回忆的东西。

有一次，我向外祖母说："你是一个巫婆吗？"

"唔！下回你又会想出怎样的怪问题来？"她笑了。但她以一种沉思的声调继续说下去："我怎能成为一个巫婆呢？巫术是一种很难的科学。

唉，我甚至是既不能读又不能写；我甚至不认识一个字母的。外祖父——对于学问，他真是一只合格的海莺鹉，但圣母玛利亚永远不让我做一个学生呢。"

接着她仍旧把她生活的另一面讲给我听，她继续说下去：

"你知道，我是一个小小的孤儿，和你一样的。我的母亲正是一个可怜的农妇——一个跛子。在她只不过比一个孩子年龄稍微大点的时候，一个绅士来欺辱她了。一天晚上，因为那将要发生的事情使她恐惧，她从窗口跳了出来，折断肋骨，伤了肩——伤得这般厉害，连她顶需要的右手也坏了……她还是一个有名的花编工人，也弄得如此呀！唔，那件事情发生之后，她的雇主自然不再要她，辞退她——她只好尽她能力去挣扎她的生活。一个人没有手儿怎能赚到面包呢？所以她变成乞丐，依靠别人的恩赐来过活；然而在那时候，人们还比现在富庶点而且仁厚点……巴拉卡纳的木匠们，花编工人们也一样，是出名的，而人们又大家都爱装饰。

"有时，我的母亲和我在市镇里住过秋天又冬天，然而一到亚尔干基尔·迦伯列挥着他的剑，赶走冬天，以阳春来遮满大地的时候，我们又开始漂泊，跟着我们的眼睛走去了。我们到莫洛姆，到乌利未兹，而且沿着伏尔加河上流，沿着平静的奥喀河。在春天和夏天，去世界上游荡着真是一件有趣的事情，那时整个地球在微笑，草儿好像天鹅绒一般，圣母在田野间撒遍花朵，一切东西仿佛都给人以愉快，直向人的心灵说着话一般。有时，当我们上了小山，我的母亲会闭上她的蓝眼睛，开始以一种虽不很有力，但钟声一般清澈的声音歌唱者。听着她的歌，我们周围的一切，仿佛都屏气敛息地睡着了。唉！上帝知道生活在那些日子是多美好啊!

"可是当我九岁的时候,我的母亲开始感到,假若她再带我求乞下去,她会被人辱骂的。而事实上,她也开始觉到我们所过的生活是可耻的,于是她在巴拉喀纳住下来,到街上一家一家去求乞——逢到星期日或放假日,上礼拜堂的墙门间里去占据一个位置,这时候我是留在家里,学打花编。我是一个伶俐的学生,因为我急于想去帮助我的母亲;但有时我仿佛一点也不进步似的,于是我就叫起来了。然而在两年之内我终究学会这职业。请你记住吧,我人是那么小,而我的名誉却传遍了市镇。当人们需要真正佳好的花编,他们会立即来到我们的家里:

"快,亚康留娜,飞快地转着你的络丝管吧!"

"我是很幸福……这是我的伟大的日子。自然,这是我母亲的工作,不是我的;因为,虽然她只剩一只手,那另一只是没有用的,而这是她教我怎样去工作的。一个好教师是胜过十个工人呀!

"唔,我开始感到骄傲了。'现在我的小母亲,'我说,'你可以不必再求乞,因为我能够养活我俩了。'"

"'没有这回事!'她回答,'你所赚的,要积蓄起来做你将来的嫁妆的。'"

"此后不久,外祖父出场了。他是一个奇怪的孩子——只有二十二岁,已经是一个自由的水手了。他的母亲一时垂青于我。她知道我是一个伶俐的工人,而且因为是一个乞丐的女儿,我猜测她,一定以为我是容易安排的;可是!——唔,她是一个狡猾的,奸恶的妇人,但我们不要去提起那一切吧……况且,我们为什么要去忆想那些坏人呢?上帝知道他们的;'他'知道他们所做的一切事情的;让魔鬼爱着他们吧。"

她热诚地笑着,诙谐地皱着鼻子,同时她的眼睛在沉思地闪耀着,仿佛比她的谈话更动人地,在抚爱着我。

我记得,有一个静寂的黄昏,在外祖父的房间里和外祖母用茶。他有点不舒服,坐在床上,没有穿衣服,用一块大面巾披在肩上,在大量地流汗,迅速而沉重地呼吸着。他的青色的眼睛已经暗淡了,他的面孔是喘气而且青白的;他的小小的尖耳朵是莲紫色的,而他的手儿是可怜地摇摆着的,当他伸出手儿去拿他的茶杯的时候。他的态度也变得温柔了;他是一点也不像他的本来面目了。

"为什么你不给我一点糖呢?"他使性地问,好像一个宠坏了的孩子。

"我已经放上蜜。这对于你更适宜点吧。"外祖母慈爱地可是肯定地回答他。

吸着气,而且在他的喉咙间发出了一种类似鸭叫的声音,他咽下一大口热茶。

"这时候我要死了,"他说,"看我是否死!"

"不要烦恼吧!我会当心你的。"

"那很好。假使我现在死去了,我会仿佛同从来没有生活过似的。一切都要崩溃了。"

"现在,不要多说。静静地躺着吧。"

他闭上眼睛躺了一分钟,用手指卷着他的疏疏的胡髭。他的褪色的嘴唇吮合着;然而他忽然摇摆起来,仿佛谁用一个木钉刺他一下似的,于是开始高声地说出他的思想来了:

"约虚喀和密虚喀应该从速再结婚了。新的羁绊大概会给予他们对于生命以一种新鲜的要求。你觉得怎样?"于是他开始在记忆中搜索市镇上的合格的新娘的名字。

但外祖母却一面老守着沉默,一面她一杯又一杯地在喝茶,而我是坐在窗口,眺望那晚天在市镇上渐渐地红起来,而且在对面房子的窗上投下紫色的反光。外祖父禁止我上花园或天井里去,好像对我某种恶行的惩罚。甲虫儿环翔在花园里的桦树的四周,用它们的翅膀振着一种叮当声;一个桶匠在隔邻的天井里工作,而在不远的地方有一个人在磨刀,被繁密的丛林所掩遮住的孩子们的声音,从花园里和石路上飘起来。这一切仿佛吸住我又抓住我,这时候黄昏的忧郁泛上我的心头来。

外祖父突然从什么地方拿出一本簇新的书来,在他的手掌上啪啪地敲着书本,带了活泼的声调在叫唤我。

"快,你这小流氓,过来吧!坐下来!你知道这些字母吗?这是 Az。跟我说 Az, Buki, Viedi。这一个是什么字?"

"Bufro。"

"对的!这一个叫什么?"

"Viedi。"

"错了!这是 Az。"

"看这几个——Glagol, Dofro, Yest, 这一个是什么?"

"Dofro。"

"对的!这一个呢?"

"Glagol。"

"好!这一个呢?"

"Az。"

"你知道的,父亲,你是应该安静地躺着才好。"外祖母插进来说。

"啊,不要来闹!这正是我该做的事情;这使我忘记忧虑。亚里克希,读下去!"

他用和暖的,湿润的手臂围住我的项颈,而且用手指在我肩上做着字母的小记号。从他身上可以闻到强烈的醋味,而且其中还含有烧洋葱的气味呢,我真觉得几乎给窒息死了。然而他却发起脾气来,在我的耳朵里咆哮着,叫喊着:

"Zemlya, loodi!"

这些字,我觉得很熟悉,不过和斯拉夫的文字有点不相合罢了。"Zemlya"的"Z"看起来好像一只虫儿似的;"Glagol"的"G"好像驼背的葛里哥雷;"Ya"好像外祖母和我并立在一块。而外祖父仿佛对于所有字母都同样有点关系的。

他叫我反复地读去,有时,故意来问我这些字母叫什么,有时避过了;但是他的热度可真传染给我了,因为我也开始流起汗来,而且尽量地高声叫着——这使他感到万分快活。因为咳嗽得很厉害,所以他抓着胸膛,而且把书本抛开在一边,喘着气:

"母亲,你有听见他怎样喊叫吗?你为什么要做出那样的声音来,你这阿斯达拉干的狂人?唉?"

"这是你,使我发出那样的大声来。"

此刻望望他又望望外祖母,在我真是一种愉快。外祖母的两肘倚靠在桌子上,她的脑袋休息在她手上,她望着我们,又温静地笑着,一面却说:

"假使你们不当心,你们会笑死的。"

"我是容易受刺激的,因为我身体不舒服,"外祖父以一种亲切的声调解释着,"但与你有什么关系呢,唉?"

"我们的可怜的纳推丽亚是错误的,"他对外祖母说,摇摇他的汗湿透的脑袋,"当她说他是没有记忆力的时候。谢谢上帝,他是有记忆力的!是像一匹马儿的记忆力。认真用功下去,狮子鼻呀!"

他终于开玩笑似的把我推出床外。

"够了,你可以拿了书去,明天你会对我背完字母没有一个错误了,而且我要给你五个戈比呢。"

当我伸出手去拿书的时候,他将我拖近身旁,粗暴地说:

"你那位母亲一点也不想到你的将来呢,我的孩子。"

外祖母跳起来了。

"啊,父亲,你为什么说出这样的话来?"

"我不应该这样说的——但我的感情制服了我。啊,那是怎样一个走入迷途的姑娘!"

他粗暴地推开我了。

"现在走开吧!你可以出去了,但不要到街上去,不要那样胆大吧,可以上天井或花园里面去。"

花园对于我有特别的吸引力。当我一旦出现在那里的土山上,立刻就有孩子们从栈道里开始向我抛过石子来;而我是十分愿意来回复这个突击的。

"呆子来了,"他们一眼瞥见我,马上就这般叫起来,而且匆忙地武装好了自己,"让我们来剥他的皮!"

因为我没有懂得"呆子"这字的意义，所以这个绰号也并不令我生气；但我感到我是一个人孤独地战斗他们一大群，这使我心中欢喜，尤其是一颗瞄得很准的石子，赶得敌人飞跑到树丛中间去躲避的时候。我们从事这些战争是毫无恶意的，而且他们照例到了完结的时候，并没有一个人受到创伤。

我很容易地学会了读和写。外祖父一天比一天厚待我，夏楚也一天比一天减少了——虽然据我的意见，我是应当比从前更受夏楚的，因为我人是变得更大，而气力也变得更大，所以我是比从前更要时常破坏外祖父的规矩，更不服从他的命令了；但他却最厉害也不过骂我几声，或者向我挥拳头罢了。真的，我开始感到他从前打我一定是没有原因的，于是我就这样告诉了他。

他轻轻地斜推我的下颊，将我的面孔向他捧起来，他眨着眼睛一面嗫嚅地说：

"为——什——么？"

然后，他半露笑容地补充说：

"你这异教徒！你怎么能够知道你需要多少夏楚呢？除掉我，谁还知道？啊啊？走开吧。"

可是他还没有说完这句话，又立即抓住我的肩膀问道：

"我疑惑，你现在是怎样——狡猾的或是忠实的？"

"我不知道。"

"你不知道！唔，我要详细地告诉你——狡猾点吧。这是令人满意的事！忠实只是愚蠢罢了。记住，羊是忠实的！够了。跑开吧！"

不久，我能拼出诗篇来了。我们通常读书的时候是在晚茶之后，那时我念着一首圣诗。

"被，被；祝福，祝福；被祝福，"我念着，领导着这位指示者念过书页去。"这人是被祝福——那不说约哥夫舅父吗？"我问，为了解除这厌倦。

"我要用拳头打你耳朵，那样你总会明白被祝福的是谁吧。"外祖父回答着，愤怒地鼓着鼻息，但我觉得他的愤怒只是假装的，因为他以为生气该是一件正常的事。

而我的猜测一点也没有错误。果然，不到一分钟，他显然已经忘记刚才骂我的一切，因为他在喃喃地说：

"是的，是的！大卫王表示他自己是很恶毒的——在娱乐里，在他的歌唱里，在押沙龙事件里，唉！歌的制作者，言语的主人，又是诙谐者。那就是你！"

我停止了诵读，望望他的皱蹙的惊奇的面孔。他的眼睛轻轻地闪耀着一种温暖的可是忧郁的光辉！仿佛要望穿了我似的，但我知道，不久他那日常的暴戾的表情又要回到他的眼睛里来了。他用他的细手指在桌子上面痉挛地擂击着；他的染色的指甲在闪着光，而他的金黄的眉毛上上下下地动着。

"外祖父！"

"唉？"

"讲一个故事给我听。"

"读下去，你这懒惰的乡下人！"他不满地说着，擦擦眼睛，仿佛刚从熟睡中醒来一般。

"你喜欢故事,但你却不留心诗篇!"

我有点疑心,他对于圣诗,差不多全熟的,所以也是比对于故事喜欢点吧,因为他曾经宣过誓,每夜上床之前,他一定要诵圣诗,他以一种歌咏似的调子诵着,正像教会庶务员在教堂里默诵着祈祷书。

在我恳切的请求之下,这位一天比一天温柔起来的老人,终于对我让步了。

"那么,很好!你将常和圣诗在一起,而我却不久要被上帝召去审判了。"

他斜靠在一张古旧的圈手椅的装着套子的椅背上,倒转脑袋,仰望天花板,于是开始静静地,沉思地,向我讲述关于旧日,关于他的父亲了。有一次,强盗们上巴拉卡纳来抢劫商人赛夫,外祖父的父亲跑到钟楼上去撞警钟;但强盗是跟在他后面的,所以他们用刀剑刺翻他,将他从钟楼上抛下来。

"但那时候我还不过是一个孩子,所以对于这事件,我自然记不起什么来。我所记得的第一个人是一个法国人,那是在我十二岁的时候,整整十二岁的时候。三班类似的犯人都是些小小的枯萎了的人,赶到巴拉卡纳来了;其中有的穿得比乞丐们更坏些,其他的是冻到快要站不住了。农民要打死他们,但护兵阻止这样做,于是把他们赶散了;以后他们也没有受到其他痛苦。我们时常去看这些法国人,他们都显得又能干又伶俐,也很快活——有时他们还唱唱歌。绅士们时常从尼尼坐着忒洛卡出来观察这些犯人们;其中有的还辱骂这些法国人,向他们挥挥拳头,而且甚至还会敲起他们来,同时其他的却仁厚地用法国语对他们说,给他们钱,而且向他们表示万分热诚。有一个年老的绅士用两手掩住面孔哭泣了。他说,那个恶徒波那帕忒毁坏了法国了。唉,你看!他是一个俄国人,而且是一个绅士,而他却有一副善良的心肠——他可怜这些异国。"

他沉默了片刻,紧紧地闭住眼睛,用手儿梳着头发;然后他说下去,十分真确地回忆着他的过去。

"冬在街道上投下了符咒,农民们的茅屋遭遇着霜雪的侵蚀,于是这些法国人时常跑到我们母亲的家里来,立在窗门下面,轻敲着玻璃,叫着,跳着要热面包,因为她时常做些小面包去出卖的。母亲不让他们走进我们草舍里来,只从窗门里抛点面包给他们。面包都是火热的,但他们却抓了起来,塞在他们的胸怀里,紧贴着他们的裸露的皮肉。我真想象不到他们怎样忍受这热呢!许多法国人都冻死了,因为他们是从一个温和的国家里来的,所以对于霜雪是不习惯的。其中两个是住在我们的洗涤室里,在厨园里——一个官和他的传令兵米洛。

"官是一个高高的瘦削的男人,皮包骨头,时常裹着一件齐及膝踝的妇人外套走出去。他非常可爱,可是一个酒汉,所以我的母亲时常暗地里酿些啤酒卖给他。当他喝过了酒之后,时常歌唱起来了。当他学会了说俄国话的时候,他时常要发表他的见解:'你们的国家不是完全白的,而是黑的——而且坏的!'他说得非常不完全,但我们能够懂得他,而且他所说的总是非常真确的。伏尔加河上流的两岸是不愉快的,但是再往南去,土地就变得比较和暖些了,到了里海,是永远看不到雪了。这话是可以相信的,因为在福音书里,没有讲到雪,也没有讲到冬天的,戏剧里也没有的,圣诗里也没有的,凡是我所记得的都没有……以及基督生活的地方……唔,我们一旦读完了圣诗,我们马上就要一块读福音书了。"

他又落在另一个沉默里去了,正像他已经昏睡去一样。他的思想是驰在遥远的地方,他的眼睛是斜瞥着窗外,头得又小又锐利。

"再说一点给我听吧。"我说着,我的举动正像一根轻轻的当头棒。

他惊跳起来,然后又开始说下去。

"唔——我们是讲着那法国人。他们毕竟是和我们一样的人,不比我们坏,也不比我们更罪孽深重。有时,他们时常向我母亲高叫着:'马丹!马丹!'意思就是'我的太太''我的主妇',于是她就拿五磅面粉去放在他们口袋里。她的气力不是一个平常妇人所有的;她能够拿着我的头发,轻轻举起来,一直到我到了二十岁,甚至到了我的身量已经不轻的年龄。啊,这位传令兵米洛是爱马的。他时常走到天井里来,向他们装装手势,要求他们给他一匹马儿养。当初是苦恼的——有着争论和反对的——但后来农民们都时常叫他'嘻,米洛!',而他是时常笑着,顿着头,向他们跑过来了。他的头发是沙黄色的,几乎红色的,长着一个大鼻子和厚嘴唇。他知道关于马的一切,他医治马的病症能够有神奇的效果;后来他变成尼尼的一个兽医了,但他发起狂来,被一枪打死了。春天快到的时候,官开始显出他那将死的样子,而且在一个初春的早晨静静地死去了,其时他是坐在外屋的窗口——正像坐在那里思想着,脑袋是垂倒了的。

"他的结束是那样的。我真是非常悲伤。我甚至静悄悄地号哭了一会儿。他是这般文静。他时常要扯我的耳朵,而且用他的本国话这般仁和地和我说。我不懂,但我很喜欢听——人类的仁爱无论哪条街道里都买不到的。他开始教我学他的本国话,但我的母亲禁止我,甚至把我送到牧师那边去，于是这位牧师替我定下一种鞭挞，而且他还亲自上官那里去汇报。在那时候，我的孩子，我们所受的待遇是非常残暴的。你还没有经验过这种待遇呢……你所忍受的真不算什么一回事，请你不要忘记！……譬如拿我自己的情形来说……我是受过这许多——"

黑暗开始沉下来。在暮光里，外祖父仿佛变成罕有的庞大，他的眼睛闪耀得好像一只猫儿似的。他静静地，细心地而且沉思地谈了许多题目，但讲到他自己的时候，他的话语就立即变得迅速，而他的调子也变得热情而且夸大了，使我不高兴听。至于他那惯常的独断的命令，我也不爱听的：

"记住我现在对你说的话！留心，不要忘记！"

他对我说了许多事情，我都无心记住，但那事情，他虽丝毫不向我用命令，我可不自主地保留在我的记忆里，使我感到一种心的病弱。

他从来不讲向壁虚造的故事的，他所讲述的事件，往往都是曾经真正发生过的，而且我也注意到他是讨厌询问的。这样，反而引起我固执地要问了：

"谁好呢，法国人和俄国人？"

"我怎么说得出来呢？我从来不曾在家里看到过一个法国人。"他愤怒地咆哮了。"一只波兰的猫在它自己的洞里是很好的。"他补充说。

"然而俄国人是好的吗？"

"在许多方面他们是好的，但在地主统治着的时候，他们是更好了。现在我们是混乱得不成样子，人们甚至不能够生活了。自然，这些绅士们该受责备的，因为他们知道去帮助他们；但那也不能一体而论，只有几个好人们，他们是已经被证明了，至于其他的——其中许多都蠢得和老鼠一样,他们将拿去任何你所喜欢给予他们的东西。我们中间有许多的果壳,但核肉是不见了,只剩了壳,核肉已经被吃完了。人呀,这是你该学习的一课!我们应该学习这一课,我们的机智现在应该已经敏锐了,但是我们还不够。"

"俄国人比别的人民强健吗?"

"我们中间有若干非常强健的人民,然而气力并不是十分重要,重要的是灵敏。假使讲到单纯的气力,马儿是我们的优胜者。"

"但是法国人为什么要向我们宣战呢?"

"那是皇帝的事情。我们不能够理解这个的。"

但我的问题是:"拿破仑是一个怎样的人呢?"外祖父带了一种怀古的声调回答道:

"他是一个恶人。他要想向全世界宣战,然后他再想使我们平等——没有统治者们,也没有主宰们,没有阶级的区别,受着同一的统治,承认同一的宗教,每一个人都是平等的,所以,在人与人之间,所不同的只有他们的名字了。自然,这完全是瞎说。只有龙虾,才是不能够互相区别的生物……而鱼类就有阶级的区别了。鲟鱼是不和大鲇鱼结合的,而小鲽鲛是不肯做青鱼的一个朋友的。我们中间有许多拿破仑,有莱辛(斯蒂朋·铁玛希夫)和匹格奇(伊密利亚·伊凡诺夫)——关于他们,我下一回再告诉你。"

有时,他会沉默着许多时候不说话的,用转动着的眼睛凝视我,仿佛他从来不曾见过我似的,这真是顶不愉快了。但他从来不向我讲起我的父亲和母亲。在这类闲谈的时候,外祖母时常会默默地走进室内来,坐在角落里的一个位置上,沉默地而且看不见地坐了许多时候。然后突然地用她那慈爱的声调问着：

"你还记得吗，父亲，这是多可爱，我们上莫洛去进香的那一回？到现在几年了？"

沉思了一会儿之后，外祖父会谨慎地答道：

"我不能够正确地说出年数来，但这是在患虎列拉病之前。就是我们在树林里捉住那些逃亡的囚犯们那一年。"

"对了，对了！他们还仍使我们感觉到恐惧呢——"

"那是对的！"

我问："逃亡的囚犯们是什么，而且他们为什么逃亡到树林里去。"而外祖父是颇讨厌地解释着：

"他们不过是从牢狱里跑出来的人们，逃避那规定他们去做的工作。"

"你们怎样去捕捉他们的？"

"我们怎样去捕捉他们吗？啊，有如小孩们玩捉迷藏似的——有的跑走了，其他的去寻他们，而且捕住他们。当他们被捕的时候，他们被殴打着，他们的鼻管被割开，而且在他们的前额烙上了他们是囚犯们的印记。"

"为什么呢？"

"唉！那是一个问题，是一个我所不能回答的问题。至于谁错误，还是跑走的，或是追逐的错误，那也是一件不可思议的事情！"

"你还记得吗？父亲，"外祖母说，"在大火之后，我们怎样？——"

对于其他一切事情都记得正确无误的外祖父，对于这话却严厉地问道：

"什么大火?"

当他们这般地重温着过去的时候,他们完全忘记我了。他们的声音和他们的话是这般轻软地又这般和谐地混合在一块,有时真像在歌唱,关于病痛和火,关于虐杀的人们和暴死,关于聪明的流氓和迷信宗教的狂人和粗暴的地主的忧郁的歌曲。

"我们生活过来多少事情了!我们阅历过多少事情了!"外祖父轻轻地喃喃地说。

"我们不曾有过一度如此坏的生活呢,我们有过吗?"外祖母说,"你记得吗,在范丽生了之后,春天是多么美好地开始起来?"

"那是在一八四八年,正当匈牙利战争的时候,在施洗礼的第二天,他们赶走了她的教父,蒂珂——"

"而且他不见了。"外祖母叹息着。

"是的。从那时以后,上帝的祝福仿佛流出了我们的家,好像水溜过了鸭背。譬如拿范尔范莱来说——"

"啊,父亲,够了!"

"你这话什么意思——够了?"外祖父问着,愤怒地向她疾视,"我们的孩子们都变得很坏了,无论你怎样看法。我们的青春的精力变成什么?我们以为我们是在孩子们身上,为自己蓄积着青春的精力,有如人在一只篮里仔细地装填某种东西一样;但是,看呀,上帝却在我们手里把它换成一个谜,没有一个回答。"

他在房子里奔跑起来,号叫着,仿佛他已经被火烧伤了一般,而且呻吟得好像他在患病。然后他向外祖母辱骂着孩子们,一面向她恐吓地摇着他的小小的干枯的手儿,一面叫:

"这完全是你的错处,对他们退让,而且帮助他们,你这老鬼婆呀!"

他的忧伤和刺激达到最高度了,变成一阵含泪的号恸。他一面倒在神像面前的地板上面,尽力敲着他的枯萎的深陷的胸膛,一面叫着:

"主呀,难道我比别人更加罪孽深重吗?那么为什么?"

他浑身颤抖,他的充满泪水的眼睛闪射着怨憎与毒恨。

外祖母没有说话,她坐在黑暗的角落里,在身上画了一个十字,然后谨慎地走近他身旁,说:

"啊,你为什么这般烦恼呢?上帝清楚他所做的事情的。你说,别人的孩子们比我们的好,但我敢对你担保,父亲,你会发现到处都发生这同样的事情——闹架、争吵、烦恼,所有做父亲母亲的,都用他们的眼泪来洗去他们的罪恶,不只有你一个人。"

有时,这些话语会平和了他的气愤,他开始要预备上床了;于是外祖母和我偷偷地溜到我们的气楼上去。

但是有一次,当她拿了安慰的话走近他身旁去的时候,他迅速地转向她,而且用拳头尽力在她面上打了一下。

外祖母蹒跚着,几乎失去她的平衡了;但她把自己弄个稳定,然后拿一只手儿放在唇上,静静地说:"呆子!"于是她唾出血水在他的足上;但他只长号了两声,向她一齐举起他的两手来。

"走开吧,否则我要杀死你!"

"呆子!"她一面重复地说,一面离开房间了。

外祖父向她冲过去,但她匆匆地跨过门槛,对着他的面孔砰然地关上门。

"老鬼婆！"外祖父叽咕说，他的面孔已经变成青白色，靠在门柱上，顽强地抓着。

我非常疲倦地坐在卧榻上面，快要不相信我的眼睛了。这是第一次，他在我面前殴打外祖母，而我是淹没在憎恶他的性格的这种新态度里——这一种癖性的显露里，这是一种我认为不可原谅的，而且使我感到了窒息似的癖性呀。他站在那里没有动，倚在门柱上，面孔变得灰白而且皱缩，仿佛遮上一层灰。

突然地，他走到房子中央，跪下来，向前俯伏着，他的两手靠在地板上面；但他立刻又直挺起来，敲击着他自己。

"唉，主呀！——"

我急忙溜开了炉坑的暖热的石板，小心地匍匐出房外，仿佛我是行走在冰上一般。我发现外祖母是在楼上，在房内往返地踱，不断地漱涤着口嘴。

"你受伤了吗？"

她走到角落里，将水吐在小盆里，然后冷冷地回答：

"没有什么好大惊小怪的。我的牙齿都很好；只是我的嘴唇被打破了。"

她瞥着窗外，说：

"他发脾气了。这在他老年是难受的，一切事情都仿佛变得很坏了。现在你去睡吧，去做你的祈祷去，而且不要再丝毫想到这事情。"

我再问了几个别的问题，但她显着一种十分反常的严酷叫道：

"我对你说过什么话？立即去睡吧！我从来没有听到过这般不服从的。"

她坐在窗口,吮吸着她的嘴唇,频频地唾在手帕上面,而我在脱着衣服,望着她。我能够从那蔚蓝色的方窗里,望见星星闪耀在她后头的天上。街道上一切都静寂,而房子是在黑暗里。当我上床之后,她走近我的身边来,温柔地抚摩我的脑袋说:

"好好地睡!我要到楼下他那边去。不要挂念我吧,可爱的人,你知道的,这是我自己的错处。现在睡去吧!"

她亲吻我,然后走开了;但是一种难堪的悲伤扫过我。我跳过这宽阔的,温柔的,暖热的床,走到窗口,凝视着窗下空虚的街道。我被忧伤所硬化了。

七

并不很久，我就知道了这事实，外祖父有一个上帝而外祖母另有一个的。这不同屡次引起我的注意，使我没有法子装作不知道。

有时，外祖母早晨醒来，坐在床上许多时候，梳着她那古怪的头发。她的脑袋一动也不动，用梳子的断齿梳着她那乌黑的，丝一般的鬃毛的每一丝，同时低语着，没有来扰醒我：

"你真讨厌！黏缠得这样子，让鬼来抓你！"

当她这般地梳通所有的缠发，她迅速地编好一条厚厚的发辫，匆匆地洗濯着，不断地摇摆着脑袋，而且，没有洗掉她的满脸睡痕的大面孔上的兴奋的痕迹，她就置身在神像面前，开始她的真正的晨祷了，于是她整个立即神清气爽起来。

她伸直她的弯曲的背，举起她的脑袋，凝视着那喀山的圣母玛利亚的圆圆的面孔，然后，庄敬地在身上画了一个十字之后，急迫而尖锐地低声说：

"顶光荣的圣处女！今天将我放在你的保护之下吧，亲爱的圣母。"

深深地鞠一个躬，她困难地伸直了她的背脊，然后，热情地继续低语着，而且带着深刻的情绪：

"我们的快乐的泉源！纯洁的美！灿烂的苹果树！"

仿佛每天早晨她都要找新的话语来赞美的；为了这理由，我时常聚精会神地来听她的祈祷。

"亲爱的心，这般纯洁的，这般美善的！我的城堡和我的避难所！金色的太阳！上帝的母亲！当心我受诱惑吧。允许我不伤害一个人，不会因别人无心所做的事情而引起愤怒。"

她那乌黑的眼睛在微笑，一副返老还童的一般的神气露现在她（面上），她的手儿缓慢而沉重地在她身上又画了一个十字。

"耶稣基督上帝的儿子，垂怜我，一个罪人，看你圣母的面上。"

她的祈祷往往一点没有祷告文的格式的，充满了忠实的赞美，极简单的。

在早晨，她并不祈祷得时间很长，她得去预备茶壶，因为外祖父不雇仆人的，而且假使到了时候茶还没有预备好，他常常会愤怒地责备她许多时候。

有时，他比她还起身得更早，于是他就上气楼来。看见她在祈祷着，他将藐视地皱着他的薄薄的黑嘴唇，立住几分钟来听她，而且当他喝着他的茶时，他要咆哮了：

"我曾多少次数教你应该如何祈祷的，呆子。然而你，总时常要胡说那些乱话，你这异教徒！我真想不到上帝为什么会饶恕你的。"

"他知道的，"外祖母坚信地回答，"那我们所没有对他说的话，什么东西他都观察到的。"

"你这可诅咒的呆子！嘿……嘿……嘿！你！"这是他所有的回答了。

她的上帝是整天和她在一起的；她甚至和动物们也谈到"他"。这位上帝，显然地以心愿的服从使他自己成了对于一切东西的论题——对于人、狗、蜂子，甚至田野的青草吧。对于地上的一切东西，他是同样地仁慈，同样地接近的。

有一次，旅馆主人的妻子——一个狡猾的，美丽的，花言巧语的东西，有着烟一般的颜色和金色的眼睛——的宠爱的猫儿，在花园里捉了一只噪林鸟。外祖母拿下这一只快要死的鸟儿，责罚着猫，叫道：

"你真不怕上帝吗，你这阴险的恶汉？"

旅馆主人的妻子和门房笑她这句话，但她却愤怒地向她们说：

"你们以为动物们就不懂得上帝吗？一切东西都比你们更懂得上帝，你们这些残忍的东西。"

当她配装那长得肥胖而忧郁的雪拉巴的马具的时候，她时常和它说起话来。

"你的神气为什么这样可怜呀，上帝的劳动者，为什么呀？你是老了，我亲爱的，就是为了这个缘故吧。"马叹息着，摇摇它的头儿。

然而她并不像外祖父那样屡屡叫着上帝的名字的。她的上帝我很认识的，而且我知道，在"他"面前我必不可以说谎的。我耻于说谎呀。

想到"他"就能够产生出这一种羞耻的无形的力量，使我永不敢在外祖母面前说谎了。要想在这位仁慈的上帝面前掩藏任何事情是一点不可能的。事实上，我甚至没有想到要这般做过。

有一天，旅馆主人的妻子和外祖父吵架，辱骂他，而且把没有参加吵架的外祖母也骂了进去；她同样刻薄地辱骂她，甚至把一个红萝蔽抛在她身上。

"你是一个呆子，我的善妇人。"外祖母十分安静地说；但我却刻骨地感到侮辱，决定要报复这阴险的东西。

经过许多时候，我都决定不了一个最好的方法，来惩罚这位有沙黄色的头发的，有两个下颏的，而眼睛可说是没有的胖妇人。从我亲自在同居的人们的争斗中得来的经验，我知道他们互相报复的方法：割断了他的仇敌的猫儿的尾巴；追逐他的狗儿；杀死他的雄鸡和母鸡；夜间爬进他的地窖里去，把煤油倒在木桶里的白菜和黄瓜上面；而且将麦酒倒出了酒桶。但这一类事情我却一点也不想去做。我想做一点不残酷些，然而更恐怖些的事情。

终于我打定一个主意。我埋伏着等待旅馆主人的妻子的到来，当她一走入地窖里，我就关上地板门，紧锁住，在上面跳着一个轻快舞，然后再把锁匙抛到屋顶上，跑进那外祖母正在忙着烹调的厨房里去了。当初，她不知道为什么这般狂欢，但是到她知道这缘故，她就打着我——我那身上预备因此受打的那一部分。她把我拖到天井里，送我上屋顶去找出这锁匙来。我勉强地把这锁匙交给她，她会来要锁匙，真使我感到惊异，于是我就跑到天井的一个角落里。从那里，我能够看到她如何放出这俘虏来，而且她们如何亲爱地同笑着，当她们横过了天井。

"我会报复你的！"旅馆主人的妻子向我摇着她的胖胖的手掌，恐吓我，可是在她那没有眼睛的脸上却露着一脸仁慈的微笑。

外祖母拖住我的衣领，把我拖回厨房里去。"你为什么干出那样的事情来？"她问。

"因为她将一个红萝菔打在你的身上。"

"那么你的意思是为了我做这事情的？很好！这就是我要为了你做的事情了——我要鞭打你，把你放到火炉下面的老鼠们中间去。你倒真是一个好好的保护者呀！'看一个水泡吧。这立即要破裂的。'假使我告诉外祖父，他会剥去你的皮。上气楼去学习你的功课去。"

这一天，她之后就没有和我说话。可是到了晚上，在她祈祷之先，她坐在床上，用一种非常动人的声调，讲了下面这几句我永远不会忘记的话语：

"现在，亚里克希，我亲爱的，你不要来干涉大人们所做的事情吧。大人们是有责任的，他们要向上帝来尽责任；可是你还没有责任呢，你要以一个孩提的心来生活着。等待上帝来占领你的心，告诉你该做的工作和该走的路吧。你懂得吗？无论什么事情，你不必去管谁该受责罚的。上帝在审判着，惩罚着；那是为了'他'，不是为了我们。"

她沉默了一会儿，其时她去拿了一撮鼻烟；然后，半闭着右眼继续说：

"啊，连上帝自己也往往不很知道错处是在哪里。"

"上帝不是什么都知道吗？"我惊讶地问。

"假使他是什么都知道的，那么有许多已做的事情可以不必做了。仿佛这是天父从天上频频地望着地上，而且看到我们怎样时常在哭泣，我们怎样时常在呜咽,于是说:'我的人民,我的可怜的人民,我替你们多么悲伤呀!'"

当她说话的时候,她竟号叫了;接着,擦干她的湿润的腮颊,走到一个角落里去祈祷着。

从那回以后,对于我,她的上帝变得愈加接近而且愈加清楚了。

外祖父教训我,他也说上帝是一个东西——无所不在,无所不知,无所不见的,是人民的一切事情的仁爱的帮助者;然而他并不像外祖母那样地祈祷。早晨,还没有去立在神像面前的时候,他要洗濯许多时候。当他穿好衣服,他仔细地梳梳他那沙黄色的头发,刷刷他那胡髭,朝镜子望望他自己,看看他的衬衫是否整齐,然后把他的黑领带折入他的背心里——完结后,他才仔细地,几乎偷偷地,走到了神像的面前。他时常站在镶木地板的一块特别的木板上,而他的眼睛显出一种马的眼睛似的表情来,他在那里低着头,两臂直垂着,好似一个兵的模样,默默地站立片刻。之后,直立着,细长得似一个钉子,开始他的动人的祈祷:

"凭圣父的名字、耶稣基督的名字和圣灵的名字。"

说完这些话之后,我总觉得室内仿佛充满着异常的静默了,连那苍蝇仿佛也在小心地嗡嗡地叫。

他立在那里,脑袋倒垂着,眉毛举着而且竖着,金色的胡髭平平地翘着。他以一种肯定的声调念着祈祷,仿佛他在背一课书似的,而且是以一种非常清楚又非常威望的声音念着的。

"当审判者到来的时候就没有用了,一切行动都骗不了的——"

轻轻地在胸口上敲击着,他在热烈祈祷:

"罪人们只有向'你'走来的啊,请'你'不要看我的罪恶吧。"

他念着"我相信"简直用那命令的口气的;而他的右腿是始终在颤抖,仿佛它在无声地指示着他的祈祷的时刻似的,而且他向神像尽力伸着他的全身,好像变得更长,更瘦,更枯干似的——他是这般清洁,这般文雅,而他的要求又这般固执。

"神圣的医者呀,请医治我灵魂的永续的灾难吧。圣处女,我是从我心底向你叫出来,我向你热情地奉献我自己。"

蓝眼睛里充满了眼泪,他高声哀泣着:

"归罪我,我的上帝,我单信仰而不工作,而且不要记住那万不能够赦罪的事实!"

他时常不断在身上画着十字,摇着脑袋,仿佛他要去抵撞什么东西似的,而且他的声音也变得尖锐而破碎。后来,当我偶然跑进一个犹太会堂里去,我发觉外祖父像一个犹太人一般在那里祈祷。

在这个时候,茶壶已在桌上喷气了好一会儿吧,在室内飘浮着一种热的小麦饼的气味。外祖母蹙着眉,徘徊着,她的眼光凝视在地板上面。太阳快活地从花园里望着窗门,露水好像珠子一般闪耀在树木上,早晨的空气里可以闻到洋茴香、葡萄丛和烂熟的苹果的甜蜜的气味,但外祖父仍旧在继续他的祈祷——颤动着而且尖声说着。

"消灭我身上的灾难的火焰吧,因为我是落在不幸和邪恶里了。"

早晨的祈祷我完全能够默诵了,就是在梦中,我也能够说出那要接下去的是什么话。我带了浓厚的兴趣听他有否错误或脱去一个字——这是很少遇到的;但当偶然遇到的时候,那么我的心里会引起一种恶意的快乐的感觉。

当他做完了祈祷，外祖父时常向外祖母和我说"早安"！我们也同他敬礼，然后在桌旁坐下来。接着，我时常要和他说：

"今天早晨你脱去了一个字。"

"不会的吧？"显着一副不相信的不快活的神气，外祖父会这般说。

"是的。你得说'这，我的信仰，无上的统治'，但你没有说'统治'呢。"

"啊啊！"他会叫了起来，很不安的，戴罪似的瞬着眼睛。

后来，为了指出他的错误吧，他会对我残忍地报复；但是，看到他如何不安，我暂时地感到了胜利的快乐。

有一天，外祖母打趣地和他说：

"父亲，上帝一定已经听倦你的祈祷了。你总是反复着同样的话语。"

"什么话？"他以一种快要生气的声音嚅嗫着说，"你现在吹毛求疵干什么？"

"我说，凡我所听到的，你没有从你心衷里贡献过上帝一个小小的字。"

他突然变成青白色了，而且，愤怒地颤动着，从他椅子上跳起来，拿了一只碟子向她头上抛去，喊着，声音好似一把锯子在锯着木片：

"拿去吧，你这老鬼婆！"

当他说到上帝的全能时，他时常比其他的一切德性更加重它的残酷性。"人犯罪，于是流血了；又犯罪，于是他的市镇被火所焚毁了。上帝以饥荒和灾难来惩罚人们，就是此刻吧，他还时常拿着一把剑来统治地球的——对于罪人们的一种刑罚。那些执着要破坏上帝的十诫的人们，都要给以忧伤和毁灭的惩罚的。"他用手指敲着桌子来加重这句话的语势。

我是一点也不相信上帝的残酷的。我猜想，外祖父所以要安排这番话，目的并不在引起我对于上帝，而是对于他自己的恐惧心，所以我坦白地问道：

"你说这番话是否要我来服从你？"

他也一样坦白地回答我：

"唔，或许是的。你的意思是否又要反抗我吗？"

"外祖母所说的怎样呢？"

"你不要相信这个老呆货吧！"他严厉地警告我，"她年轻时候就时常是愚蠢的，目不识丁，没有理性的。我要告诉她，不要再这样大胆和你讲述那么一种无关紧要的事情吧。告诉我啊——天使们的伴侣有多少？"

我回答了这要求，然后我问：

"他们是固定的伴侣吗？"

"啊，你这呆子！"微笑着，掩住了面孔又咬紧着嘴唇，"伴侣和上帝有什么关系呢……他们是属于地上的生命的……法律对于他们是毫无用处的。"

"法律是什么呢？"

"法律吗？唔，法律真是从习惯推演出来的。"这老头子说着，显出了愉快的活泼，他的灵慧的锐利的眼睛在闪烁着，"人们同意住在一块，'如此这般是我们的行动的最好的程序，我们要将它做成一个习惯'——一条规则，末了，这规则就变成一条法律。譬如说，在孩子们开始一个游戏之前,他们要在自己中间安排好如何玩法,应该遵守怎样的规则。法律也和这个是同样的方法。"

"而伴侣和法律有什么关系呢?"

"啊,他们像一个傲慢的人,他们要使法律毫无用处。"

"为什么呢?"

"唉!那是你不知道的。"他回答,沉重地皱拢眉毛。但后来,仿佛像解释似的,他说:

"人的一切动作无非帮助着实现上帝的计划。人愿望这件,但上帝偏要完全不同的另一件。人类的制度后来不会经久的。上帝打在他们身上,于是他们就倒在尘灰里面了。"

因为我有理由对于"伴侣"这个字感到兴味,所以我继续地询问他:

"但是约哥夫舅父所唱的:

> 光明的天使们
>
> 为上帝而战争;
>
> 唯有撒旦的奴隶们
>
> 是伴侣们。

他唱这歌是什么意思呢?"

外祖父把手儿举到胡须边,这般掩住他的嘴,而且紧闭着他的眼睛了。他的腮颊颤动着,我猜想,他心里是在笑吧。

"约哥夫应该把他的两脚捆住,抛到水里去的。"他说,"他唱那歌也是不必,你听那歌也是不必。这不过是在卡洛盖流行的一种愚蠢的谐语——一点别宗的,异教的胡说罢了。"然后,他仿佛望着我的身外,沉思地喃喃说:"嘿——嘿——嘿,你!"

他虽然把上帝放在人类之上,像煞一个万分可怕的东西,然而他像外祖母一样,他的一切行动仍旧都祈求"他"的。

外祖母所知道的唯一的圣者们,就是尼古来、约来、福罗拉和拉夫伐,他们都充满了人性的同情与仁爱。在乡村里和市镇里共享着人的生活,而且管束着他们的一切关系;但外祖父的圣者们差不多都是雄性的,他们打倒偶像,或者反对罗马皇帝,而结果是受刑、焚烧或者活活地剥去了皮。

有时,外祖父会冥思地说:

"假使上帝保佑我卖去了那幢小房子,那么即使得到一点小利,我也将对圣·尼古拉举行一个谢神祭了。"

然而外祖母却笑着对我说:

"那真像老呆子了!他以为,关于卖一幢房子,圣·尼古拉就会来费神吗?我们的小神父尼古拉难道没有其他好点的事情干吗?"

一本曾经属于外祖父的教堂日历,我保存了许多年了,其中有若干他亲手写的题词。在别的题词中间,约阿喜谟和安娜的日子的背面,用红墨水写着极正楷的文字:

"我的恩人们,他们引开一种灾难了。"

我是记住那"灾难"的。

因为热心于维持他那非常无用的孩子们的生计,外祖父成了一个贷钱者,时常暗地里拿东西当作抵押品。有人告发他,于是,在一天晚上,警察来搜查这住宅了。发生了一度极大的喧扰,但结果很好,于是外祖父祈祷着,一直到第二天早晨日出的时候,而且在我用早膳之前,在我面前,在日历上写了上面这几个字。

在用夜膳之前,他时常念着圣歌、祈祷书或者伊法莱·赛林的沉重的书;但他一日用完了夜膳,他又开始祈祷起来了,而且他的悔恨的忧郁的话,在黄昏的静寂里响着:

"我能够拿什么献给你,或者我如何能够向你赎罪,啊,高贵的上帝呀,啊,万王之王呀!……保佑我们远离一切魔鬼的想象吧……啊,主呀,保佑我们离开某种人吧!我的眼泪像雨一般落下来,我的罪恶的记忆……"

但外祖母却时常说:

"哎呀,我是很疲倦了!我要上床去睡,不念祈祷了。"

外祖父时常带我上教堂里去——星期六去做晚祷,星期日去做特别弥撒——但是我就是在教堂里也辨别得很清楚,那是在说关于那一个上帝。不管牧师或者教会庶务员在背诵什么,我明白那是外祖父的上帝啊;然而唱诗班却时常歌唱着外祖母的上帝。自然,我只能浅薄地指出这种幼稚的区别来,是我所认为在两个上帝之间的区别啊;但我却记得,仿佛这是如何用恐怖的力量撕碎了我的心,而外祖父的上帝如何在我脑筋中引起了一种恐怖和不快的感情。他是一个无情的神,他以严肃的眼睛跟住我们众人,寻觅我们身上一切丑的、恶的和罪孽深重的事情。显然他是不信任人的,他是主张悔罪的,而且他爱惩罚的。

在那些日子,我的关于上帝的思想和情绪是我的灵魂的首要的教养,而且是我生命的最美丽的日子。所有我所得到的其他的印象,是残酷而且污浊得只使我讨厌，在我心上引起了一种憎恶而且残暴的感觉。上帝，外祖母的上帝，那位创造一切的可爱的朋友，是生存在我的天性里的一切人物中间的最好而且最伟大的；所以我自然地禁不住被这个问题所扰动——"外祖父为什么不能够看见好的上帝呢？"

我是不准上街跑的，因为太使我刺激了的缘故。我仿佛变得被我所得到的印象所陶醉了，而且后来差不多总要发很厉害的脾气。

我没有同伴们。邻人的孩子们都当我仇敌看待。我反对他们叫我"这克什米尔人的孩子"，但是看到他们反而愈来愈厉害，一看到我，就马上互相叫着："注意，那个小子过来了，那个克什米尔人的外甥。打他呀！"于是战争就开始了。在我的年龄，我总算强壮的，而且我的拳头是活泼的，我的仇敌们知道得很清楚的，所以时常大群来攻袭我，所以我照例在街道上战败，而我回到家里，是打破了鼻子，弄伤了嘴唇，满面都是创痕，浑身破烂而且被尘灰掩塞得气窒。

"什么事？"当外祖母遇见我，他会喊起来，又惊慌又怜悯，"那你一定又打仗过了。你这小流氓？你干这个事情算什么意思？"

她替我洗面，用铜或铅的敷剂敷着我的伤痕。她一面这一般做，一面说：

"啊，你这种战斗算什么意思呢？你在家里是万分安静的，但一到门外你就变得非我所知了。你应该感到衷心的惭愧呀。我要告诉外祖父不准你出去。"

外祖父时常来看看我的伤痕，但他却从来不责备我，他只窒息着而且咆哮着：

"又挂了许多勋章呢！当你在我家里的时候，年轻的战士，你不要大胆地跑到街上去,你听到吗?"

在街道静寂的时候,我是永远不会受它诱惑的,但我一旦听到孩子们的快乐的嗡嗡声,我就立即跑出天井去,忘尽外祖父的一切禁令了。伤害和辱骂并不曾摧毁我,唯有街头的游戏的残酷——一种只有我顶清楚的,讨厌的又残暴的,使人变为疯狂的残酷——却可怕地苦恼我。当我见到孩子们窘逼着狗和雄鸡,磨苦着猫,赶走犹太人的山羊,嘲弄着酒醉了的流浪汉和幸福的。"他的口袋里装着死的伊各雪。"我就不能自持了。

这是一个高高的,神色憔悴的,熏干的人,他穿着一件沉重的羊皮,他那无肉的,执拗的面上长满了粗毛。他曲着身子,古怪地摇摆在街上走,而且是永不说话的——他的眼光始终固定地凝视着地下的。他那长着一对小小的忧伤的眼睛的铁色的面孔,使我对他发生一种不快意的尊敬。我想,现在有一个人,他是心里横着一件沉重的事情;他是在寻求着什么东西,所以去阻碍他这是不对的。

小孩们时常跟在他后面,拿着石子投在他的宽阔的背上;但是他仿佛不曾注意他们似地而且仿佛甚至不曾意识到抛来的石子的疼痛似的走了一会儿之后,静静地站下来,旋转着他的脑袋,他那手儿以痉挛的动作把他那破烂帽儿推到后面,然后望望他们的四周,仿佛他刚从梦中醒来一般。

"他的口袋里装着死的伊各雪!伊各雪,你上哪里去呀?留心点,死是在你的口袋里!"孩子们叫着。

他会把手儿插进了口袋,但又迅速地俯下身来,从地上拾起一块石头或者一团干泥,挥动着他那两只长臂。他还喃喃地辱骂着,而他的辱骂老是固定的同样几句粗暴的话语。关于这方面,孩子们的语汇比他丰富得多了。有时,他蹒跚地跟在他们后面走,然而他的长羊皮却阻止他不能跑,于是他就跪了下来,用乌黑的两手休息在地上面,而他的神气正像一株树木的枯枝。这时候,孩子们会向他腰部和背部抛过石子去,其中最大的甚至敢跑到他的面前,向他跳起来,撒下两把尘土在他头上。

但我在街上所目击到最苦的情景,要算我们的到了末日的葛里哥雷·伊凡诺未奇的情景了,他已经变成完全盲目的,目下是在求乞了。他的神气是这般高高的而且秀丽的,而且永不说话的。一个细小的头发灰白的老妇人挽住他的手臂,在窗户下面停下来(她是从不向窗户举起她的眼睛来的),用一种尖锐的声音哀号着:

"看基督面上,可怜这穷苦的瞎子吧。"

然而葛里哥雷是永不说一句话的。他的黑眼睛正视在房子的壁墙里,窗户里,或者行路人的面孔里。而他的嘴唇是紧紧地闭着的。我时常看见他,但我从来没有听到那封闭着的嘴里发出过一个声音呢。我的心上是苦痛地压积着。关于那个沉默的老人的思想。我不能够走近他——我从来不曾走近他;我一旦看到他被牵着走的时候,反而时常跑进房子里去,向外祖母说:

"葛里哥雷在外面呢。"

"是他吗?"她带了一种不快活的,可怜的声调叫喊着,"唔,跑回去给他这个吧。"

但我简洁地而且愤怒地拒绝了她,于是她亲自走到门口去,立在那里和他谈许多时候。他时常笑着,拉拉他的胡髭,但话却只说了一点,而且那一点也是用单音说的。有时,外祖母将他带进厨房里,给他茶喝和一些东西吃,而且每逢她这般待他的时候,他总要问起我在哪里。外祖母叫唤我，但我却跑了开去，到天井里去躲藏了。我是不能够走近他的。我意识到，在他面前我感到一种不可容忍的羞耻，而且我知道外祖母也感到同样的羞耻吧。我们两人中间只谈过一次葛里哥雷，这是在有一天，当她领他到了门口，然后号叫着，垂倒她的脑袋，回来走进天井里的时候。我走到她的身旁，握住她的手儿。

"你为什么避开他的？"她温柔地问道，"他是一个好人，而且极喜欢你的，你知道吧。"

"为什么外祖父不留住他呢？"我问。

"外祖父？"她停住了，于是用一种极低的声音说出这几句先知的话来，"记住我现在所说的话吧——上帝将因此而痛苦地惩罚我们，他将惩罚我们——"

她没有错，因为在十年后，当她已经长眠的时候。外祖父漂流在市镇的街头，也变成一个乞丐，而且发狂了——他是可怜地在窗下哀泣着：

"仁善的厨子，给我一点包子吧——只要一点点包子啊，嘿——嘿，你！"

在伊各雪和葛里哥雷·伊凡诺未奇之外，我很留意伏洛喀——她是一个坏名声的妇人，被赶出街上了。她时常在放假日出现的——是一个凶恶的，蓬头散发的，酒醉了的家伙，走路的时候带有一种特别的步风，好像她的脚没有移动或者没有触到地面似的——好像一朵云似的漂流着，而且狂喊着她那龌龊的歌调。街上的人们一旦看见她，立即就藏躲了自己，跑到门路里，或者角落里，或者店铺里去了。她简单地扫清了街道。她的面孔几乎是蓝色的，而且胀得好像一个鱼泡；她的大而灰

白的眼睛是可怕地而且古怪地阔张着,而且有时候还呻吟着,叫喊着:

"我的小孩子们,你们在哪里呀?"

我问外祖母她是谁。

"你用不着知道这个的。"她回答。但她仍然简单地告诉我:

"这个妇人有一个丈夫的——个名字叫伏洛诺夫的文官,他是向往着升到一个较好些的地位去,所以他把他的妻子卖给他的长官了,而他的长官带她到别的地方,她有两年没有回家。当转来的时候,她的两个儿女——个男孩、一个姑娘——都死去,而她的丈夫是因为以公款赌钱而坐牢了。她在悲哀之中饮起酒来,而现在她在着手造成疯乱了。没有一个放假日她不被警察捉去的。"

是的,家庭真比街道好多了。最好的时间要算在用过正膳以后,那时外祖父上约哥夫舅父的工厂里去,外祖母坐在窗口,告诉我好些有趣的童话和别的故事,而且还谈到关于我父亲的事情。

那只她从猫口里救下来的噪林鸟,它的破碎的翼儿已经被剪去了,外祖母给它巧妙地做上一只木腿,重补在它那一只被吞食了的腿儿上面,然后教它说话。有时,她会去立在那个挂在窗架上的鸟笼面前一整个钟头的光景。她的神气很像一只大而和善的动物,她以粗鲁的声音,向那只羽毛黑得像煤炭似的鸟儿,重复地说:

"啊,我的美丽的噪林鸟,讨点东西吃吧。"

噪林鸟用小小的,活泼的,滑稽的眼睛望着她,而且在鸟笼的薄底上面轻击着它的木腿;于是伸出了头项,有如一只黄雀似的鸣啭着或者仿效着杜鹃鸟的讥诮的音调。她会试着咪咪地叫,像一只猫,而且吠叫着,像一条狗;但人类的言语这礼物它是拒绝的。

"不要说废话吧！"外祖母十分庄严地说，"说'给噪林鸟一点东西吃'吧。"

这小小的黑羽毛的猁猁叫出一个声音来了，这一定是 Babushka（外祖母）。于是这位老妇人快活地笑着，而且亲手拿东西给它吃，一面她说：

"我知道你，你这流氓，你是一个虚伪者。你没有一件事情不会做的——你对于什么事情都够聪明的。"

她的教诲噪林鸟当真成功了。不久，它能够十分清楚要它所要的东西了。而且由外祖母的授意，它能够喏嚅着说：

"早——早——早——安——安——安，我的好妇人。"

当初鸟笼时常挂在外祖父的房间里的，但不久，就被赶出去，收藏在气楼上面了，因为它要学习戏效外祖父。当外祖父高声地而且清楚地做着祈祷的时候，它时常将黄色的蜡似的鸟嘴伸出了鸟笼的栅栏，吹叫着：

"Thou! Thou! Thou! Thou! Thou!"

外祖父认定这是摹效而生气。有一次，他甚至中断了他的祈祷，顿着脚，愤怒地号叫道：

"拿掉那个魔鬼吧，否则我要杀死它！"

在这个房子里，连续发生了许多有趣的而且快意的事情；但我却不时被一种说不出的忧伤压抑着。我整个的存在仿佛被这种忧伤所消毁完了。有一段长时间，我好像生活在一个地坑里面，剥夺了我的视觉、听觉和感觉——我是盲目的而且半死的了。

八

　　外祖父忽然把房子卖给旅馆了，在加纳托洛伊街另买了一幢——一幢长满了草儿，可是清净而安静的房子。这是一列粉刷着各种颜色的小房子的最末的一家，仿佛从田野里升起来一般。

　　这新房子整齐而可爱。房子正面油漆着一种温暖的可是并不华丽的黑覆盆子的颜色，反衬着底层三扇天蓝色的窗门和气楼上的窗门的冷落的四方的窗板，显得非常明亮。屋顶的左边，绘画似的掩藏在浓密的青色的榆树和菩提树丛里。在天井里和花园里，都有许多弯曲的路径，仿佛为了捉迷藏的缘故，把它们开辟在那里。

　　花园是分外地佳好；虽不很大，可种满了树木，奥妙得怪有趣。在一个角落里筑着一个小小的洗涤室，正像一座玩具的建筑似的；在另一个角落里是一个长满茂草的大小合适的地坑,一个坚实的烟囱耸出在这上面,是一个早年的洗涤室的发热器的唯一的遗留了。在左边,和奥夫塞尼哥夫大佐的马厩的墙毗连着;在右边,是毗连着彼弑莱加家;尽头是紧贴着营牛乳业的妇人彼弑洛夫娜的农场——一个肥胖的,红色的,会吵嚷的女性,她使我记起一只钟来。她的小房子建筑在一个洞里的,黑暗而倾颓,长满了苔藓;两个窗门,现出一副和蔼的表情,在张望着田野、深谷和那好似一朵远在天际的沉重而蔚蓝的云似的森林。兵士们整天在田野上移动着或奔波着,他们的刺刀闪耀在秋阳的斜光里,有如白色的电光。

房子里充满了在我觉得是很奇怪的人们。在第一层楼,住着一个从鞑靼来的兵和他的小而肥美的妻。她成天在叫,在笑,在玩着一只装饰得很富丽的六弦琴,而且以一种高高的笛似的声音歌唱着。这是她所唱得最多的歌曲了:

"你爱着一个人,
可是你会失去了她的爱情。
追寻吧!你必须找到了另一个。
为了报酬一个吻,你将发现她是七倍的美丽和仁慈。
啊!多光——光——荣的一个报酬呀!"

兵是圆圆的,好像一个球儿,坐在窗口,胀着他的蓝面孔,而且无赖地左右转动着他的红眼睛,抽着他那永不会完的烟斗,偶尔地咳嗽着,而且带了一种古怪的,狗似的声音憨笑着:

"Vookh! Voo-kh！"

在那筑在地窖和马厩上面的顶舒服的房间里，住着两个运货车夫——细小的，头发苍白的彼得舅父和他的哑侄斯推巴——一个圆滑的，易得易失的家伙，他的面孔会使我记起一个铜托盘来——和一个长手足的忧郁的鞑靼人，范里伊，一个长官的仆人。所有这些人，在我是一个全新的物事——伟大的不相识者们。但最引起我的注意的，而且使我特别留意，要算那绰号"好生意经"的房客了。他在房子后面借了一个房间，贴近厨房——一个长房间，有两扇窗，一扇对花园，另一扇对着天井。他是一个瘦削的弯曲的男人，长着一副白面孔、一撮分成两半的胡髭和一双架眼镜的仁爱的眼睛。他老是沉默而谨慎的，当叫他用餐或用茶的时候，他老是回答着"好生意经"！所以外祖母当面和背后都那么地唤着他。比如"亚里克希！叫'好生意经'来用茶，或者'好生意经'你没有用过东西呀"！

他的房间给各种各样的箱子和在我觉得很奇怪的厚厚的俄文书籍阻碍了交通。房内也装着各种颜色不同的酒精的酒瓶、铜块、铁块和铅条；而且从早晨到晚上，穿着一件棕红色的皮短衫，灰色小方格子的裤子，全被各色各样的油漆涂污了的，气息很难闻，看去既不整洁，又不舒服。他熔化铅、某种铜的小件头以及在小天平上称称东西。当他烧伤手指的时候，先则狂吼，接着忍耐地在手指上面吹吹风。有时，他会蹒跚地走近一幅挂在墙上的图，然后，擦擦眼镜，闻闻它，他那直耸的古怪地苍白的鼻子，几乎要触到纸片；有时，他会突然在房间的中心，或者在窗子面前，闭着眼睛，仰着头，呆呆地站许多时候——像中风一般。

我常常爬到草棚的顶上去，从那里我可以眺望过天井。在开着的窗子里边，我可以望见桌上的酒精灯的蓝色的光焰和他的黑形像，当他在一本破烂的记事簿上写些什么东西，他的眼镜闪烁着冰一般的浅蓝色的光芒的时候。

这个人的巫者似的行动，常使我一连好几个钟头留在棚顶上面，我的好奇心兴奋到变成极度的痛苦了。有时他站在窗子前，如同构建在里面一般，以手儿背在后面，直视着棚顶；但他显然没有看见我，这种情形使我非常恼怒。他会突然惊退到桌子边去，而且，俯伏着身子，会开始搜寻起来。

我想他如果有钱，穿好衣服，我一定要畏惧他了；但他是贫穷的——可以看见一条肮脏的衬衫领头露出在他外套的领头上面，他的裤子是污秽而又补过的，他的赤脚拖鞋是踏得稀烂的——穷人是既不必怕又不危险的。我从外祖母的怜敬和外祖父的藐视他们，竟已在无意中懂得这个。

在这屋子里没有一个人欢喜"好生意经"的。他们都玩弄他，兵的活泼的妻给他取的绰号是"粉鼻子"；彼得舅父老叫他做"药剂师"或者"巫者"；而外祖父形容他是"黑道士"或者"那互助团团员（That-Free-Mason）"。

"他做什么的？"我问外祖父。

"那与你没关系的。不要多问！"

但有一天，我振作起胆子走到他窗子面前，勉强装作镇静问他道："你在做什么事呀？"

他吓了一跳，从他眼镜边上看出来，看了我好久时候；随后伸出他的布满焦疤的手儿，他说：

"爬上来吧！"

他要我爬进窗子去而不从门走的提议，更使我看得起他。他坐在一只箱子上，要我站在他面前；接着，他走了开去，又走了拢来，贴近着我，低声问道：

"你从哪里来的呢？"

这个问题真奇怪。你想，我在厨房里和他同桌子吃饭每天有四次呢。

"我是房主人的外孙呀。"我回答。

"哦——是了。"他说，注视着他的指头。

他不再说什么了，所以我觉得有对他说明白的必要：

"我不是一个克什米尔人，我的名字叫作匹虚珂夫。"

"匹虚珂夫吗？"他怀疑地重复地说，"好生意经！"

他把我拉到一边，站起来，向桌子走去，说：

"静静地坐着吧。"

我坐着看他有许多许多时候：他挫断了一块铜，把它放入压榨机里面，铜屑便从压榨机下面像金的麦粉一般地落在一张纸板上。他将铜屑收集在他的手掌上，装入一个大肚子的罐子里去，加了点盐一样的白粉末，这是他从一只小杯子里撮出来的，又从一个黑瓶子里倒了些液体加上。在罐子里的这些混合物立刻开始咝咝地响起来，冒着烟，一股辛辣的气息冲入我的鼻管，使我剧烈地咳嗽。

"唉！"这个巫者用一种骄傲的口气说，"这个气息真难闻，可不是吗？"

"真难闻!"

"那就对!这是表示这个已经变得好好的了,我的孩子。"

"他有什么东西好夸张呢?"我对自己说。于是,我大声地严厉地说:

"如果这个气息是难闻的,这是不能变得好好的。"

"的确!"他叫着,眨了眨眼,"真是不一定永远这样结果的,我的孩子。然而——你玩羊跖骨(Knuckle bones)吗?"

"你说的是掷骰子?"

"是的。"

"我玩的。"

"我替你做副骰子,你高兴吗?"

"很好,那么请你把骰子给我吧。"

他手拿着冒热气的罐头,第二次走到我面前,用一只眼睛瞧瞧罐头里面,说:

"我给你做一副骰子,你答应不再到我身边来——这个同意吗?"

这可使我受了很可怕的打击。

"我不会再到你身边来了——永远不!"于是我气冲冲地离开了他,走到园子里,那里外祖父正在忙着,将肥料浇在苹果树根的四周,因为现在是秋天,而叶子已经在好久以前就脱落了。

"来!你去将覆盆子树的枝条剪去。"外祖父说,把剪子给了我。

"'好生意经'做的是什么工作?"我问。

"工作——啊,他在毁房屋,再没有别的了。地板是烧焦了,布帘子等等是又脏又破了。我将要告诉他,他还是搬走为妙。"

"那就是他所最能做的事情。"我说,开始剪着覆盆子树的枯枝。

但我是太草率了。

在下雨的晚上,每当外祖父出去了,外祖母老打算在厨房里开一个小小的联欢会,邀请全体房客们来喝茶。货夫、长官的仆人、壮健的彼忒洛夫娜是常来的,有时连快乐的小房客都来了,但"好生意经"永远被发现不动不响地在靠近火炉的角落里。哑子斯推巴老是和鞑靼人玩纸牌。范里伊会用牌去打聋子的阔鼻子,而且呼道:

"这是你的牌呀!"

彼得舅父带来一块非常大的白面包和一点装在高大的罐头里的果子酱。他将面包切成薄片,慷慨地涂上果子酱,然后将这美味的涂有覆盆子酱的面包片分给大家,用手掌托着献过去,而且低低地鞠躬。

"看我的面子吃吃这面包吧。"他会殷勤恳求。而当每一个人都收了一片时,他会仔细看看他的乌黑的手,倘看到了上面有一点果子酱,他会将它们除去。

彼忒洛夫娜带来一点装在一个瓶子里的樱桃酒。这位快乐的太太供给干果和甜食,于是宴会开始了,而和蔼的,肥胖的外祖母非常满意。

当"好生意经"想来叮嘱我不要再去看他之后,外祖母立刻又开起她的夜宴来了。

一种霏霏的秋雨在落着,风怒号,树枝擦着墙沙沙作响;但在厨房里,大家紧紧地坐在一处,天气是温暖的舒服的,各人都相互感到了一种亲爱的静穆的意味。这时候,外祖母非常慷慨地,一个又一个,一个胜似一个地讲故事给我们听。她坐在炉架上,脚搁在下面的档上,向听众俯着身子。一盏小洋铁灯的光照着她。当她要说故事的时候,永远是采取这个姿势的。

"我一定得朝下看着你们,"她解释道,"这样子我讲得好些。"

我坐在她脚边的一条阔档上,几乎与"好生意经"的头呈平行的,于是外祖母以一条警奇的委婉的言语的流畅的河流,给我们讲述武士伊凡和隐士密洛的美妙的故事:

"从前活着一个邪恶的甲必丹——名字叫哥定,
他的灵魂是黑的,他的心肠是石头;
他憎恶真理,他有的是牺牲者们,
用铁链紧紧扣,或者拷问机上四肢伸,
而且他还像一只躲在空树里的猫头鹰,
这个人这般地活,不泄露他的邪恶。
但隐士密洛,在亲爱的百姓当中只有他一个,使他又怕又恨。
慈祥而和平,但为真理而战不留情。
处他的死已决定,不懊悔也不怜悯。
甲必丹唤武士伊凡,在他的伙队里他最被信任。
由他的熟练的老手,一定能杀
这个赤手空拳,诚实的僧人。
他说:'伊凡呀!
隐士密洛反对我的权柄,
已经费了很久的机心。
这个骄傲的和尚真该死,
现在时候已到,他必须和世界永别。

自从他降生，便是一个世界的不幸。
去，拿住他的神职的胡须，
把他的懦夫所怕的脑袋，
带来见我吧。
渴望威权的人的脑袋，
将为我的狗儿饕餮地大餐。'
顺从地伊凡上了路，
但他一面伤心自述：
'做这恶事的不是我，
我去是为服从主人的命令。'
因为那天的恶计怕泄露，
凶狠的言语他深藏在心里，
他向和尚献着假殷勤：
'你康健，使我很高兴！
你的福气呀，我的神父！
愿上帝祝福你！'
和尚突然笑呵呵，他的话语不说多：
'好了，伊凡！你的欺诳骗不了谁。
上帝全知道的，这个我希望你相信。
违反上帝的意志，无论好坏都做不成。
你看，我知道你此来为何因。'
伊凡呆立在和尚面前，
惭愧无容身；

他怕他要杀的这个人。

从皮鞘子里他骄傲地拔出剑；

剑光闪烁的利刃，他磨擦到真像新，

'我本要突如其来地杀了你，'他说：

'杀了你，无祈祷。现在我可寒了心。

你现在向上帝祷告还有时间。

为你，为我，为一切，无论有生或未生，

我给你时间，让你去尽情祷禀，

祷告一完，我将送你上天庭。'

隐士屈膝跪下了；有橡树幕在他的上面，

在他面前低下了橡树的头。于是他狡笑着说：

'啊，伊凡，你该打定主意！我的祈祷

能有多么久，我可不能预说。

防你等待得不耐烦，身子又累，

不如立即杀我，岂不直截了当？'

伊凡皱眉作怒容，傲然说：

'我既有言在先，虽在此地等一百年，我也不悔改。

现在你且静心祈祷，

不要减少你的热情。'

夜的阴影罩上僧身，

他彻夜潜心祈祷，

从清早到日暮，又经过另一个夜晚，

从黄金的夏日到冬之凋零，

年复年，老密洛的祷告永远不停。
伊凡也不敢乱他的心。
嫩橡树的枝条已经高耸天际，
它的枝条散播四周，
成为一个繁茂的树林。
但这神圣的祈祷始终还在继续不停，
一直要继续到那完毕的一天。
老人委婉地祷告上帝，祷告万物之母的圣母，
求拯拔沉沦的男女，
援助弱者，给忧伤者以快乐。
武士，伊凡·奴虚喀，站在他的近旁，
他的明晃晃的剑久已布满灰尘，
他的铠甲也被毒锈侵损，
勇士的戎装早已片片落下。
他的身子是赤裸着又涂着污泥。
只有酷热的焙炙，没有温暖的份儿，
他的命运是这样，
他的万分坚决的心肠冷却了。
猛狼和野熊逃开了他，
他也一样从风雪从寒天恢复了自由，
他无力离开那个绝境，
也无力举起双手，
开口更不可能。

我们应该以他的可怖的命运为鉴,

不可乱谈柔弱的顺从。

倘我们被命令去做坏事。

那时候我们的责任是要立定脚跟。

但密洛还在为我们这些罪人祈祷,

直到现在,还在向上帝流着他的祈祷

——一条可爱的,光明的河流,

流到大海里去。"

在外祖母将要说完故事之前,我注意到"好生意经"因为某种理由被激动了。他的两手浮躁地茫茫然动着,摘下眼镜,又戴上,或者合着言语的节拍舞动着,点着头,手指戳戳眼睛或者用劲地摩擦着,用手掌揩揩前额和颊腮,仿佛他在冒汗。当其他无论哪一个人动了动,咳嗽或者脚踹了踹地板,这位房客会悄声说:"Ssh!"当外祖母住了口,坐着,用外衣袖子拭着汗淋淋的脸的时候,他霍地跳了起来,像头晕一般张开两手喃喃地说:

"我说!这个真奇怪!这应该录下来的,真应该。这也是非凡确切的,对于……我们的……"

现在大家都可以看见他是在号叫了;眼睛充满泪水,眼泪滚滚不断地流着,他的眼睛都全湿了——这是一副可惊可怜的景象。当他在厨房四周跑着——或者还不如说笨拙地跳着——在他鼻子面前舞着他的眼镜的时候,看上去非常滑稽。他想重新戴上眼镜,却不能把金丝纳于他的耳上时,彼得舅父笑了,其余的人都闷着不响。外祖母尖酸地说:

"倘你高兴，你千万录下来吧。那是毫无害处的。而且这类故事，我知道的还多得很呢。"

"不，我要的就只有这一个。这个是——如此——可怕的俄国的！"这个房客兴奋地叫道。于是他直挺挺地站在厨房中心不动，开始高声谈话，他的右手在空中挥动，另一只手拿着眼镜。他的说话有时是发疯一般的，声音高得变成一种尖声，顿着脚，而且时常对自己重复着这句话：

"倘我们被命令去做坏事，那时我们的责任是要立定脚跟，不错！不错！"

于是，他的声音突然中断，他停止说话，四周看看我们，垂头丧气地，显着一副犯罪的神气，静静地离开了屋子。

其余的来客们笑了，带着一种困惑的表情互相望了望。外祖母已经退到离开火炉更远的地方，退到阴影里去，而且可以听到她在深深地叹气。

用手掌揩着厚厚的红嘴唇的彼忒洛夫娜说道：

"他好像是发脾气了。"

"不，"彼得舅父回答，"他原是那样的。"

外祖母离开火炉，开始在默默地烧茶。而彼得舅父低声地补充说：

"上帝有时也使人们变成那样子——真是怪念头啊。"

"鳏夫们往往是怪相的。"范里伊刻薄地脱口说出，这话使大家笑起来了。但彼得舅父嗫嚅着说：

"他的确是哭了。这情形，正像梭子鱼戏咬着那油虫的——"

这一切开始使我感到疲倦。我觉得有点悲痛。我非常惊异"好生意经"的举动，我为他很伤心。我忘记不了他那水灵灵的眼睛。

那一夜他不睡在家里，但第二天午饭后他回来了——不声不响的，萎靡的，显然懊丧的。

"昨夜我吵得很厉害，"他像一个犯了罪的孩子一般，对外祖母说，"你不恨吗？"

"我为什么恨呢？"

"为什么，因为我妨碍——而且说话——"

"你并没触犯任何人。"

我觉得外祖母惧怕他。她不敢向他正视，而且以一种软弱的声音说着话，完全不像平常的她。

他移近她，非常诚恳地说：

"你看，我多寂寞得厉害。没有一个人属于我的。我永远是静默的——静默的；于是，突然地，我的灵魂好像已经裂开一般地沸腾了。在这样的时候，我能够对树对石头说话——"

外祖母避开他。

"如果你现在要是结婚了。"她开始说。

"唉？"他叫道，蹙起面孔，跑了出去，狂暴地举着手。

外祖母皱着眉，在背后望望他，而且闻了一撮鼻烟。随后，她严厉地教诲我道：

"你不要那样子缠他。听到吗？上帝才知道他是怎的一种人啊！"

但我已重新引起对他的注意。我看见过他说"寂寞得厉害"的时候的他的脸色变得怎么的沮丧。在这些话里面我有点很懂得的，于是我被感动了。我去找他。

我从天井里望入他的窗子里面,室内是空空的。看上去像是一间杂货房,各式各样不需要的东西乱丢在那里——和它的占有者一样的不需要,一样的古怪。我走入花园里,于是我在坑边看见他,他伏着身子,两手放在头后,两肘支在膝上,不舒服地坐在一块半焦的木板的末端,木板的一大部分已经埋在泥地里,但那像石炭一般发光的末端,却伸在生满苎麻的坑顶上。

他在这样一个不舒服的地方,这事实使我怀着更善意的观念,望着这男人,他一时没有注意到我。随后,他用那半盲的,猫头鹰似的眼睛凝视着我的身外,这时候,他突然带着恼怒的口气问我了:

"你要我帮你忙吗?"

"不。"

"那么你为什么到这里来的呢?"

"我说不出。"

他取下眼镜,用他那斑斑地沾污着红色黑色的手帕擦着,说:

"好,爬上这里来吧。"

当我坐在他身旁时,他用手臂围住了我的肩膀,而且使我紧紧地贴着他。

"坐下来,现在让我们安稳地静静地坐着吧。这样使你舒服吗?这是一样的——你是执拗的吗?"

"是的。"

"好生意经!"

我们静默了好久时光。这是一个平静的,温柔的黄昏,晚秋当中的一个阴郁的黄昏。在那时节,虽有丰盛的花朵,但零落之兆已见,每一

时刻都带来贫困；在那时节，那光荣的夏季的芳香已经泄尽了的泥土，除了阴湿，再也闻不出别的气味了；在那时节，天空是异常透明，小乌鸦无目的地向着红色的天来来去去地掠飞，使人起一种不幸的感觉。静寂统治着，无论何种声音。如鸟的拍翅音，或树叶的凋落声，都使人觉得异乎寻常地响，使人引起一种惊颤，但不久又消灭在那好像包裹着地球，迷惑着心灵的麻痹的沉寂里去了。在这样的时候，会使人发生一种非常纯洁的思想——像一个蜘蛛网般的又薄又透明，不能用言语表示的，非一般的思想。它们像流星般的忽现忽逝，在灵魂里燃起忧郁的火焰，抚慰它同时又扰乱它。于是，灵魂好像燃烧着，而且，可以塑捏成形似的，它接收下一种永不磨灭的印象了。

我紧紧地贴着这个房客的温暖的身体，跟着乌鸦的拍飞，经过苹果树的黑色的枝叶，和他一同注视着红色的天，而且注意着干枯了的罂粟花穗怎么地在茎上摇动，散播着粗大的种子。于是，我看到褴褛的镶着铅边的灰青色的云盖住了田野，乌鸦在云下面笨重地飞向坟地里的窝里去。

这都是非常美丽的；而那一晚一切仿佛尤为美丽，而且都是与我的感情相调和的。有时，我的同伴带着沉重的叹息说：

"这都是很对的，我的孩子，可不是吗？但你不觉得潮湿或者冷吗？"

当天空变得阴暗，而满装着湿气的暮光散布在一切的时候，他说：

"唔，这是没法子的。我们只好进去了。"

他在园子门边停住，轻轻说：

"你的外祖母是一个漂亮的女人。哦，怎么的一个宝贝呀！"于是，他闭住眼睛，带着微笑，用一种低低的，极清楚的声音念道：

"我们要以他的可怖的运命为鉴,
不可乱谈柔弱的顺从。
倘我们被命令去做坏事,
那时我们的责任是要立定脚跟。"

"不要忘了这个吧,我的孩子!"
于是,把我拉到他前面,他问道:
"你会写字吗?"
"不会。"
"你应该学学。你学会的时候,将你外祖母的故事写下来。那时候你会知道它的价值的,我的孩子。"

从此我们变成朋友了。而且从那天起,我要想看"好生意经"的时候,我总跑去看他的。坐在一只木箱上,或者一堆破布上,我老看着他熔铅,将铜烧至赤热,用一个有精致的把柄的轻手锤在一个小砧头上打着铁层,或者用一柄光滑的锉刃和一把细巧得像一条丝线一样的金刚砂锯子工作着。他在他的精细地订正的铜天平上称称每样东西。当他将各种液体倒入大肚子的白罐头里以后,他看守着它们。直到它们冒着烟,辛辣的气味充满屋子。随后,他蹙着脸查看一本厚厚的书,咬咬他的红嘴唇,或者像苍蝇叫一般用粗涩的声音轻轻念道:

"哦,沙伦的玫瑰!"
"你在做什么呀?"
"我在制造点东西,我的孩子。"
"什么东西呢?"

"唉——那我可不能告诉你。你不会懂的。"

"外祖父说，假使你在造假铜钱，他也不会惊异的。"

"你的外祖父吗？哼！对，他说这些是有用意的。钱是真无聊的，我的孩子。"

"没有钱我们怎么买面包呢？"

"不错，是的。我们需要钱是因为面包，这是对的。"

"买肉也要钱呢？"

"是的，买肉。"

他镇静地微笑，带着一种使我诧异的柔和的态度。于是，他拉拉我的耳朵，说：

"这是用不着和你争辩的。你永远是胜利的。我还是静默为妙。"

有时，他突然停止工作，靠着我坐下，会久久地望着窗子外面，看雨滴在屋顶上，留心草怎么地长满在院子里，而苹果树怎么地在褪叶子。"好生意经"是很少说话的，但他所说的却很恰当。当他想使我注意某种东西的时候，他时常用肘子触触我，挤挤眼，以代替说话。天井是从不会引起我的特别注意的，但他的一触肘，一动口，仿佛使院子换了个模样，一切看得见的东西好像都是值得注意了。一只小猫四面乱跑，在池子面前停了步，注视着自己的影子，一面举起它的轻软的脚爪像预备去打它一般。

"猫是自大的，多疑的。""好生意经"泰然说。

接着，赤金色的雄鸡美美来了，它飞在园子的篱笆上面，摆着身，展开翅子，险些要跌下来了。这个使他十分愤激，伸长着头颈愤怒地喃喃说：

"极普通的。不见得很聪明。"

愚蠢的范里伊经过了,像一匹老马般的,在污泥里沉重地拖过。他的高耸着颧骨的面孔好像胀大着。当他瞬着眼睛,注视着天空的时候,苍白的秋季的阳光从天空直射在他胸脯上面,使他外套上面的铜纽扣闪闪发光。这个鞑靼人静静地站着,用他弯曲的手指去摸摸它们——"真像当它们是赏给他的奖章一般"[1]。

我与"好生意经"的纠缠越来越猛进了,而且一天比一天强固起来,一直到我觉得,无论在我感到非常懊伤,或者高兴的时候,我都少不了他。他自己虽然是沉默的,但我想到什么话说什么话,他并不禁止的;外祖父则不然,他常常要高声地严厉地阻止我:

"不要多说,小鬼头!"

外祖母也是主观很深的,她不肯听别人的意见,也不让别人的意见走进她的心里去;但"好生意经"总是留心地听我说话的,而且每每微笑着对我说:

"不,我的孩子,那不真确的。那是你的主观的见解。"

而且他的简短的话语永远只在恰好的时候,只在真正需要的时候才发。他仿佛戳穿了我的心灵的外表,知道我所要说的每一句话,甚至连无论挂在我唇上的一切胡说乱道他都明白,在我还不及说出之前——他知道的,所以他用轻轻的两句话打断了它们:

"不真确的,我的孩子。"

有时我想试探他的巫者般的魔力。我假造了些话,像煞有介事地告

---

[1] 沙伦的玫瑰(Rose of Sharon),一种产在欧洲的金丝桃。——译者

诉他；但他听了一会儿以后，会摇摇他的头。

"唔——我的孩子，那是不真确的。"

"你怎么能知道呢？"

"我能够辨别出来的，我的孩子。"

当外祖母去希尼亚方场汲水的时候，她时常带我同去的。有一次，我们看到五个市民攻打一个农夫，将他打倒地上，像拖狗一般地拖着他。外祖母拔下水桶的担杠，舞动着奔去解围，她一面走去，一面向我叫道：

"你跑开吧！"

但我吃了惊，于是，跟着她跑，我开始向市民掷鹅卵石及大石块，同时她勇敢地用桶柄向他们戳去，打他们的肩膀和头。当其他的人们到来的时候，他们逃走了。于是，外祖母动手洗涤着受伤者的创痕。他的脸被踏伤了，当他用污秽的手指扪着他的破碎的鼻子，呼痛着，咳嗽着，同时血从他的手指下面喷出来，喷在外祖母的脸上和胸口上的时候，他那样子我真不愿意看。她也号哭着，颤抖得很厉害。

我一回到家里，立刻跑到这个房客那里，开始告诉他关于这一切的情形。他停止了工作，站在我前面，从他的眼镜下面一瞬不瞬地，严肃地，注视着我。随后，他突然截断我的话，用非常感动人的口气说：

"那是一桩妙事，我应该说——很妙的！"

因为我刚才亲眼看见的这幕情景使我太感动了，所以他的话并不使我惊诧，我将我的故事说下去；但他抱住了我，旋即离开我，在屋子里彷徨起来。

"好了，"他说，"我不要再听了。你需要说的已经都说了，我的孩子——都说了。你懂的吗？"

我觉得不高兴,没有回答;但过后我想起这事,我还清楚地记得,我很吃惊地发现他正在恰当的时候截住了我的话。我的确已经说了要说的一切话了。

"你不要老记着这事,孩子;记着这事不是一件好事情。"他说。

有时,他不假思索地说了一些我永不能忘记的话。我记得我告诉过他关于我的敌人克留虚涅珂夫。一个从新街来的武士——一个大头的肥胖的,我在一场战斗里不能战胜他,他也不能战胜我。"好生意经"留心听着我的申诉,随后他说:

"那都是胡闹!那种气力是不算数的。真的气力是要看敏捷的动作的。谁最敏捷,谁便最强。知道吗?"

在下一个礼拜日,我将我的拳头出得比他为快,于是我不费气力地战胜了克留虚涅珂夫。这个使我愈加注意这位房客说的话。

"你应该学学把握各种事物的法子,你懂得吗?如何去把握这真是十分难学的。"

我虽全不懂他的意思,但我莫名其妙地将它和其余相似的许多话一同记牢了。而这句话尤其难懂,因为在它的单纯里面,意义是非常神秘的。这的确不需要何种惊人的本领,譬如能够把握石块,一片面包、一只杯子或者一个铁锤!

在这屋子里,"好生意经"愈来愈不受人欢迎了。连快乐的太太的那只友谊的猫,只向别人的膝上跳,不会跳到他的膝上来,而且当他好意地招呼它的时候,它理也不理他。我为了这个,打它,拉它的耳朵,而且,几乎是痛哭流涕地告诉它不要怕这个男子。

"这是因为我衣服有酸气息的缘故——那便是它不肯到我这里来的

原因。"他解释道。但我知道所有的人，连外祖母也在内，都对他有着一种不同的解释——刻薄的，虚伪的，而且是不怀好意的。

"你为什么永远缠着他？"外祖母愤愤地诘责道，"他会把坏事情教给你的，你看着吧。"

而且每次我去拜访这位房客——他是被人断定是一个流氓，外祖父总要狠狠地捶我的。

不准我和他做朋友，这句话我当然不对"好生意经"提起的，但在这屋子里谈论他的话我都直白地告诉他：

"外祖母是怕你的，她说你是一个黑衣术士。外祖父也——他说你是一个上帝的敌人，你住在这里是危险的。"

他像赶苍蝇似的在他脑袋边舞动着手儿；但一个微笑像羞红似的盖上他的粉白的脸。我的心紧缩着，眼睛上面仿佛蒙上一层雾。

"我知道！"他轻轻说，"这是一种可怜吧，可不是吗？"

"是的。"

"这是一种可怜，我的小朋友——是可怜。"

他们终于暗示他要他搬走了。一天，当我早餐以后跑去看他的时候，我看见他正坐在地板上，一面将他所有东西装到箱子里去，一面对他自己轻轻地唱着"沙伦之玫瑰"。

"好，现在是分手的时候了，我的朋友。我要去了。"

"为什么呢？"

他盯着我，一面他说：

"你会不知道吗？你的母亲要这个房间了。"

"谁说的？"

"你外祖父说的。"

"那么他是造谎。"

"好生意经"拉我到他身边。当我靠着他坐下在地板上，他轻轻说：

"不要懊恼吧。我以为你是知道这个事情而不肯告诉我；而且我以为你不是好好地对待我的。"

那么这个就是他刚才神色沮丧和困恼的原因吧。

"听着吧！"他说下去，声音非常轻的，"我告诉你不要来看我，那时候的事你总记得吧？"

我点点头。

"你恼怒了，是不是？"

"是的。"

"但我并不曾打算要恼怒你，孩子呵。我知道的，你看，你如果和我做了朋友，你会和你的家庭闹不清的。我可对吗？现在，我说那句话的原因你懂得吗？"

他说话几乎像和我一般年纪的小孩一样，我听他的话使我高兴得发狂。我觉得自始至终是知道这个的，于是我说：

"我早已知道那个了。"

"那好了。这个如我所说的发生了，我的小鸽子。"

我心里的悲痛几乎是忍耐不住。

"为什么他们没有一个喜欢你的？"

他用手围住我，紧抱着，然后向我俯着眼睛，回答道：

"我是一个异种——你知道吗？原因便在这里。我是不像他们——"

我正紧握着他的手，不知道怎么说好；事实上，一句话都说不出。

"不要懊恼吧!"他又一次说,然后在我耳朵边轻轻说道,"而且你也不要哭。"但他自己的眼泪却始终从他的斑斓的眼镜下面不住地流了出来。

接着,我们同平常一样,默默地坐着,仅有一两次用一两句简洁的话打破了这沉默。于是,那晚上他走了,礼节周到地向每一个人辞别,热烈地拥抱我。我伴他到大门边,看着他坐在车子里赶走了,当轮子碾过冻着的泥堆时,他在车内剧烈地震动着。

外祖母立刻从事于打扫这间污秽的屋子,而我是从这个角落踱到那角落,故意想去阻碍她。

"滚开!"她叫道,当她撞着我的时候。

"那么,你为什么打发他走的?"

"不要谈你不懂的事。"

"你们是蠢子——你们都是!"我说。

她用水淋淋的擦帚敲我,一面叫道:

"你疯了吗,你这个小流氓?"

"我不说你,我是说别人。"我说,想使她平平气,但没有成功。

在晚餐的时候,外祖父高声说:

"唔,谢谢上帝,他走了!我可再不用担心了。我从他的举动看来,怕有一天会发现一把小刀穿过他的心的。噢!他走得正合时。"

我为了报复,打破了一只汤匙。接着我就恢复我的含怒忍耐的故态了。这样我和我的,属于我的故乡的无穷尽的一串朋友当中的最初的一个朋友结束了友谊——故乡的人们当中最好的一个。

九

在我的幼年,我想象自己正像一个蜂房,各种单纯的,无大区别的人们,正如蜂子带来了糖蜜一样,带来了他们关于生活的知识和思想,拿他们所要给予的东西来慷慨地启迪我的灵魂。糖蜜往往是龌龊的,苦味的,知识也正如糖蜜一样的。

和"好生意经"分别之后,彼得舅父变成我的朋友了。他的外貌很像外祖父的,他的样子是枯萎的,文雅的,清洁的;不过比外祖父短点,而且整个小点罢了。他的样子很像未曾充分发育的人打扮得像一个老人来开玩笑。他的皱着的面孔好像一张四方的顶好的皮,他的诙谐的,活泼的,黄里带白的眼睛,在皱纹中间跳舞着,好像两只山雀关在一个鸟笼里;他那乌黑的,现在已在苍白着的头发是曲卷的,他的胡髭也成了卷圈的,他抽着一个烟斗,和他的头发一个颜色的烟,也卷成小小的圈儿向上升腾着;他说话的风调是绮丽的,富于巧妙的言辞。他时常以一个嗡嗡的声音说着话,而且有时还十分仁慈的,但我却时常要发生那么一个观念,他是在和任何人开玩笑。

"当我第一次上伯爵夫人泰推娜那里去——她的名字叫里克希夫娜——她和我说:'你会成功成为一个铁匠呢。'可是过了一会,她叫我去帮助园丁去了。'很好,我一点也不介意,只是我不曾做过一个园丁的工作,所以这是不对的,倘使要我去。'另一回,她说:'呵,彼忒路虚喀,你得去捕鱼去呢。'去不去捕鱼在我是一样的,可是我却愿意和鱼说一声'再会',谢谢你呀!——于是我到镇上去做运货车夫去了。到现在我还是做着运货车夫,一向我没有干过别的。改换了生活之后,我一直没有做过对于自己有益的事情。我的唯一的所有是这匹马儿,它会使我记起伯爵夫人来。"

这是一匹老马,真是非常洁白的,但有一天,一个酒醉了的漆匠开始用各种颜色来替它涂饰,于是他的工作永远做不完了。它的腿儿是脱节的,完全像用破布缝合起来一般;长着一对黯淡的,忧伤地深陷着的眼睛的瘦骨嶙峋的脑袋,用浮肿的脉和衰老而疲惫的皮,软弱地连接在尸体上面。彼得舅父是非常尊敬地服侍着这动物,而且叫它泰开(Tankae)。

"你为什么用一个教名叫那动物呢?"有一天外祖父问道。

"没有这回事,范希里·范希里夫。我说,从各方面说来,没有这回事的。没有泰开(Tankae)这样的教名——泰古(Tankoe)是有的。"

彼得舅父是受过教育而博览群书的,他时常和外祖父争论着哪一个圣者最伟大；而且，各人都显得比别人更庄严的样了，他们在裁判着古代的罪人们。罪人中间最受虐待的要算阿布萨伦了。有时，这争辩取一种纯粹的文法的方式，外祖父说这应该是"Sogryeshisha, bezzakonnovasha, nepravdovasha"的，而彼得舅父却固执着说这是"Sogryeshisha, bezzakonnovasha, nepravdovasha"。

"我这样说，而你却那样说！"外祖父愤怒地说，面色转成青白了，于是他讥嘲着说，"Vasha! Shisha!"

但包围在烟雾里的彼得舅父却恶意地问道：

"你的'神像们'有什么用处呢？你以为上帝留心到他们吗？当上帝听到我们在祈祷着的时候，他所说的话是'你们喜欢如何祈祷就如何祈祷，祈祷你们所喜欢的祈祷吧'。"

"走开，亚里克希！"外祖父愤怒地尖声叫着，他的青色的眼睛在闪耀着光芒。

彼得舅父是很爱清洁和整齐的。当他走到天井里来的时候，他时常把一切碎片，或打破的瓷器的碎块，或横在天井里的骨头，踢到一边去，而且，还说着轻辱的话：

"这些东西是没有用的，而它们却挡路妨碍人。"

虽然他时常多话的，和善的而且快活的，但有时他的眼睛也会变得充血，而且逐渐黯淡又凝定起来，有如一个死者的眼睛了，于是他会去挤坐在一个角落里，暴戾的，和他的外甥一样缄默的。

"彼得舅父，你在做什么事呀？"

"不要你管！"他黯然地，严厉地说。

有一个绅士住在我们街上的小房子的一家里，他的额上长着袋瘤，而且还有着顶特别的习惯：到了星期日，他时常去坐在窗旁，用一杆猎枪射击狗和猫，母鸡和雄鸡，或者那一切容易射到的为他所不喜欢的东西。有一天，他射着"好生意经"的腰部了，射出去的子弹并没有穿过他的皮外套，但有几粒却落在他的口袋里。我将永不会忘记这位房客注视那暗蓝色的子弹时的有趣的表情。外祖父极力怂恿他去控告，但他却把子弹丢在厨房的角落里，回答道：

"这不值得去花费时间的。"

另一次，我们的善射者放了几粒子弹在外祖父的腿上。外祖父很生气，预备向有力者们去禀求，于是着手调查别的受难者们和街道上的目击的证人们的姓名；然而这位犯法者却突然不见了。

至于约哥夫舅父，假使他在家里，每次听到街上的射击的声音，他就用那大耳扑的星期帽匆匆盖好他的铁灰色的脑袋，然后冲到门口去了。他将手儿藏在背后，藏在他的垂尾外套下，将这垂尾外套提起来，模仿一个厨子，凸出了他的肚子，庄严地阔步在铺道上，一直到十分走近这善射者，然后再回转来。他反复玩着这把戏，而我们整个的家属都在门口站立着。这时候，可以看到勇武的绅士的莲紫色的面孔露出在他窗口，和伏在他肩上的他的妻子的秀丽的头儿，和从皮式里格天井里走出来的人们——只有奥夫塞尼哥夫家的灰白而死的房子显着没有生气的样子。

有时，彼得舅父干了这些却没有一点效果，因为这位猎者显然看得出他不值得自己来施用射击技能的；但在别的机会，这支双管枪却不断地在放射着。

"嘭！嘭！"

于是，彼得舅父用闲情的足步向我们走回来，而且以极大的愉快叫喊着：

"他把每一粒子弹都送到田野里去了！"

有一次，他的肩上和颈上着了几弹。于是，外祖母教训了他一顿，当她用一枚针把子弹挑出来的时候：

"你为什么要鼓励这野兽呀？他会在这几天内打瞎了你的眼睛。"

"不可能的，亚康留娜，"彼得舅父轻蔑地啜嚅着，"他不是一个善射者！"

"但你为什么鼓励他呢？"

"你以为我鼓励他吗？不！我喜欢和这绅士寻开心。"

于是，他望着他掌上的挑了出来的子弹，说：

"他不是一个善射者。但是从前在那里，在我的主妇泰推娜·里克希夫娜女伯爵的房子里，有一个军人——玛尔蒙忒·伊立奇。他大部分的时间用在婚姻的责任上面——对女伯爵的情形，丈夫们是等于仆人一个样子——所以他也为她忙着；但他能够射击，如果你喜欢的话——虽然他只能拿子弹来射击的，祖母，别的东西他都不能射的。他把呆子伊各雪摆在大约离开四十步左右的地方，吊一个瓶子在他裤带上，安排得恰巧垂下在他的两腿中间；然后，一边伊各雪张开两腿站在那里，憨笑着，一边玛尔蒙忒·伊立奇举起手枪，嘭的一声，瓶子打得粉碎了。不过，运气不好。伊各雪咽下了一只牛蝇或某种东西，惊跳了一下，于是子弹便打中他的膝部，一直贯入膝盖骨里。医生请来了，将腿锯去；这个在一分钟内便完事，腿拿去埋了——"

"但那个呆子怎样了呢？"

"哦，他一点没有什么！一个呆子要腿和手臂做什么呢，他痴痴呆呆的只懂得无限量地吃和喝。人们都喜欢呆子，因为他们是毫不怀恶意的。你是知道这句古话的：'做手下人的最适宜是蠢；那他们便不会造非生事了。'"

这类的说话并不使外祖母吃惊，她已经听到过几千百次了，但使我颇有点不安，于是我问彼得舅父：

"绅士杀任何人都可以的吗？"

"为什么不可以？自——然他可以！——而且他还有一次决斗呢。一个乌兰人，跑来看泰推娜·里克希夫娜的，和玛尔蒙忒吵了起来，于是立刻他们都拿起手枪，走到公园里去。在池边的路上，那乌兰人嘭的一声打穿了玛尔蒙忒的肝脏。于是，玛尔蒙忒被抬去葬了，而乌兰人则被发配到高加索去——全部事情在一个极短的时间内了结了。那便是他们的自作自受的情形。而在农夫们和其他的人们当中，他现在是不被谈起了。人们并不怎么悼惜他；他们从不悼惜他本人……至多不过——有时为他的财产担忧。"

"唔，那么他们并不怎么悲伤吧！"外祖母说。

彼得舅父同意她：

"那对呀！……他的财产……是的，那并不怎么值钱。"

他对待我永远是柔和的，平心静气和我说话，而且把我当作一个成人一样，眼睁睁地看着我；然而我也有一些儿地方不喜欢他。已经拿我所对意的果子酱款待过我了，他还要将剩下的涂在我的面包片上，他会从城里带给我麦芽姜饼，而且他永远带一种镇静的严肃的调子和我谈话。

"你打算做什么事,小绅士,当你大了起来的时候?你去入军队还是入政界?"

"入军队。"

"好!一个军人的生活在现在的时代里并不是一种艰苦的生活。一个教士的生活也不坏……他要做的一切不过是诵祈祷文,祷告上帝,而且那时候并不长久的。真的,一个教士比一个军人的工作要容易多……但一个渔夫的工作也还更容易些;那是一点用不到什么教育的,这纯粹是一个习惯的问题。"

他做出一种有趣的模仿,模仿鱼在饵物四周徘徊不去,和鲈鱼、Mugil(鰡鱼之类)以及鲤鱼上了钩的时候活跳活撞的那种样子。

"呵,因外祖父鞭挞你怀恨了,"他曾安慰我道,"但你对那个是没有理由可怀恨的,小绅士;鞭挞是你的教育的一部分,而且你受到的这些,毕竟不过是像小孩子的玩意儿一般。你一定见到过我们的主妇——泰推娜·里克希夫娜——所惯用的毒打吧!她能够打得真像个样子,她能够!而且她时常为鞭挞特别用起一个人来——克利斯托福是他的名字——而且他做这工作做得这样精,有时别的公馆里的邻人们写一张字条子给女伯爵:'对不起,泰推娜·里克希夫娜,请你打发克利斯托福来鞭挞我们的奴仆。'而且她老答应他去的。"

他用他那朴拙的姿势,原原本本地演述那关于女伯爵的故事:她穿着一件白纱罩衫,头上盖着一块薄薄的天青色手帕,去坐在阶沿上靠石柱边的一把红色靠臂椅里,而克利斯托福当她的面鞭挞男男女女的农夫们。

"而这个克利斯托福是从利森来的,看上去像是一个吉卜西种,或者是一个小俄罗斯人,胡髭直耸到耳后去,他的丑脸子的刚剃过胡髭的地方全部是青色的。而且如果他不是一个呆子,他一定是装作一个呆子的,这样他可以不被许多无聊的问题所麻烦了。有时,他惯会把水倒在杯子里,去捉苍蝇和属于甲虫一类的蟑螂,随后他时常将它们拿到火上去煮。"

这样的故事,我从外祖母和外祖父的嘴里听到过几百几千遍,烂熟了的。虽然它们并不相同,但是非常相类似的。每一个故事说的都是人们被虐待,被侮辱,或者被驱逐,我对它们是厌倦了。于是,当我不愿再听的时候,我对这车夫说:

"请你告诉我另一类的故事吧。"

他的所有的皱纹在他嘴上聚集了片刻,接着散开到他眼边,一面他勉强殷勤地说:

"对呀,贪多无厌!是的,我们从前有一个厨子——"

"谁有?"

"女伯爵泰推娜·里克希夫娜。"

"你为什么叫她泰推娜的?她并不是一个男子,她可是男子吗?"

他咯咯大笑。"她自然不是。她是一位太太;然而她可有胡髭。她是无智的……她的先世是一个无知的德意志种……是黑人型的种族。唔,至于我说的,这个厨子——这是一个好笑的故事,小绅士。"

而这"好笑的故事"是这样的:厨子弄坏了一个鱼包子,于是逼着自己把它全吃下去,吃了之后他生病了。

"这并不怎么好笑!"我愤愤地说。

"那么,怎样的故事你才认为好笑呢?上来!说来听听看。"

"我不知道——"

"那么闭住你的嘴!"于是他又冗长地讲了另外一个乏味的故事。

偶尔,在礼拜日和休假日,我的两个表兄——懒惰而幽郁的撒斯却·米盖洛夫,与漂亮而多才多艺的撒斯却·约哥夫——总来看我们的。有一次,我们三个人爬到屋顶上面去,我们看见一个穿绿色的皮外套的绅士坐在皮式里格天井里靠墙壁的一堆木头上面,在逗弄几只小狗。他的小小的黄色的秃头没有戴帽子。两弟兄当中的一个提议去偷一只小狗,于是他们立刻想出一个巧妙的法子:他们弟兄俩走下到街上,去等在皮式里格天井的门口,一面要我用某种法子去吓绅士;当他惊走的时候,他们弟兄俩便闯进院子里去捉小狗。

"但要我怎么样吓他呢?"

"你唾他的秃头吧。"我的一个表弟兄提议。

但唾痰在人头上可不是一桩大罪恶吗?然而我听到过几千百遍了,而且也亲眼看见过,他们做过许多比这更不道德的事,所以我忠实地担任了约定里的角色,运气和平常一样好。

一阵可怕的纷扰发生了。全队男女被一个年轻的好看的官员率领着,从皮式里格公馆奔入天井里来。我的两个表兄闯下大祸,便溜到街上从从容容地走着,一点不知道我这方面的恶作剧,只有我一个挨了外祖父的一顿打,这使皮式里格房子里的住客们都感到十分满意。

当我全身疼痛躺在厨房里的时候,彼得舅父来了,他穿着顶好的衣服,看上去像十分幸福。

"那是你的一个痛快的好想头,小绅士,"他低声说,"那正是这头蠢笨的老山羊所该受的——被唾痰!下次——你可以掷一块石头在他的癫头上!"

在我眼前现出那个绅士的圆圆的,精光的,小孩样的脸庞,于是我记起当他用小手去揖他那黄头皮的时候,他怎样乏力地哀号,正像小狗一样,于是我感到十分害羞,对我表兄们满怀愤恨;但当我凝视着这运货夫的皱蹙的脸——带着一半恐惧一半憎恨的表情颤抖着,正和外祖父打我的时候的脸一样——那时候,我立刻将这一切完全忘记了。

"走开!"我叫着,而且用手打他,脚踢他。

他嗤的一声笑,回看了我一眼,走开了。

从那时候起,我将和他来往的任何欲望都结束了,真的,我避着他。而且我还开始疑惑地注意着他的行动,怀着这样一个莫名其妙的想头,想发现关于他的某种东西。关于皮忒里格公馆的绅士的那桩事刚过去,立刻又发生了别的一桩事。我对奥夫塞尼哥夫的房子注意已有好久了,我幻想他的灰色的外表里面隐藏着一个神秘的浪漫故事。

皮忒里格公馆永远是充满着喧哗和欢愉的。许多美丽的太太们住在那里,许多官员和学生们来拜访她们,而且从这屋子里,笑声、歌唱声和管弦声接连不断地传出来。连屋的表面,玻璃窗擦得亮光光的,看去都像是快乐的。

外祖父不赞成的。

他说住在这屋子里的人们:"他们都是异教徒……而且是不敬上帝的人,他们都是!"而且他为这些女人们取了一个侮辱的专名词,那名词,彼得舅父以同样侮辱而恶毒的口气向我解释过。

但严肃的,清静的奥夫塞尼哥夫公馆却引起外祖父的尊敬。

这所一层楼的可是高高的房子建立在一个防护周密的满长着草皮的

院子里面，除出竖在中间的，为一口井而设的，以两根柱子支持着的一个顶棚以外，什么也没有。这所房子像离街道很远，仿佛它想和市尘隔绝般的。两个雕成弧形的窗子，离地面颇有些儿高，在它们的斑斓的窗玻璃上面，太阳照射着，现出虹一般的反光。在门口的另一面，建着一间栈房，屋面和正屋真是一个模样的，连那三个窗子都很像，只不是真的罢了；外围构筑着灰色的墙，格子和窗框都油刷着白漆。这些瞎眼窗子的形象是不大吉利，而整所栈房更加强了正屋所给予人的印象，好像想逃避注意一般。在这全部屋子——还有空空的马厩和阔门的空空的马车间——的四围，有着一种沉默的愤怒或者秘密的骄傲的暗示。

　　有时，一个高高的，下巴精光，生着白胡髭的，头发像许多针一样地直竖着的老人，被人发现在天井里蹒跚地走。另一个时候，另一个有胡髭的，钩鼻子的老人，从马厩里牵出一匹长颈的灰色牝马——一匹胸膛窄狭，腿子精瘦的动物，它一走进天井便俯下头，而且爬抓着，像一个轻贱的尼姑一般。跛脚的男人用手掌捆它，一面打着呼哨，气喘喘地透着气。后来，牝马又关到黑暗的马厩里去了。我常常猜想这个老人是要想逃出屋去的，但他被迷住了，不能够逃走。

　　几乎每天从正午到晚上都有三个小孩子在天井里玩。他们都穿着一样的灰衣灰裤，戴着一模一样的帽子，而且三个人都是脸庞圆圆的，眼睛灰黯的。他们相像到这样，我只能由他们的高矮辨别得出来。

　　我常常从一条篱笆缝里留心看他们；他们看不见我，但我想到他们知道我是在那里。我喜欢他们如此高兴地，如此和睦地聚在一处游玩。这种游玩于我是陌生的。我喜欢他们的服式和他们相互间的照顾，这种照顾在大阿哥们对待小阿弟——一个滑稽的，活泼的小东西——的行动里特别看得出来。倘使他跌倒了,他们虽然笑——任何人跌一跤,都要笑,这是一种习惯——但他们的笑是不含恶意的,而且马上跑过去扶他起来;倘使他的手或膝弄脏了,他们用叶子或手帕去拂拭他的手指和裤,而且两个哥哥和善地说道:

"那不雅观了呵!"

他们从来不互相争闹,从来不互相欺诳,而且他们三个人都是轻捷,坚强,永不疲倦的。

有一天,我爬上一株树,向他们打了呼哨。他们呆呆地站了一会儿,接着从容地聚在一处,朝我看了一会儿,以后轻轻地互相商量。我猜想他们将拿石子掷我,因此我溜到地上,在我的袋子里和罩衫的前裾里装满了石子,又爬上树;但他们却在离我很远的,天井的另一角落里玩着,而且显然他们将我这方面的事完全忘记了。我因此很不高兴。第一,因为我不愿意做戎首;第二,因为正在这时候有人在窗口叫他们:

"现在你们得进来了,孩子们。"

他们顺从地回去,但毫不忙乱,排做单行,像鹅一样的。

我常常坐在篱笆上面的树上,希望他们会邀我和他们一起玩;但他们从没有邀我过。然而在精神上,我是永远和他们一起玩着,而且我是如此倾心于这种游戏,有时我情不自禁地狂呼而且大笑起来了。于是,他们三个人都朝我看看,轻轻地互相商量,我却感到害羞,不知不觉地溜到地上。

一天,他们在玩捉迷藏,轮到二哥寻了,他站在栈房的角落里,诚实地闭住眼睛,一点不想去偷看,而他的弟兄们跑去藏好他们自己。大阿哥又敏捷又迅速地爬进那放在靠近栈房的一辆大雪橇里面,但小兄弟却沿着井边滑稽地跑，因为找不到可藏的地方，狼狈万状。

"一——"大阿哥喊道，"二——"

小兄弟跳上井边，拉住绳索，跨进吊桶里，吊桶以笨重的声音碰了井边一下，不见了。当我看到光滑的轮盘转得多么快多么轻便的时候我惊呆了，但我立刻悟到这情形的可能，于是我跳到天井里面叫道：

"他跌在井里了！"

二哥和我同时到了井边。他抓住绳索，但觉得他自己被拉了上去，于是他松手了。正在这时候，我握住了绳索，而且大阿哥也到了，他帮着我拉吊桶，一面说：

"轻一点，对不起！"

我们立刻把这孩子拉了上来。他受了惊吓；他的右手指上有几滴血，颊腮受了重伤，他一直浸湿到腰部，脸色全部发青；但他微笑，接着悚颤，紧紧地闭住眼睛，接着又微笑，而且缓缓说：

"然——而我跌——跌了下去吗？"

"你做出这种事来，你一定是疯了！"二哥说，围住他，用手帕揩他脸上的血迹。大阿哥却皱皱眉说：

"我们还是进去为妙，我们无论如何不能再捉迷藏——"

"你会挨打吗？"我问。

他点点头，接着伸出手来，说：

"你跑得多么迅速呵！"

我因为他的称赞，高兴了，但我来不及和他握手，他已转过头去和他的小兄弟们说话。

"我们进去吧，否则他要受凉的。我们只说他跌了一跤，不要说起关于井的事。"

"是,"这位小兄弟同意,发着抖,"我们说我跌在一个水潭里,可以吗?"于是他们回去了。

这全部事情过去得那么快,我望望我攀着跳进天井里来的那条树枝还在摇着,飘散着黄叶。

那三弟兄们有一个礼拜不到园子里来。当重新出现的时候,他们比以前更会吵闹。大阿哥看到我在树上,他亲昵地向我叫道:

"到这里来,和我们一起玩吧。"

我们集合在栈房的屋檐下面的一辆雪橇里,我们互相沉思地观望了一会儿以后,开始了一次很长的谈话。

"他们可会打你们吗?"我问。

"有点凶!"

这使我难以相信,这些孩子们会像我一样地挨打的。为了这,我替他们感到悲伤了。

"你为什么要捉鸟?"最小的一个问。

"因为我喜欢听它们唱歌。"

"但你不应该去捉它们的,为什么你不让他们随意各处飞着呢?"

"对,我打算不捉了!"

"可是,你能立刻捉一只来,送给我吗?"

"送给你!……哪一类?"

"一只活泼的,关在一个笼子里。"

"一只山雀……那是你所要的吧。"

"猫要吃了它的,"最小的一个说,"而且,爸爸一定不会应许我们养鸟。"

"是的，他一定不会应许的。"大阿哥同意说。

"你们有母亲吗？"

"没有。"大阿哥说。但中间的一位改正他：

"我们有母亲的，不过其实她不是我们的，我们的已经死了。"

"那么这一位就是所谓继母吗？"我说。大阿哥点头说："是。"

于是，他们三位弟兄仿佛都沉思着，脸色黯然。我从外祖母常常讲给我听的故事里面，已经知道继母是怎么个样子，所以我懂得他们突然沉默的原因了。他们坐在那里，紧靠着，正像豆壳里面的一排豆。于是，我记起这个女巫般的继母，她是用一种魔术取得真母亲的地位的。

"你们的真母亲会回到你们这里来的，看着吧，她不会不来的。"我试图使他们安心。

大阿哥耸耸他的肩膀。

"她死了，她怎么会回来呢？这样的事情是不会有的。"

"不会有的吗？天哪！死人即使切成了肉片，只消洒上活水，便会活转来的，这样的事情有过多少次了？死，并不是真死，也不出于上帝之手，不过是为术士或女巫的符咒所迷，这样的事也不知有过多少次了！"

我开始兴奋地将外祖母的故事说给他们听；但大阿哥第一个笑，接着低声说：

"这些神怪故事我们统统知道的。"

他的两位兄弟默默地谛听着。最小的一个噘着嘴唇，紧紧地闭着，中间的这位以手肱搁在膝上，握着那围在他的颈上的小兄弟的手儿。

暮色已经迈上来，红红的云挂在屋顶上。这时候，突然间，在我们前面现出一个白胡髭的，穿着像教士穿的衣服一样长长的，肉桂色的衣服，戴着一顶粗皮帽的老人。

"这个可是谁呀？"他指着我问。

大阿哥站了起来，朝外祖父的屋子点点头说：

"他从那面来的。"

"谁邀他到这里来的？"

孩子们一声不响地爬下雪橇，走进屋里去了。这使我想起来，真好像一群鹅一样。

老人如同一把夹钳般的抓住我的肩膀，拉着我跨过天井向着门去。我害怕极了，想要呼喊，但他脚步跨得这样大而快，我还没叫喊出来，我们已经在街上了。他站在小门的门口，向我威吓地扬扬手指，一边说：

"下次你敢不敢再到我这边来了！"

我勃然大怒。

"我永不要到你这边来了，你这恶魔！"

我又一次被他的长手臂抓住。他拖着我，沿着铺道走去，一边用那像铁锤在我头上打着一样的声音问：

"你的外祖父在家吗？"

我真伤心，他是证实外祖父在家的。于是，外祖父站在这个带恐吓的老人面前，头倒向后，胡须耸向前。他那迟钝的，圆圆的，鱼一样的眼睛盯视着，一面急急地说：

"他母亲是不在了，你知道的，而我又是一个忙碌的人，因此没人去管束他，所以我希望你这一次不要介意，大佐。"

大佐像一个疯子一样愤愤地在屋子里往来顿着脚，一直到我奔入彼得舅父的马车里面，他才出去。

"可又吃苦了，小绅士？"彼得舅父问，一面卸去马具，"你现在为什么被责罚的？"

我告诉他以后，他发起怒来。

"那你为什么要和他们做朋友呢？"他叽咕地说，"这班幼蛇们，你看，他们对你怎么样！现在你还连累他们也挨打，你看着吧。"

他这样地唠叨了好久，好像我真个遭了打，他很悲愤似的，我起初愿意听他；但他的皱蹙的脸子颤抖着，愈来愈使我起反感，而且使我想起那些的孩子们也会遭打，我以为他们真是冤枉的。

"他们不应该受鞭打的，他们都是好孩子。至于你，你说的都是谎话。"我说。

他看着我，于是突如其来地叫道：

"滚出我的马车去！"

"你这呆子！"我大声说，跳下地。

他追上来，追过天井，要捉我总捉不着，一面怪声地叫：

"我是一个呆子，我是一个呆子吗？我造谎，我造谎吗？你站住，等我问你！"

正在这时候，外祖母从厨房里走了出来，我奔到她身边。

"这个小坏蛋使我不得安宁！我年纪要比他大五倍，然而他敢来辱骂我……和我的母亲……和一切。"

他竟会像这个样子造谎，脸皮厚到这样。我一听到，我的心都发麻了，我一句话也说不出，只呆呆地注视着他；但外祖母却严厉地回答：

"现在你是在说谁，彼得，无疑的。他永不会触犯你或者触犯任何人的。"

外祖父可是会相信这个运货夫的！

从那天起，我们两个人在暗地里斗争，然而无论如何是毒辣的斗争。他会试用马缰绳打我，而装作误打；他会把我的鸟儿放出笼子，于是有时猫会捉住它们而且吃去它们了；他一有机会，便向外祖父说我坏话，而且往往被相信的。我对他的第一个印象，我认为很真实——他假扮成老头子，其实正和我一样的孩子。我弄破他的草鞋，或者不如在里面略撕开一点，那么等他一穿上去，便立刻粉碎开来了。一天，我在他帽子里面放了一些胡椒，这个使他打了一个钟头的喷嚏，而且他用尽气力，想使这个不至于妨碍他的工作。

在礼拜天，他很注意地看守着我，而且他每每捉到我在做犯禁的事——和奥夫塞尼哥夫家里的孩子们说话，于是他跑去向外祖父饶舌。

我和奥夫塞尼哥夫家的孩子们的交谊进步了，这继续增加我的愉快。在外祖父家的墙头和奥夫塞尼哥夫家的篱笆之间的一条蜿蜒的小路上，长着榆树和菩提树，还有几株稠密的更古老的灌木。在它们的覆荫之下，我钻了一半圆形的洞在篱笆上，弟兄们老轮流着到来，或许两个一齐来。于是，蹲在或跪在这个洞边，我们用低低的声音继续着很久很久的谈话；一边他们当中的一个把着风，防大佐出其不意地来到。

他们告诉我他们的生存是怎么怎么的悲惨，这使我听听也感到伤心；他们谈到关于我的关在笼子里的鸟和许多孩子们的事情，但从来不提到一句关于他们的后母或他们的父亲的话，至少，就我所能记得的说。这也是常有的，他们要求我讲一个故事给他们听，于是我忠实地讲出外祖母的一个故事来，倘使我忘了某一段，我会请求他们等一等，一面我跑到她那里去重新弄个清楚。这个使她高兴。

我告诉他们关于外祖母的许多话，大阿哥有一次带一声深深的叹息说道：

"你的外祖母似乎各方面都好的……我们也有过一个好的外祖母，在从前。"

他常常像这样忧郁地谈话，说到他所经历的世故，好像他活得不只十一岁，而是活了一百岁一样。我记得他的手是瘦削的，手指是细长纤巧的，而且，他的眼睛是和善的光亮的，像教堂里的灯光一样，他的弟弟们也是可爱的。他们仿佛会感动别人去信任他们，使别人情愿去做他们所喜欢的事；但大阿哥却是为我所最宠爱的人。

常常，我是如此专心于我们的谈话，我一点没注意到彼得舅父，直到他逼近我们。我们听到他的口音，立刻四处逃散，一面他叫道：

"又——又——又？"

我看出他的默默含怒的心气变成更经常的了。当他工作回来的时候，我只消略略一瞥，便立刻明白他所怀着的心情是怎样。照例，他是用一种从容不迫的态度来开大门的，门铰链响出拖长的，迟缓的格格的声音；但当他心绪不好的时候，门铰链会发出一种锐利的尖声，仿佛它们是在痛苦里疾呼一般。

他的哑侄结了婚有一些时候了，已经住到乡间去了，所以彼得只有一个人住在马房里，一间低低的，有兽皮、松脂、汗液与烟草的混合气息和一扇破窗子的厩舍里；而且因为那种气息的缘故，我是从来不进他的住所的。他一定要点着灯睡觉,而外祖父对于这习惯大为反对。

"你看着!你会烧杀我的,彼得。"

"不,我不会。你不要多心,我夜里把灯摆在一盆水里的。"他回答,斜斜地闪一闪眼睛。

他现在好像对一切人都侧目而视,而且久已不去问候外祖母的晚安和带果子酱给她了。他的脸庞仿佛在缩皱拢来,皱纹变得非常深,而且他走路的时候左右摇摆,脚步错乱,像一个病人一样。

一天劳动日早上,因夜里下了一次大雪,外祖父和我正在天井里打扫,突然门键高声震响,一个警察走进天井里。他用背脊靠住门,一边用一个肥壮的、灰色的手指向外祖父做手势。外祖父走近他面前,他弯下身来,弯到他的尖长的鼻子看去真好像在凿刻外祖父的前额。他说了几句话,但口音是这样轻,我听不出话来;但外祖父却急急地回答:

"这里?什么时候?天哪!"

随即他突然叫喊,滑稽地跳撞着:

"上帝保佑我们呀!真会有这种事吗?"

"不要这样大喊大叫。"警察严厉地说。

外祖父向四面看看,于是看见了我。

"把你的铲子丢去,到里面去。"他说。

我隐身在一个角落里,看见他们走向运货夫的厩舍去。而且看见警察将他的右手套脱下来,用它拍拍他的左手掌,一面说:

"他知道我们在跟踪他,他扔下那马让它去游荡,而他却躲在这里什么地方。"

我急奔到厨房里去告诉外祖母这一切,她正在把面团捏成面包。她

一面留心听着,一面她的撒面粉的脑袋不断地点着,接着镇静地说:

"他偷了点什么东西,我猜想。你现在跑开,这个与你有什么关系呢?"

当我又回到天井里的时候,外祖父正站在门口,他脱去了帽子,眼睛仰视着天,在自己身上画着十字。他的脸色看去愤愤然的;他气愤得连头发都竖起,真的,而且一只腿儿颤抖着。

"我说你到里面去呀!"他怒叫道,向我顿着脚。他和我一起走进厨房,呼道:

"这里来,母亲!"

他们走进隔壁房间里,轻轻地讲了许多时候。但当外祖母回到厨房里的时候,我立刻从她的表情上知道有某种恐怖的事情发生了。

"为什么你的脸色这样惊慌?"

"闭你的嘴!"她轻轻说。

全家整天是愁愁闷闷的。外祖父和外祖母常常交换忧郁的眼光,在一起说话,低低地说些难解的,简洁的,增加不安的感觉的话。

"把灯各处都点起来,母亲。"外祖父命令道,咳嗽着。

我们用餐胃口都不好,然而吃得很快,好像在等待人一样。外祖父是疲倦了,他鼓着颊腮,用一种尖锐的声音猎猎地说:

"恶魔的权势高过人!……无论什么地方你所看到的都如此……连我们的教徒们和教士们……这是什么理由呢?唉。"

外祖母叹着气。

那银灰色的冬日的时光疲弱地拖延过去,宅内的气氛仿佛愈来愈紊乱和难受。在傍晚的时候,另一个警察到来,一个红色的胖子,他坐在厨房里的炉边,打着瞌睡,而当外祖母问他:"他们怎么能找得出这个来呢?"他用一种含糊的声音答道:"我们什么东西都找得出来的,所以你不要心焦!"

我记得,我是坐在窗口,口里温着一个两戈比的老式铜钱,打算在冰冻的玻璃窗片上打上一个,"圣·乔治和他的毒龙"的印子。突然,从门外来了一阵恐怖的叫声,门豁然推开,彼式洛夫娜发狂地叫道:

"看,看哪,你们在那里丢了什么?"

看到警察,她便惊退到墙门间里去;但他在她的裙上一把抓住,一面吃喝道:

"站住,你是谁?要我们去看什么?"

突然间她在门槛边立住,她跪倒,开始啼哭起来。她的话和她的眼泪仿佛把她的喉咙扼住般的:

"我看到它的,我出去榨牛奶的时候……那件东西是什么呢,看上去像一只靴子,在克什米尔人的园子里的?我对我自己说——"

但对于这个,外祖父顿顿他的脚,一面叫道:

"你造谎,你这蠢货,你在我们园子里看不见什么东西的,篱笆高得很,而且一个破洞也没有,你在造谎。不会有任何东西在我们园子里的。"

"小父亲,这是真的!"彼式洛夫娜哀号道,一只手向他伸着,另一只手扪在她的头上,"这是真的,小父亲……难道连这样的谎我都会造吗?那里有走向你家篱笆的足印,而且雪都被踏在一处地方了,于是我走去,从篱笆缝里一看,我看见了……他……躺在那里……"

"谁呢?谁呢?"

这句问话重复了几十遍,但从她口里再不能得到什么回答。突然间他们都奔向园子去,互相推推撞撞,仿佛他们发了疯一般。而那里,坟墓旁边,躺着彼得舅父,雪平平地洒满在他身上,他的脊背靠着烧焦的木梁,他的头倒在胸口上。在他的右耳后面有一个深深的创洞,红红的,像一张嘴一样,从那里露出一片片的碎肉如同牙齿。

我看到这景象吓到合拢眼睛,但我从睫毛当中看得见这把马具匠的刀——这个我知道得很清楚的——横在彼得舅父膝上,被握住在他右手的乌黑的手指里,他的左手被截去,埋在雪里。在这运货夫身下,雪已经融化了,因此他的细小的身子深陷在软软的,发光的沙泥当中,看上去甚至比他生前更像小孩的样子。

在尸身右边,像一匹马一般,一个奇怪的,血红的图册画在雪上;但在左边,雪可分毫未动,依旧是平滑的,光亮夺目的。脑袋倒在前面,如同一种悔罪的姿势,下颚触到胸口,压住密厚的卷曲的胡须,而且在胸口上面,凝结的血的红流中间,躺着一个大铜质十字。他们一齐大叫大嚷的声音仿佛使我的头像纺车一样旋转起来。彼忒洛夫娜从没停止过叫嚷,警察对范里伊高声发命令,要他去办一件差事,同时外祖父喊道:

"当心,不要踏在他的足印上!"

但他突然眉头紧蹙,朝地上看看,用一种响亮的,昂昂然的口气对警察说:"激起一场纷扰来与你是无关的,巡警先生!……这是上帝的事务……出自上帝的一种裁判……然而你一定要大惊小怪——咦!"

于是一阵静寂落在他们大家身上;他们一动不动站着,长长地吸了一口气,在身上画着十字。有几个人这时候从天井急急忙忙走进园子里

来。他们爬过彼式洛夫娜的篱笆，其中有几个跌了下来，发出痛苦的呼号声；然而他们是十分镇静的，直到外祖父用一种绝望的声音喊道：

"邻人们，你们为什么糟蹋我的覆盆子树？难道你们没良心的吗？"

外祖母哭泣得很厉害，她携着我的手带我走进屋子里。

"他怎么了？"我问。

"你难道看不见吗？"她回答。

从黄昏的其余的时间，一直到夜深，生客们在厨房里和别的屋子里穿进穿出，高声谈话。警察是总指挥，一个像管事先生一样的人，做着记录，而且，像鸭叫一般地问：

"什么？什么？"

外祖母请他们大家在厨房里喝茶。那里，坐在桌前面的是一个圆圆的，有胡须的麻子，他用颤抖的声音说：

"他的真名字可不知……道，我们所能查得到的是他的生地是伊拉式玛。至于'聋哑子'这名字……那不过是一个绰号——他完全是既不聋也不哑的——他懂得一切买卖……而且在这个里面还有一个第三者……可是我们已经着手侦查他了。他们抢劫教堂已有好多时候；那是他们的报应。"

"天哪！"彼式洛夫娜忽然高声叹道，脸涨得通红，大量地流着汗。

至于我，我躺在炉架上，俯视着他们，一面想，为什么他们个个都又矮又胖又可怕呢。

十

　　一个礼拜六的清晨，我上彼忒洛夫娜的厨园里去捕知更雀。我在那里消磨了许多时候，可是大胆的知更雀却不肯撞到网里来。惹人的美丽的，它们高兴地跳在银色的冻雪上面，而且飞上覆雪的丛树的枝头上去，到处撒下了蓝色的雪晶。这般美丽的一个景致，使我忘记我没有成功的愤怒了。事实上，我也不是一个顶厉害的猎人，因为，我对于追逐（鸟儿）的本身的乐趣，远胜过它的结果，而且我的最大的快乐，还在观察鸟儿的花样和想到它们。我十分幸福地独坐在一个积雪的田野的边岸上，倾听那鸟儿啾啾地在严寒的日子的冻晶的静寂里啼着。同时，在远方，我依稀听到一部忒洛卡的铃儿的疾速的声音——有如一只云雀在俄国的冬天啼着忧郁的歌曲。

坐在雪地上使我麻痹起来了,我感觉到我的耳朵已经冻僵,于是我收拢了网和笼,爬过墙垣,到外祖父的花园里面,上屋内去了。

对着街道的门儿是开着,一个身段高大的男人,领了三匹喷着蒸气的马儿,配着一部大而紧关着的雪橇,从天井里出来,他在快活地吹啸。我的心房怔忡起来了。

"你将谁带到这里来?"

他旋转身子,从他腋下望着我,于是跳上车夫的座位,才回答:

"牧师。"

可我仍然不相信,如果是牧师,他一定是来看房客的。

"向右转。"车夫叫着,于是他快乐地吹着口哨,一面用缰绳指挥着马。

马儿狂怒着经过田野,我站着尾视它们,然后关上了大门。当我走进空洞的房里去的时候,我所听到的第一个声音,是我的母亲在隔壁屋内说话的有力的声音。她在十分明晰地说:

"现在怎样呢?你要杀死我吗?"

没有卸脱我那户外穿的衣服,我掷下了鸟笼,跑进墙门间里,我在那里撞着外祖父了。他抓住了我的肩膀,用惊异的眼光盯住我的面孔,很困难地咽下他的气,于是沙声地说:

"你的母亲回来了……去看看她……等……"他十分用力摇着我,我几乎跌倒了,于是我对那房子的门颠蹶着,"上去……上……"

我敲敲那用毛毡和油布保护着的门,可是,那被寒冷麻痹了的,神经质地颤抖着的我的手儿,过了好一会儿才寻着门梢。当我终于轻轻地进去了的时候,我在门槛上停住脚,昏晕着而且迷惑着。

"他来了!"母亲说,"主呀!他是长得多高了。啊,你还认得我吗?……你把他穿得像什么!……是的,他的耳朵白起来了。快点,妈妈拿点鹅油来。"

她站在房子中间,俯下身来,拿去我那户外穿的衣服,而且旋动着我,仿佛只是一个球儿似的。她的高大的身体,穿着一件温暖的,柔软的,美丽的衣服,宏大得好像一件男人的外套似的,用黑扣紧扣着,倾斜地从肩头落到裙边上,我从来没有看到过类似这般的东西。

她的面孔似乎比往常细小点了,而她的眼睛却比从前显得更大而且更深陷些;同时她的头发仿佛是浓金似的。她脱下了我的衣服,把衣裳抛过门槛去,讨厌地皱着她的红红的嘴唇,始终在这么叫着:

"你为什么不说话哟?你不高兴看到我吗?噢!一件多脏的衬衫……"

于是,她用鹅油擦起我的耳朵来,使我很痛;可是,当她这样摩擦着的时候,有这般一种芬芳的,愉快的气味从她身上发出来,仿佛使痛苦比平常减少了许多。

我紧靠着她,盯住她的眼睛,非常热情地想说话;而且从她的话语中,我听到了外祖母低低的,不快活的声音了。

"他是十分固执的……他差不多是很随便的。他是不惧怕外祖父的,甚至……啊,范丽亚!……范丽亚!"

"和善点,母亲,不要诉苦吧,这样子并不会有什么好处的。"

母亲身旁的一切东西仿佛都显现细小,可怜而衰老。我也感觉到衰老了,衰老得和外祖父一样。

她将我抱在膝踝上,以她的温暖的沉重的手儿梳着我的头发,说:

"她需要有一个人严厉地管束他了。这个时候他应该上学校去……你喜欢读书吗,你喜欢吗?"

"我已经知道所要懂得的一切了。"

"你还得多知道一点呢……啊!你长得多么强壮了!"她一面用最低的声调热情地笑着,一面和我玩着。

当外祖父进来的时候,她苍白得和灰一样了,眼睛里充满血,愤怒地耸起了毛发。她放下我,高声地问道:

"唔,父亲,你安排好了吗?我去吗?"

他站在窗口,用指甲抓去了窗玻璃上的冰冻,默默地站在那里好一会儿。情形是紧张而痛苦;在这类紧张的时刻,这是变成我的习惯了。我的身体感到了这是非常重大的,而且有某种东西膨胀在我胸口,使我发生一种极想叫喊的欲望。

"亚里克希,离开这房间吧!"外祖父粗暴地说。

"为什么?"母亲问着,又拖住我了,"你不要离开这个地方。我不准你!"母亲立起身来,溜过了这房间,正像一朵玫瑰云似的,去立在外祖父背后。

"听我说,爸爸——"

他转身向她,叫道:"闭口!"

"我不要你向我叫。"她冷淡地说。

外祖父从榻上立起来,警告似地伸着他的手指。

"呵,范尔范莱!"

于是,外祖父坐下去,喃喃地说:

"等一会儿。我要知道是谁?——快?这是谁?……怎么会发生的?"

他突然地吼出这样一种声音来,仿佛并不是属于他的:

"你出了我的丑,范尔范莱!"

"滚出外面去!"外祖母对我说。于是,我走到厨房里面去,觉得仿佛我是给闷死了一般的。我爬到火炉上面,在那里滞留了许多时候,倾听那清楚地传过板壁来的他们的谈话。他们或则突然大家谈论着,互相打断别人的话,不然就落在一阵长久的沉默里去,仿佛睡着一般了。他们谈话的题目是一个婴孩,我的母亲新近才生的,给别人去养育去了。可我不知道,外祖父向我母亲生气的缘故,是否为她生了一个孩子没有得到他的同意,或是为了她没有把这孩子带给他。

后来他上厨房里来了,蓬头散发的样子。他的面孔是青白色的,而且仿佛很疲倦。外祖母和他一块进来的,用她的罩衫的短襟拭着她腮颊上的泪水。他坐在一条长凳上面,弯着身,手儿憩在长凳上,战栗地紧咬着他那苍白的嘴唇。她跪下在他面前了,静悄悄地可是十分热诚地说:

"父亲,原谅她吧!看基督面上原谅她吧!你不能这副样子赶走她的。你以为,在绅士们中间和商人们的家庭间,就不会发生这一类的事情吗?你知道妇人们是什么东西的。啊,原谅她吧!你知道,没有一个人是完全的。"

外祖父倚在墙上,望望她的面孔。于是,带了一声呜咽似的苦笑,他咆哮起来了:

"唔——还有呢?怎样的人你才不原谅呢?我奇怪!……假使你能如愿以偿,那么什么人都要原谅了——嘿!你!"

向她俯下了他的身子，抓住了她的肩膀，摇着她，迅速而低语地说：

"可是，上帝呀，你用不着再苦恼你自己了。你不会在我身上找出原谅来的。现在我们是——几乎要进坟墓了——受着我们的残年的惩罚——我们没有休憩也没有幸福……将来也不会有的……更难受的……请留心我的话……我们在死之前要变成乞丐们——乞丐们呀！"

外祖母握住他的手儿，坐在他身旁，温和地笑着，说：

"呵，你这可怜的东西！所以你是生怕变成一个乞丐的。唔，就让我们变成乞丐们吧！那时你只要坐在家里。我会出去求乞的……不要怕，他们会给我的！……我们会有许多东西；所以你可以放下了你那烦恼吧。"

他突然笑了，有如一只山羊似的动着他的脑袋；然后，搂住她的颈项，拥着，在她旁边他是显得又小又皱缩。

"呵，你这呆子！"他叫道，"你这幸福的呆子！……你是我现在所有的一切了！……因为你什么事情都不知道，所以你什么事情都不觉得烦恼。可是你必须回顾一下……而且回想你和我是如何替他们工作着……我如何为了他们犯罪……可是，虽然如此，现在——"

此刻我再也忍不住了。我眼泪已经阻止不住，我跳下火炉，飞跑到他们面前，快活地呜咽着，因为他们是这般怪亲热地交谈着，因为我替他们难受，因为母亲已经回来，因为他们拉我过去，大家哭着，而且拥抱我，抚爱我，眼泪落在我身上；但外祖父却低声和我说：

"你在这里，你这小鬼！唔，你的母亲已经回来，我想此后你可以时常和她在一块了。快，一个可怜的老鬼的外祖父能去吗？而外祖母，她是十分纵容你的……她能去……快？嘿——你！……"

他放下我们，立起身来，以一种愤怒的高高的声调说着：

"他们都离开我们了——大家都离开我们身边了。……唔，叫她进来吧。你在等候什么呀？快点！"

外祖母走出了厨房，而他是去立在一个角落里，低垂着头。

"大慈大悲的上帝！"他开始说，"唔……你看清楚我们的情形吧！"然后用拳头敲击着胸膛。

当他这般做着的时候，我真有点不喜欢。事实上，他和上帝说话的样子时常使我讨厌，因为他仿佛在造物主面前夸张自己一般。

当母亲穿了红衣裳进来的时候。厨房里点起灯来了，当她在桌旁坐下，而外祖父和外祖母坐在她两旁的时候。她宽阔的衣袖落在他们的肩上。她静静地又庄严地对他们叙述某件事情，他们默默地倾听着，一点也不想打断她话，好像他们变成孩子，而她是他们的母亲。

因为过度的兴奋而疲乏吧，我倒在榻上睡得很熟。

到了黄昏，老人们穿着顶好的衣服，晚祷去了。外祖父整齐地穿了他做行长时穿的那制服，披了一件浣熊皮的外套，他肚皮有力地耸突着。外祖母向他送去了一个快乐的眼光，当她送着眼光的时候，她对母亲说：

"看看父亲吧！他不是威皇……整洁得像一只小山羊。"母亲高兴地笑了。

当只剩了我和她在室内时，她坐在榻上，双足蜷在身下，指点着她身旁的一个地方，说：

"来坐在这里吧。呵，告诉我——你怎么喜欢在此地生活呢？快。

不很喜欢吧?"

我怎么会喜欢呢?

"我不知道。"

"外祖父要鞭挞你吧,他打你吗?"

"现在不很打我了。"

"呵?……唔,那么把一切都告诉我吧……告诉我你所喜欢的一切吧……快?"

因为我不喜欢讲到外祖父,我就告诉她从前常常住在那个房间里的仁和的男人,他是没有一个人喜欢的,给外祖父赶出去了。我看出了她并不喜欢这一个故事,当她说着:

"唔,还有呢?"

我告诉她关于三个孩子的事情和大佐怎样把我赶出了他的天井。她紧紧地握住了我手儿,当她听我说着的时候。

"胡说!"她说,然后沉默了片刻,她眼睛目光凝视在地板上。

"外祖父为什么向你发怒的?"我问。

"因为我做错了事情,据他的意思。"

"因为没能把婴孩带到此地来? ——"

她猛然惊跳起来,皱着眉,咬住她的嘴唇;然后突然笑出来,紧紧地拥住了我,说:

"呵,你这小妖怪?呵,此后你不要再谈那件事了,你听到吗?永远不说到它吧——事实上,忘记了你曾经听到过这回事吧。"

于是,她静静地且庄严地和我谈了好一会儿;但我听不懂她所说的话,而且不久她又立起身来,开始在室内踱蹀,用她手指乱弹着她下颏，交替地举起又沉下了她那浓浓的眉毛。

一支流成了槽的蜡烛燃烧在桌子上，反映在镜子的惨白的镜面里；朦胧的影子匍匐在地板上；一盏洋灯燃点在角落里的神像前；冰冻着的窗户被月光映成了银色。母亲四顾着，仿佛她在朴素的墙上或天花板上寻觅什么东西一般。

"你什么时候上床的？"

"让我再待一会儿吧。"

"何况，你今天已经睡过一会了。"她提醒自己。

"你要去吗？"我问她。

"去哪里？"她以一种惊异的声调叫道，举起我脑袋，她凝视在我面上这般长久。眼泪涌到我眼睛了。

"什么事？"她问。

"我头颈痛。"

其实我心儿也在疼痛，因为我突然发觉了她并不久留在我们家里，又要走的。

"你长得很像你的父亲，"她说，将一张席踢在一旁，"外祖母有告诉你关于父亲的事情吗？"

"是的。"

"她很爱马克塞姆的——真的很爱的；而且他爱她——"

"我知道。"

母亲望着蜡烛，皱起眉毛来；然后，她熄灭了烛，说："这样好点！"

是的，熄灭了蜡烛使空气更新鲜且更清爽些，而且黑暗的朦胧的影子也不见了；光亮而蓝的光线线横在地板上，金色的雪晶映耀在窗玻璃上。

"你在那里住过这许多时候来?"

她举了几个市镇，仿佛她想记起某种她早已忘却的事情。她始终在房内默默地四周踱着，有如一只鹞鹰。

"你这件衣服哪里来的?"

"我自己缝的。我所有的衣服都是自己缝的。"

我喜欢去估量她是一个与众不同的人，不过她的话说得这般少，这使我很悲伤。事实上，我若不问她，她决不会启开她口儿的。

她立即又傍着我坐在榻上了。我们默默地坐在那里，互相紧偎着，直到那些在他们身上可以闻到蜡烛和神香的气味的老人们回转来，他们的态度里显露着一种神圣的沉默和温柔。

有如放假日似地，很有礼节地，我们用晚膳了，说话很少，而且说得那么轻，仿佛怕惊醒了一个顶容易醒来的人。

我的母亲突然热心教起我的俄文功课来了。她买了几本书，不几日，我从其中的一本书——叫作"连关字"——得着念俄国字的法术了。然而，我的母亲强迫我认真读诗——弄得我们互相生气。

诗句是：

Bolshaia doroga priamaia doroga

Prostora no malo beresh twi ou Boga

Tehia ne rovniali topor ee lopata

Miagka twi kokitou ee kwiliu bogata

可是我把"Prostora"念成"Prostovo",把"Rovniali"念成"Roubili",把"Kokitou"念成"Kokita"。

"呵,想一想吧,"母亲说,"这怎会变成"Prostovo"的,你这不幸的小人儿?……'pro-sto-ra',现在你清楚了吧?"

我已经清楚了,但我仍旧念着'Prostovo',连我自己也和她同样地惊讶得厉害。

她好生气地说我是麻木而固执。这话是刺耳的,因这我真是忠实地打算记住了这些可诅咒的诗句,而且我能够在心里丝毫不爽地默诵。可是一旦我打算高声说出来的时候,它们就变成错误的了。我讨厌这些躲闪的句子,开始有意把诗句混乱了,把所有声音相同的字都放在一块。当我施用这个法术,因而诗句都变成极端的无意义的时候,我心中很快活。

可是这玩意儿也干不多久就受责罚了。一天,在做了一个十分成功的功课之后,母亲问我有否学会我的诗歌,我几乎不自主地喋喋着:

Doroga, dvouroga, tvorog, nedoroga,
Kopwita, popwito, korwito——

等我记起来已经太迟了。母亲立起身来,双手放在桌子上,以极清楚的声调问我:

"你在说些什么话?"

"我不知道。"我呆笨地回答。

"呵,你很清楚的!"

"只是有点——"

"有点什么?"

"有点好笑。"

"滚到角落里去。"

"为什么呢?"

"滚到角落里去。"她静静地重复说,但她面容可怕起来了。

"哪一个角落呢?"

没有回答我,她盯住在我面上一点也不动,于是我开始感到十分狼狈,因为我不知道她叫我干什么。在一个角落里,神像下面,放着一张桌子,桌子上面放着一个花瓶,瓶内装着一些芳香的干枯了的青草和几枝花;在另一个角落里,放着一口覆盖着的衣箱。床占领了第三个角落,第四个是没有的,因为房门就贴着墙壁。

"我不知道你的话的意思。"我说,不了解她的意思真使我感到绝望。

她怒气稍歇了一点,默默地擦着前额和腮颊,然后问:

"外祖父没有把你放在角落里吗?"

"什么时候?"

"不管什么时候!他有这般做过吗?"她叫着,她手儿第二次敲着桌子。

"不——至少我记不起来了。"

她叹息:"呸!过来!"

我走到她的面前,说:"你为什么对我这般生气呢?"

"因为你故意把那首诗糊涂地念。"

我尽力地解释着。闭上我眼睛,我能够一个字一个字都默记出来,但,当我要想说出来的时候,它们又走了样。

"你决定你连接不起来吗?"

我回答,我十分决定了;可是再一想,我又不能很决定,而且我突然丝毫不爽地背出来了,连我也感到十分惊讶和惶恐。我立在母亲前面,羞耻燃烧在我的心里。我面孔仿佛膨胀起来,我震痛的耳朵仿佛充满血,不快活的声音汹涌在我头脑里。我在眼泪模糊中看见了她那气得昏黑的面孔,她咬着嘴唇又皱着眉毛。

"这算什么意思呢?"她问,她的声音好像不是她的声调了,"大约你连接好了吧?"

"我不知道。我的意思并不是这样!"

"你是很执拗的,"她说,垂下了脑袋,"滚开吧!"

她开始执着叫我学习更多的诗歌了,但我的记忆,对于这些圆润的流利的句子的记忆,日见其坏。同时要想改变或摧毁这些诗句的疯狂的欲念比例,却日见其强且日见其恶毒了。我甚至代之以别的学了,这真连我自己也惊骇起来,因为一整句和题目没有多大关系的字,好像和书本里真确的字有所关联的。时常仿佛把整句的诗都删去了,而且不管我如何忠诚地用力,我可不能把这句删去了的诗追回我的心眼来。那王子俾西姆斯可夫伤心的诗(我想是他吧)真引起了我的极大的烦恼:

  在黄昏和清晨,
  老人、寡妇和孤儿,
  看基督面上,求人帮助。

但最后的一行：

带了流落的神气，在窗口求乞。

我时常能够正确地念出来的，因为不能够对我发生丝毫影响。所以母亲把我的事情详细地告诉了外祖父，他用了一种慈祥的声调说道：

"那都是假装的！他记忆力实在很可观的。他跟我认真学习着祈祷……他只是假装罢了。他记忆力是很好的。……教诲他，真像雕刻一块石头一样……那会使你明白这是多么好！……你该给他一顿答挞了。"

外祖母也责备我。

"你能记住故事和歌曲！……歌曲不就是诗吗？"

这话是对的，我也感觉到罪无可辞，但在我学习诗歌的时候，依然同时有别的字有如蟑螂似的不知从何而来爬进我的心里，连接成了诗句。

我们门口也有乞丐们，
顶可怜的老人们和孤儿们。
他们来哀号着乞求食物，
但他们会卖去了，
虽然这是好的。
卖给了彼忒洛夫娜喂她牝牛，
然后来痛饮着麦酒。

夜间，当我傍着外祖母睡在床上，我时常背诵着我从书本上获得的和我自己创造的一切给她听，一直到感到了疲乏。有时她也嗤嗤地笑，但通常她总要给我一番教训。

"对了！你清楚你所能做的事情吧。可是，去取笑乞丐们，这是不对的，上帝祝福着他们！基督生活在穷困里，所有的圣贤们也是的。"

我喃喃说：

穷人们我恨，

外祖父也恨。

是不忍说呀，

原谅我，上帝！

外祖父殴打我，

无论何时他都能够。

"你在说些什么？我愿你的舌头落下来算了！"外祖母愤怒地叫道，"假使外祖父听见了你在说——"

"假使他喜欢，他尽可以来听的。"

"你这般放肆是不对的。这只会使你母亲生气罢了，而她，没有你，烦恼也够多了。"外祖母庄严地又慈爱地说。

"她发生了什么事？"

"不要管！你不曾知道的。"

"我知道。这是因为外祖父——"

"不许说，我告诉你。"

我的命运是一个痛苦的命运,因为我在不顾死活地找寻一个亲属的灵魂,可是,因为没有一个人了解我热情,所以我把放肆与反抗当作藏身地。母亲教我的功课,渐渐地变成更乏味而且更困难了。算术我很容易懂得,但我真没有这耐心去练习演草,至于文法呢,我是一点也不明了的。

然而压在我心上最沉重的是这事实,我亲眼看到也感到,母亲是很难在外祖父的家里住下去了。她的表情一天比一天变得更忧郁了;她仿佛用一个陌生人的眼光观察着一切东西。她时常上窗口去呆坐许多时候,默默无声地俯视着花园,而且,她的明丽的颜色仿佛也褪了色。

在上课的时间,她深陷的眼睛仿佛望穿了我,望在墙上,或者窗上,一面她以一种疲倦的声音向我问着问题,而且立即就把答案忘记了;她向我生气的回数更多了——这使我很伤心,因为我想母亲们更该比任何人都仁慈的,有如故事中的她们。

有时,我问她:

"你不愿意和我们住在一块了,你愿意吗?"

"留心你自己的事情吧!"她会愤怒地叫了出来。

我开始明白外祖父是在进行某种使外祖母和母亲都不快活的事情。他时常和母亲一同关在她的房间里,我们可以听到他在那里悲叹着,叫着,有如那不公平的牧童尼开诺拉的那支时常引起我十分不快的木笛。有一次,正当这类谈话之一在继续着的时候,母亲尖声叫起来,全屋里的人都听到了她:

"我不要这样!我不要!"

于是门儿砰然地响着——外祖父在大声咆哮。

这事情是在黄昏发生的,外祖母坐在厨房里的桌旁,替外祖父缝着一件衬衫,而且低声自语着。当门儿砰然一响,她留心地倾听着,说:

"呵主呀!她上房客们那里去了。"

这时候,外祖父突然跑进厨房来,冲到外祖母的前面,在她头上击了一下,然后,向她摇着他那打人的拳头,叽咕地说:

"你不要再饶舌了,空谈是要不得的,你这老鬼婆!"

"你是一个老呆子呀!"外祖母竟然地反驳说,一面她梳直了她那被敲过的头发,"你以为我不会作声吗?我什么事情都要告诉她,我时常知道你奸计的。"

他扑到她的身上,用拳头殴击着她庞大的脑袋。

她一点也不保护自己,或打退他,只说着:

"勿要停!殴打着我,你这呆货!——那很对!打中我!"

我从榻上拿起垫子、毛毯和那围着火炉的靴儿,向他抛过去,可是他是愤怒得这般疯狂,一点也不留心到这些。外祖母倒在地板上了,于是他踢着她脑袋,一直到他自己也终于蹒跚地倒下了身体,撞倒了一桶水的时候。他跳起身来,乱说着,打着喷嚏,目光野蛮地四射着,然后跑回气楼上他自己的房间里。

外祖母叹息了一声,起来,坐在长凳上,开始梳着她一团糟的乱头发。我跳下睡榻,而她以愤怒的声调向我说:

"把这些枕头和东西放回原位去。这念头想拿枕头来打人!……这是你事情吗?至于那老鬼,他发了疯——这呆子!"

于是,她用力透着气,皱着脸,一面叫我过去,低下了头,说:

"看呀!什么东西伤得我这般厉害?"

我把她沉重的头发放在一边，看到了一枚压发针深深刺入她的头皮里。我拔出来了；但找着第二枚的时候，我手指仿佛失去所有移动的本领了，于是我说："我想，最好去叫了母亲来。我吓死了。"

她把我推在一边。

"什么事呢？……当真叫母亲吗！我叫你呀！……谢谢上帝，她一点不曾看见和听到这事情！至于你——好了，滚开我的面前！"

用她自己柔软的花编工人手指，在她的厚厚的头发里翻寻着，这时候，我鼓起了充分的勇气，帮她拔出两枚粗重的弯曲的压发针。

"有刺伤了你吗？"

"不很厉害。明天我要烧热了浴水，洗我头儿。就会好了。"

于是，她开始劝诱地说："呵，我亲爱的，你不要告诉母亲他殴打过我这回事吧，你肯吗？不把这回事情告诉她，他们之间的恶感也够深了。所以你不要告诉她吧，你肯吗？"

"不会的。"

"那么，请你不要忘记！来，让我们来把东西安排端正……我的面孔没有伤痕吧，有吗？所以这很好，我们可以把这事情保守秘密。"

她收拾着地板，而我，从我的心底，叫了出来：

"你正是一个圣者……他们虐待你，虐待你，而你一点也不觉得。"

"你在瞎说些什么废话？圣者——什么地方你曾看到过一个圣者？"

他匍匐着，独自喃喃着，这时候我坐在火炉的旁边，思索那报复外祖母的方法。这是我第一次看到，他以这般讨厌而可怕的态度殴打着外祖母。他红面孔和他散乱的红头发朦胧地浮现在我眼前。我心儿沸腾着愤怒，而且我很生气，因为我想不出一个适当的惩罚方法。

但是这事情发生的一两天后，因为替他送某种东西到气楼上去，我看见他坐在一只开着的衣箱前面的地板上，在看报纸。这时候，一张椅子上面放着他钟爱的月份牌——一共有十二张厚厚的灰白色的纸片，依照日子的数目分成方格，每一个方格里画着每天的圣者的形象。外祖父很珍重这月份牌，只有他对我万分喜欢的时候，只有在那些偶然的机会，他才肯让我看。当我凝视着这些挤在一块的可爱的小小的灰白神像们的时候，我会意识到一种不可捉摸的感情。我也知道其中有几个神像生活的——如葛里克、乌里铁、伟大的殉道者巴巴拉和许多别的人；但我顶喜欢的，是"上帝之人"的亚里克西不幸的一生和关于他的美丽的诗章。外祖母时常热情地把那些诗章背诵给我听，人可以敬重这几百个人，而以他们都是殉道者这思想来安慰自己。

但我此刻决定要撕碎这月份牌了。当外祖父拿了一张暗蓝色的报纸到窗口去念的时候，我急忙抓下了几张飞跑到楼下，偷了外祖母桌上的剪刀，然后倒在睡榻上，开始剪下圣者们脑袋。

当我斩下了一行脑袋的时候，我开始感觉到，毁坏了这一本月份牌，真是太可惜了，所以我决定只剪去了方格吧。可是，在第二行还没有被剪碎之前，外祖父出现在门口，问道：

"谁答应你拿走了我的月份牌的？"

看到方块的纸片散在桌子上，他一张又一张地拿起来，把每一张都紧偎在他面上，然后又抛掉它，去拾起另一张来。他的牙床是歪的，他的胡髭起伏着，他呼吸得这般厉害，纸片都给他吹落在地板上了。

"你干什么？"他终于叫了出来，拖住我的脚，向他拖去。

我急忙倒栽下来，外祖母抓住我，外祖父用拳头殴打她，而且叫道：

"我要杀死他！"

这时候，母亲出来了，于是我躲到了火炉的角落里去。她则拦住了他的去路，握住了那向她面上挥来的外祖父的手儿，而且推开他，一面说：

"这种非礼的动作算什么意思呢？定定你自己的心吧。"

外祖父倒在窗下的长凳上，号叫着：

"你们都想杀死我。你们都反对我——你们每一个人！"

"你不羞耻吗？"我的母亲说话的声音是强有力的，"为什么这般作假呢？"

外祖父喊着，踢翻长凳，他的胡髭滑稽地耸向天花板，而他的眼睛紧紧地闭住了。在我，好像他真的在我母亲面前感到了羞耻，而且他真的这般作假——这就是他何以紧闭着眼睛的理由。

"我要把这些碎片都黏好在一张棉布上，那么会比从前的样子更好看点。"母亲瞥在这些纸张和割下的脑袋，说，"看呀——它们都皱拢而破烂了。它们已经躺在那里。"

她对他说话的样子，正像她时常在授课时候和我所说的一样，而我是一点也不懂。他立即立起身子，带了一副认真的态度整好他的衬衫和背心，嗽着痰，说：

"今天你就干吧，马上我再拿别的纸张来给你。"他走到门口，但又在门槛上停住脚，以一个弯曲的手指指着我：

"他得要鞭挞才行。"

"那是不成问题的，"母亲同意他，向我俯下身子，"你为什么做这事情的？"

"我故意做的，他最好不再殴打我的外祖母，否则我要割去他的胡髭。"

外祖母脱去了她的破烂的抹胸，责备似地摇着脑袋说：

"现在闭住你的嘴巴，如你所答应我的。"然后她就在地板上吐了一口痰，"否则你的舌头会肿起来！"

母亲向她望望，又穿过厨房向我走来。

"什么时候他殴打过她？"

"呵，范尔范莱，你去问他这件事情你该感到羞耻呀。这是你的事情吗？"外祖母愤怒地说。

母亲走过去用手臂围住她。"呵，小母亲——我的亲爱的小母亲！"

"呵，和你的'小母亲'走吧！滚吧！"

她们默默地互相望望，可以听到外祖父在墙门间顿着脚。

当她初回家来的时候，她和一位快活的太太——兵的妻子——做朋友，差不多每天黄昏都要上半屋的前房去，那里有时可以逢到皮式里格公馆里来的人们——美丽的太太们和官长们。外祖父不喜欢她这般的。一天，当他在厨房里的时候，他恐吓地向她摇摇他的调羹，喃喃说：

"这样你又开始你的旧生活了，诅咒你！现在，不到早晨，我们找不到一个睡觉的机会的。"

他不久回报了房客们。当他们搬出之后，他从别的地方运来了两车各类的器具，安放在前房里，然后用一管大挂锁锁好。

"我们用不着分租给房客们了。"他说,"现在我要自己来维持了。"

所以要到星期日和放假日,客人们才会来拜访。有外祖母的姊妹玛忒李娜·赛琪夫娜,一个长着大鼻子的狡猾的洗衣妇,穿着一件条子的绸衣服,头发是搽得金黄色的。和她一块来的,有她的儿子们——范希里,一个长头发的制图匠,高兴的,脾气很好的,全身都穿着灰白色的衣服;佛克托尔,穿着闪红色的衣服,长着一个马似的头儿和一个覆满雀斑的狭面孔,当他还在墙门间里的时候,他就要脱去了厚底鞋,以一种尖锐的声音唱着歌,正像彼忒洛虚喀的"Andrei-papa! Andrei-papa!"会引起我某种的惊惶。

约哥夫舅父也时常来的,带了他的六弦琴,伴着一个弯躬的,秃头的男人——一个钟表匠,穿着一件长而黑的罩衫,显出一副圆滑的态度。他会使我想起一个和尚来。他时常坐在一个角落里,脑袋倒在一边,而且古怪地微笑着,一面他用他的手指弹着他的剃过的,裂开的下颚,他是漆黑的,仿佛有某种特别东西妨碍着他一般,他用一双眼睛望住我们。他很少说话,他的可爱的表情是,"请不要苦恼吧,这是一点也没有关系的"。

我第一次看见他的时候,我突然记起了好久以前的一天,那时候我们还住在新街,听到了门外的沉闷的,固执的击鼓声,而且看见了一辆夜塌车满装着兵和黑衣的人,从监狱里拖向方场去。一个不大不小的男人坐在塌车的一条长凳上面,戴着一顶毛织品做的圆帽,锁着铁链——在他胸前挂着一块黑牌,在牌上,用大而白的字母写着几个字。这男人垂下脑袋,仿佛在诵念那写在牌上的文字。他浑身摇动着,他的铁链在叮叮当当。当母亲和这钟表匠说"这是我的儿子"的时候,我恐惧地逃开他，将我的手儿放在身后。

"请不要苦恼吧！"他说，于是，做了一副怪可怕的样子，他的嘴巴似乎怪可怕的，一直伸到了右耳朵旁，一面他抓住我的皮带，拖近他身旁，迅速地又轻轻地旋动我，然后又让我走开。

"他很对。他是一个顽强的小孩子。"

我躲在角落里，那里有一把装着皮套子的圈手椅——很大，人可以睡在这上面。外祖父时常夸张它，叫它是："王子葛路西基的圈手椅"——我把自己安置在这上面，留心着，心想大人的享乐的观念是很讨厌的，而钟表匠面上的变化无穷的样子真奇怪，弄得不能令人相信。

这是一个油腻的，柔嫩的面孔，当它活动着的时候，它仿佛要融化似的而且时常怪温柔的。假如，他微笑，他的厚厚的唇儿移到了右腮颊，他的小鼻头也转向那个方向，好像一个盘子上的肉馒头。他的两只大而突出耳朵也会古怪地移动，一只是，每当他的眉毛竖在他那望着的眼睛上面，它也就举了起来；另一只是和他的腮骨一致动作。当他打喷嚏，他的耳朵仿佛可以遮住了他的鼻子，和用他的手掌一样容易。有时他叹息着，伸出了他那圆得和猪腿一样的黑舌头，环绕地抵着他的厚而湿润的唇儿。这并不使我感到有趣，只是有点奇怪，使我不自禁地望着。

他们把甜酒掺在茶里喝，这种气味好像烧焦的洋葱头；他们喝外祖母制的酸酒，有黄金色的，有树脂般黑色的，有青色的；他们吃着牛乳皮，酪油做的小圆饼，鸡蛋和蜜糖；他们流汗，喘气，瞎赞美外祖母；当他们吃完了东西，他们很安静，面上是赤红而发胖了，他们及时地在椅上坐下,疲惫地请求约哥夫舅父奏演。

他俯身在六弦琴上,弹着一支不谐和的,兴奋的歌曲:

"呵,我们已经喝得痛醉,
市镇震响着我们的自由的声音,
我们对一个从喀山来的妇人,
每一个人都讲着我们的故事。"

我想这是一支悲伤的歌吧,而外祖母说:
"约虚喀,你为什么不奏别的呢?——一支真正的歌吧!你记得吗,玛忒李娜,我们从前时常唱的那种歌?"

展开了她的窘窄的罩衫,洗衣妇提醒她:
"现在有一种时髦的唱法了,玛都虚喀。"

舅父望望外祖母,警视着,仿佛她在很远的地方似的,于是固执地继续唱着那些忧郁的声音和呆笨的话。

外祖父和钟表匠正在谈着一番神秘的话,他的手指老指着他;而后者呢,竖起了眉毛,细看着房间里母亲那方面,于是摇摇脑袋,他的活动的面上显出了一种新的无从描摹的样子。

母亲时常坐在赛琪夫娜家中间,她一面和范希里静静地又庄严地谈论着,一面她叹息:
"是——的!那得想过才行。"

佛克托尔的微笑是一个吃饱了的人的微笑。他用足儿在地板上摩擦,接着突然颤抖地唱起来:

"Andre-papa! Anerei-papa!"

大家都惊讶地停止谈话，望住他，洗衣妇这时候带了一个骄傲的声调解释道：

"他从戏院里学来的，他们在戏院里是这般唱法的。"

这一类黄昏逢到了三两个，它们的难堪的沉闷永铭在我的记忆里了。于是，在特别弥撒之后的一个星期日，钟表匠在白天出现了。我和母亲坐在她的房间里，正在帮她缝补一块破烂的饰着珠子的彩绣。房门忽然推开了，外祖母现着一副惊慌的面容跑进来，高声地耳语说："范丽亚，他已经来了！"然后又立刻不见了。

母亲一点也不心慌，一根眼毛也不颤动，但房门第二度又推开了，门槛上立着外祖父。

"穿好了衣服，范尔范莱，来吧！"

她仍旧坐着，没有看他说：

"上哪里去？"

"来吧，看上帝的面上！不要争论了！他是一个好好的和平的男人，有一个好好的位置，他会做一个亚里克希的好好的父亲。"

他用一种非常郑重的态度说这话，同时他的两个手掌尽扪着他的左右肋；可是他的手肘抖动着，弯到后面去了，正像他的两手本想伸到前面去的，而又努力缩回了。

母亲静静地打断了他的话：

"我告诉你，这是做不到的。"

外祖父向她走过去，仿佛是瞎了眼睛一般的伸出手儿，而且俯下身去，愤怒地耸着毛发。说着，他的喉咙里在喋喋地响：

"过来吧,否则我要拖住了你的头发,拖到他面前。"

"你要,你要把我拖到他面前去吗?"母亲问,立起身来了。她突然变成苍白色,她的眼睛痛苦地扯长着,一面她开始迅速地脱去抹胸和裙子,只穿了一件衬衣,终于走到了外祖父的面前说:

"现在,拖我去吧。"

他磨磨牙齿,向她面上挥着拳头。

"范尔范莱,立刻穿起衣服来!"

母亲用手儿将他推在一旁,然后拿住门闩。

"好,来了!"

"诅咒你!"外祖父低语着。

"我不怕的——来了!"

她推开门,但外祖父抓住了她的衬衣,跪下来,低语着:

"范尔范莱!你这恶鬼!你会毁灭我们。你没有羞耻吗?"

他温柔地又悲伤地哀号着:

"母——亲!母——亲!"

外祖母已经拦住了母亲的去路,向她的面孔摇着手儿,仿佛她是一只母鸡一般的。她此刻从门口赶走她,从她紧闭着的牙齿缝里喃喃说:

"范尔范莱,你这呆子,你在干什么事?滚开吧,你这无耻的贱妇!"

她将她推进房间里去,用钩儿关住了房门。之后,她向外祖父俯下身去,一只手帮他起来,另一只手在恐吓他。

"嘿嘿!你这老鬼!"

她扶他坐在榻上,而他是颓然倒了,有如一个烂布的玩偶,他的嘴张着,他的脑袋摇摆着。

"马上穿起你的衣服来,你!"外祖母对母亲叫道。

母亲从地下拾起衣服说:

"可是我不要去见他——你听见没有?"

外祖母从榻上推开我。

"去打一盆水来。快点!"

她低声说这话,几乎耳语似的了,而且带着一种安静的,肯定的态度。

我跑出房间去。我可以听到,在半屋的前房里,有推想得到的沉重的足步声;在我后面,有母亲在房里叫出来的声音:

"明天我要离开这个地方了!"

我走到厨房里,坐在窗口下,仿佛我在做梦。

外祖父呻吟着叫着;外祖母喃喃着;接着听到房门砰然一声响,然后一切都沉默了——十分难堪。

记起我被遣来的职务,我就用一个铜盆舀了一点水,走进房间去。钟表匠低着脑袋从前房走出来。他用手儿抚摸他的皮帽子,鸭一般地叫着。外祖母的两手叠在她的肚皮上,对着他的后背俯下了身子,温柔地说:

"你自己很清楚的——不能够强迫你和别人要好的。"

他立在门槛上面,然后走到天井里去。外祖母浑身颤抖着,在身上画了一个十字,她仿佛不知道还是要大笑或者号叫。

"什么事?"我问,向她跑去。

她夺去我手上的水盆,我的腿上给溅满了水滴,于是她叫道:

"谁知你从哪里打水来的,闩上门吧!"她走回母亲的房间里去了。我又回到厨房里,听她们在叹息,在呻吟,在喃喃说,仿佛她们正在把一个万分沉重的重担运到别个地方去。

这是光明的一天,冬天的太阳的斜光偷窥在冰冻着的窗玻璃上。那预备用正餐的桌子上,放着白锡的餐具;一只高脚杯装满了麦酒,另一只装着外祖父用藿香和圣约翰的麦芽汁做成的暗黑色的伏特加,在沉闷地闪耀着,从窗上已融化了冰的那部分,可以望到屋顶上的积雪,炫目地光亮而且灿烂,有如银一般的积在围墙的柱子上。挂在窗架子上的鸟笼里的我的鸟儿在阳光中玩;驯服的山雀们在快活地啾啾地叫。知更雀啼出它们的尖锐的战栗的呢喃,黄雀们正在洗澡。

可是这光明的,银一般的,一切声音都嘹亮而清澈的日子,却显不出快活,因为它已经是反常的——一切东西都已经反常的了。我急于想去放走了鸟儿让它们自由去,而且正要去把鸟笼取下来。这时候,外祖母双手拍着她的肋骨,冲了进来,飞跑到火炉旁边,辱骂着她自己。

"诅咒你!坏运气给你,这个老呆子,亚康留娜呀!"

她从炉灶里取出一个包子来,用手指摸摸包子皮,然后显着明白的愤怒蹲在地板上面。

"看呀——完全焙干了。它烧焦了,这是你自己的过失。Uch!魔鬼!你的行动该死!你为什么不留心的,猫头鹰哟?……你真是有如废钱一样的!"

于是她叫起来,在包子上面嘘吹着,又把它翻转来,先翻这一边,然后再翻那一边,用手指拍拍干燥的包子皮,她的大粒的眼泪绝望地溅湿了包子。

当外祖父和母亲走到厨房里来的时候,她拿包子在桌子上敲,是这般硬,所有杯皿都跳起来了。

"你看!那是你做的……压根儿没有你们吃的包子皮了。"

母亲是显得十分幸福而且和平,吻着她,而且告诉她不要为了这事情生气;同时外祖父是显得十分溃败而且疲惫,坐在桌子上面,打开他的拭嘴布,眨着眼睛,跟钟针进行的方向回旋着,喃喃说:

"好了,没有什么关系的。我们已经吃过许多没有烧焦的包子来的。当上帝购买的时候,他立即就付钱的……而且答应没有利钱。坐下来。快,范丽亚!……而且来吃这包子吧。"

他的行动正像他已经神经错乱似的。在用餐的时候,他始终谈论着上帝,谈论着亚哈,而且说着一个父亲是多么艰苦的命运,一直到外祖母愤怒地说着,打断了他的谈话:

"你吃你的正餐吧……那是你所能够干的最能干的事情!"

母亲始终说着诙谐话,她的清丽的眼睛闪着。

"刚才你大约很惧怕吧?"她询问着,推了我一下。

不,我刚才倒并不十分惧怕,但此刻我却感到不舒服和迷乱了。因为餐食是拖延到令人讨厌的长久(在星期日和放假日,这样长久的餐食时间是寻常的)。这在我觉得,好像这些人并不是刚才那些人——他们在半点钟之前,互相叫喊着,快要打起架来,而且忽然哭泣着呜咽着的。我是不能够相信,那是说,他们此刻是这般亲热,而且他们始终不打算哭泣呢。但是这些眼泪和号叫,以及他们互相发的脾气,是时常要发生的,而且时常消灭得十分迅速的,所以我也开始习以为常,而这些眼泪、号叫、脾气也渐渐地对我减少刺激,不大使我头痛了。

很久之后,我认识了俄国人因为他们的生活的贫困和龌龊,喜欢拿悲哀来娱乐他们自己——像孩子们似的和悲哀开玩笑,而且对于他们的不幸是很少感到羞耻的。

在他们的无穷尽的工作日之间,悲伤占据了一个休息日,而一场火灾成为一种娱乐——一点伤痕是一种对于空虚的面上的装饰。

十一

在这事情发生之后,母亲突然地显出威信,得了一个固定的地位,不久,成为这家的女主人,同时外祖父却成了多思而沉默的,完全不像他的本来面目了,变成无足轻重的一个人。

他很少再到房子外面去,终天坐在气楼上,偷偷地读着一本叫作《我的父亲的著作》的书。他把这本书锁藏在一个衣箱里,一天,我看见他洗净了手儿,才去把这本书拿出来。这是一本包着红皮的短而厚的胖胖的书;在暗蓝色的题名页上,以各色的墨水作着夸大的题赠:"作感谢和真诚的纪念,给了德高望重的克什米尔人范希里";下面是写着奇怪的姓氏,而卷头插画是描绘着一只在飞翔的鸟儿。

外祖父时常架上了他的银边眼镜,细心翻开这厚重的书面来,于是凝视在书上，把他的鼻子移动许多时候，总之要和他的眼镜成一个直角。

好几次，我问他念着的那一本是什么书呀，可是他，以一种使人永铭在心头的声调，只这般回答：

"不要管吧……等一下，到我死去了，它就变成你的。我也要将我的浣熊皮外套留给你的。"

他和母亲的谈话是比从前更温和，可是也更少了。他的眼睛闪耀着，有如彼得舅父的，他倾听着她的话；而且将她挥开一边去，当他喃喃说：

"呀！够了！照你喜欢那么去做吧！……"

他的衣箱里面，放着许多奇怪的穿戴的小物件——绸质的衬衫、衬满棉花的缎短袄、无袖的绸罩衫、织银的法衣、珍珠缀成的结发带、颜色鲜明的长块的质料、手帕以及彩宝石的项链。他拿着这一切，一面走，一面喘气，到了母亲的房间里，放满在椅子上和桌子上——母亲是喜欢衣服的——于是说：

"我们年轻的时候，服装比现在是要美丽而且贵重得多了。服装是贵重得多，而人们仿佛都好好地生活着。可是这些年头是不会再回来了……唔，你在这里，拿了这些去吧，去装饰起你自己来。"

有一天，母亲到他的房间里去了一会儿，当她再走出来的时候，她穿着一件暗蓝色的无袖的绣着金花的外套，饰着一根珍珠的结发带。她向外祖父低低地弯了一个鞠躬说：

"唔，这件衣服怎样中了你的意，我的主父亲？"

外祖父喃喃地说了些什么，变成不可思议的愉快，绕着她走，而且

举起他的手儿来,模糊地说着,仿佛在梦呓一般:

"Fch!范尔范莱,假使你有许多钱,就会有最好的人们来围绕你左右了……"

母亲现在住在半屋的两间前房,有许多客人来拜访她,次数最多的,要算马克塞玛夫两兄弟了:彼得,一个举止漂亮的美丽官,长着一脸大而疏疏的胡髭和两只蓝眼睛——就是这一个人,因为我在这位老绅士头上唾了口沫,于是外祖父就在他面前打起我来;欧健,也是长而瘦削的,长着一个苍白的面庞和一脸细而尖尖的胡髭。他的大眼睛好像两颗梅子;他穿着一件青色的外套,缀着金扣,而且在他狭狭的肩膀上面镶着金字。他时常轻轻地摆着他的脑袋,把那覆在他的高高的,光滑的前额上的长长的,卷曲头发抛回后面去,而且善良地微笑着。每当他用破哑的声音讲述着故事的时候,他老是用这讨好的话,来开始他的谈论:

"要我告诉你们吗,我怎会逢到这件事情的?"

母亲老睁着荧荧的眼睛听他讲,时常大笑地来打断他:"你是一个小宝宝,欧健·范希洛未奇——原谅我这般说吧!"

这位官在膝头上面拍拍他的阔大的手掌,叫道:

"是一个稀奇的小宝宝吧!"

圣诞节的假日在喧扰的快乐中度过去,几乎每一个黄昏都有客人穿了盛装来看母亲;或者她穿上了华美的衣服——比他们之中谁也穿得漂亮——伴着她的客人们出去。

每当她伴着她的盛装的客人们离开了家,仿佛这房子就要沉到地下去,好像有一种恐怖的沉默爬进了房子的每一个角落里。外祖母好像一只老鹅似的在房内拍着，收拾好一切东西。外祖父背对着火炉温暖的砖瓦，站在那里，自语着。

"唔……很好……很好！……我们会看到怎样一个家庭……"

圣诞节的假日之后，母亲送米盖尔舅父的儿子撒斯却和我上学校去。撒斯却的父亲已经重娶了，继母最初就不喜欢她的继子，所以要殴打他；因此，由于外祖母的请求，外祖父把撒斯却带来住在他的家里。我们上学校去了一个月，而我在学校里学得的一切，现在想起来，只有当我被询问着："你姓什么？"我不好简单地回答"匹虚珂夫"，而必须说"我姓匹虚珂夫"。而且我也不能和教员那么说的："不要向我吼吧，我亲爱的人，我是不怕你的！"

当初我是讨厌学校的，但我的表兄当初却很喜欢，而且也很容易得到朋友们；但有一次，他在上课的时候睡着了，在睡眠中他突然叫出来：

"我——不要！"

他惊醒了，毫无礼节地跑出课堂去，因为这，他受别人残酷的嘲笑。第二天，当我们上学校里去，经过希尼亚方场的时候，他停住了足步，说：

"你去吧……我不去了……我还是散步去。"

他蹲下来，随意地把他的书包埋在雪堆中去了。这是一天皎洁的正月的日子，银色的阳光落在我周围。我很忌妒我的表兄呢，可是我坚决了我的心，仍旧上学校去。我不愿意摧毁我母亲的心，自然，撒斯却埋在雪中的那些书本都不见了，所以，第二天，他有了不上学校的强有力的理由了。可是，第三天，他的行动受了外祖父的注意。我们给唤去受审判；外祖父、外祖母和母亲坐在厨房里的桌旁，盘问我们——撒斯却怎样滑稽地回答着外祖父的问题，这是我平生永远不能忘记的一件事。

"你为什么不上学校里去？"

"我忘记学校在哪里了？"

"忘记？"

"是的——我张望又张望——"

"但你是和亚里克希同去的；

他记得学校在那里的。"

"我不见了他。"

"不见了亚里克希？"

"是的。"

"这事情怎样发生的？"

撒斯却思索了一下，于是，吸了一口气说：

"落了一阵暴风雪，于是你什么东西都看不清楚了。"

他们都微笑着——空气开始清新起来；就是撒斯却也谨慎地在微笑。可是外祖父却恶毒地说，露出了他的牙齿：

"但是你不会抓住了他的手臂或他的皮鞋吗，你不会吗？"

"我是抓住的，但被风吹开了。"撒斯却解释着。

他用一种懒惰的，丧气的声音说话，我是不安地听着这不需要的，愚笨的谎语，他的固执真令我吃惊呢。

我们都受鞭挞了。于是，外祖父雇了一个从前当过救火兵的，一个断了一只手臂的老头子来，带我们上学校去，而且留心着撒斯却有否荒废学业,可是这样没有用。第二天,当我的表兄一到了栈道,他突然俯下身子,脱去一只长靴,抛在远方;然后再脱去另一只,抛到另一个方向去,于是用穿着袜儿的两足跑过了方场。这老头子困难地呼吸着,拾起靴来,而且,显得可怕的慌乱,立即带我回家去。

那一整天,外祖父、外祖母和我的母亲都在市镇上寻觅这逃走了的人,一直到黄昏,他们才寻见他在钦尔珂夫饭店的柜台里,他在那里跳舞着给人们开心。她们将他带回家里,而且,当真没有鞭挞这颤抖的,固执的,沉默的孩子呢。可是,当他在阁楼上傍着我睡下,两腿向上伸着,以他的脚抓着天花板的时候,他温柔地和我说:

"我的继母不爱我,我的父亲也不,祖父也不爱我的;我为什么要和他们住在一块呢?所以我将请求祖母告诉我强盗是住在哪里的,我要跑到他们那儿去……于是你会知道,你们都会……我们为什么不一块跑走呢?"

我是不能和他一块跑走的,因为这几天内,我眼前放着一件工作——我已经决定了要做一个生着一丛大而疏疏的胡髭的官,因此读书就成为必需的了。当我把我的计划告诉表兄时,他也赞成我,但沉思着。

"那也是一个好念头,当你成为一个官的那时候,我将做了一个强盗王吧。于是你会来缉捕我,我们中间的一个将杀死那另一个,或者将他做一个阶下囚。我是不会来杀死你的。"

"我也不会的。"

在那一点上面,我们都同意了。

外祖母进来了,爬上火炉,闪视着我们,说:

"唔，小老鼠们？E-ekh！可怜的孤儿们！……可怜的小蜘蛛！"

因为可怜我们的缘故，他开始诅咒撒斯却的继母——胖胖的娜地琪台舅母，旅馆主人的女儿，接着她就诅咒起一般的继母们来。于是，就在这时候，她讲述聪明的隐士伊奥奴虚喀的故事给我们听了：当他还是一个孩子的时候，他和他的继母是如何受着上帝的法令的裁判。他的父亲是白湖的一个渔夫：

> 他是给他的年轻的妻子毁坏了的，
> 她带给他一种强烈的饮料，
> 这是用使人昏睡的草儿酿成的。
> 她把昏睡去的他，
> 装在一个橡木的小船，
> （这貌似一个坟墓，这般狭小和昏暗），
> 于是她使用起枫树的船桨来了。
> 在湖的中心她掘下一个洞穴，
> 因为她打算好了，在那里，
> 在那黑暗的深潭，
> 私藏她那罪恶的女巫的事实。
> 深俯着身子，
> 她左右摇荡着，
> 于是沉覆了这脆弱的船只
> ——那个女巫的新娘！
> 她的丈夫是深深地沉没了呀。

这女巫迅速地游泅到岸上，
而且带了痛苦的悲伤和女性的哀号，
在地面上躺倒。
善人们相信了她的说谎的故事，
大家都和这伤心的女人痛哭，
而且心痛地叫道：
"哟！你做妻房的生命真是太短促！
你是被妻的忧伤沉覆；
但生命是上帝的事情呢。
假使'死神'使上帝喜欢，
他也会差'死神'来的。"
只有继子伊奥奴虚喀显得神色严厉，
一点也不相信她的眼泪。
他用小小的手儿按在心上，
他迅速地对她发出这些话语：
"哟！命中注定的继母呀！
哟！为欺骗而生的狡猾的夜枭呀！
你的这些眼泪我不能相信！
你是感到快乐，可并不是悲伤。
但是，证明事实是我的义务。
我们要去恳问我们的主，
而且要向天上的一切圣者们请求援助。
让谁来拿着一把刀儿吧，

把它拖到云霄之上的天空；
假使你无罪，
这刀儿会飞上我身来；
假使是我对，
你就死吧！"

继母将她的悲伤的目光移射在他身上，
而且她的眼睛闪着愤怒的光芒，
一面她立起身来了，
用力来回答她的继子的攻击，
她是不缺乏什么话语的。
"呵！无意识的东西！
你这流产的家伙！
——只配做垃圾堆的！
你的这个杜造，
得着了什么酬报？
你是不能够回答出来的！"
善人们旁观着但没有说话，
这黑暗的事件。
他们悲伤地而且沉思地站在那里。
他们都恐怕着，
后来他们在自己中间辩论起来了。
于是，一个年老而且沉静的渔夫

俯下身来，陈述着说：

"善人们，在我的右手，给我一把钢刀，让我来把它抛上，
于是你们可以看到它是落在谁的身上。"

他们的回答是把刀儿放在他的手上。

他掷出了利刃，

高高地在他头上，一直到了天空。

像一只鸟儿似的，

它一直飞到苍穹；

他们徒然地等候它的降下，

细窥着水晶般的天空。

他们卸下他们的帽儿，

更紧紧地踏定了脚跟，沉默着。

是的，夜倒好像在孵卵；

但是刀儿却并不见下来，红宝石似的晨曦是升起湖上了。

继母呢，面庞红红的，鼓着勇气，藐视地微笑。

是在这时候，

刀儿像飞燕似的投到地上，

插定在她的心房。

人们都跪在地上了，

赞美着万物的统治者的上帝：

"你是公正的，啊上帝！"

渔夫领去了伊奥奴虚喀，

> 使他成为一个隐士,
> 远在光明的弋琪忒柴河的一个小洞里面,
> 从刻推加镇是几乎看不到的。[1]

第二天,我醒来的时候,满身发现红斑,这是患着天痘了。

他们将我放在后面的气楼里,于是我在那里躺了许多日子,失了明的,手和足都紧紧地给绷带绑着的,生活在恐怖的噩梦里的——在有一个噩梦中,我几乎死去了。没有别的人,只有外祖母走到我身旁来,她用一只调羹喂着我,仿佛我是一个婴孩似的了,而且讲故事给我听,每次都讲一个新鲜的故事,从她的无穷尽的藏库里取出来。

一个黄昏,当我的天痘已经痊愈了,除了手(那是恐怕抓伤我的面孔才捆着的),已经不缠绷布地躺在那里的时候,为了某种缘故,外祖母并没有按时到来,这真使我吃惊不小;然而我却突然地看到她了。她是躺在房门外,在气楼的满积尘灰的地板上面,面孔下垂,两臂展开,而且她的项颈是一半锯开的,有如彼得舅父的一般,在这时候,有一只高大的猫儿,从角落里,从满积尘灰的暮光中,慢慢地向她爬近,贪婪地张着它的青色的眼睛。我跳出床来,用腿儿和肩头打毁了窗架子,跳到天井里的一个雪堆中去。这凑巧是黄昏,母亲有了客人们,所以没有一个人听到这打破玻璃和打毁窗架子的声音,而我是在雪中躺了好一会儿。我并没有折断骨头,可扭出了我的肩骨,给撞碎

---

[1] 在一八九〇年,在坦波夫的统治下,在波立索里贝斯克地方,在科林帕诺夫喀的乡村里,我听见过关于这个故事的另一种说法:在那种说法里,刀儿杀死了那个毁谤他的继母的继子。——原注

的玻璃片很厉害地割伤我身体，而且我的脚失去了效用，所以一直躺了三个月不能够移动。我是静静地躺着且听着，心想这房子里变得多么地骚扰，楼下的门户，他们推撞的次数是多么多，而且仿佛有无数的人们在进出着。

严重的风雪拂过屋顶；风在门外时来时去地大声地响着，它唱着一支葬歌走下烟突去，弄得风闸门刮拉地响起来了；白天，乌鸦在哑哑地叫，沉默的夜间，狼的悲号传近我耳旁来——是在这般音乐的影响下，我的心灵展开来了。后来，羞怯的春以三月的太阳的光亮的眼睛偷窥进窗户来，当初是畏怯的，温静的，但一天比一天勇敢的，暖和的了；雌猫歌唱着，咆哮着，在屋顶上，在阁楼上；春的声音透过墙壁来——水晶般的冰条断了，半融的雪落下了马房的屋顶，钟的声音开始没有冬天那般清澈了。当外祖母走近我身旁来，她的谈话里时常沾染着伏特加的香味，而且一天比一天强烈起来，一直到她终于带了一个大白壶进来，藏在我的床下，然后做了一个眼势说：

"不要和我们那个外祖父说什么吧，你肯吗，亲爱的人？"

"你为什么喝起酒来呢？"

"不要管！当你成了大人的时候，你自然会明白的。"

她拿着壶嘴，用衣袖拂拂嘴唇，于是和蔼地微笑着，一面问：

"唔，我的小绅士，今天黄昏你喜欢我讲些什么呢？"

"讲我的父亲吧。"

"叫我从哪里开始呢？"

我提醒了她，于是她的话，像淙淙的溪流一般奔流了许多时候。

她开始告诉我关于父亲的事情，完全是出于她自愿的。那是在有一

天,当她神经地,忧伤地,疲惫地走到我身旁来的时候,她说:

"我做了一个关于你的父亲的噩梦。我看他走过田野来,吹啸着,背后跟着一只拖着舌头的花斑狗。为了某种缘故,我时常梦见马克塞姆·撒惠提末奇……这一定是他的灵魂还没有安息的缘故吧……"

接着好几个黄昏,她都告诉我关于我父亲的历史,那是和她一切故事一样有趣的。

我的父亲是一个兵的儿子,他(我的祖父)以一个兵努力成为一个官,然而因为对于部下的残酷给流放到西伯利亚去了,在那里——西伯利亚的某个地方——生下我的父亲来。他度着不幸的一生;在他极年幼的时候,就时常要从家里跑开去的。有一次,祖父差狗儿将他迫赶到森林里去,好像一匹兔子似的;另一次,捉住了他,于是他就这般残酷地殴打他,后来邻人们来领走他,把他藏去。

"为什么他们时常要殴打孩子们的?"我问。而外祖母却静静地答道:

"时常要打的。"

我的祖母很早就去世,当父亲九岁那一年,年老的祖父也死去了。于是,一个十字架匠收养他,把他弄进潘姆镇的商社里去,开始把他的买卖传授给父亲。可是,我的父亲逃走了,他以带领瞎子上市集去找工作来维持生活。到了十六岁的时候,他上尼尼来,而且在一个细木匠,一个科尔奇汽船的包工头那儿得到了一个工作。当他二十岁的时候,他已经成为一个很有本领的木匠、家具商、装饰匠。他被雇的那一个作坊是紧贴着外祖父的房子的,在科惠立克街。

"围墙不很高,所以某一类人是不会反对的吧,"外祖母说着,笑起来,"一天,当我和范丽亚在花园里拾着覆盆子的时候,你的父亲爬进围墙来……我吓死呢,真蠢得很呀。他在苹果树丛里走着,真是一个好看的家伙,穿着白衬衫、毛绒裤子……赤着足,不戴帽儿,皮带缠在长长的头发上。他是那般样子走来求爱的。我第一次从窗门里看见他的那时候,我对自己说'一个好孩子'。所以当他走近我,我就问:

"青年人,你为什么这样进来的?"

"他跪下来。'亚康留娜,'他说,'伊凡诺夫娜!……因为我整个的心是系在此地……和范丽亚。帮助我们吧,看上帝面上!我们想结婚了。'"

"听到这话我真是失去知觉,我的舌头不会讲话了。我望望,看见了你的母亲,这流氓躲在一棵苹果树后面,满脸通红的——红得像覆盆子似的,——而且向他做着暗号;但眼泪浸满在她眼睛里了。"

"'呵,你们这些流氓!'我叫着。'你们怎会干出这一切来?你明白没有,范尔范莱?而你,青年人,'我说,'想一想你所做的事情吧!你是否想用强力来打通你的路?'"

"那个时候外祖父是很有钱的,因为他还没有把财产分给他的孩子们。他有四幢房子,以及金钱,而且他是野心很大的。隔开那天不久之前,他们送给他一顶丝编的帽子和一件制服,因为他在行里做了九年首领不曾有过一次毛病——那些日子他真是骄傲的。我向他们说了我的责任上应该说的话,然而我始终都在恐惧地颤抖着,而且也为他们感到很悲伤,他俩都变得这般忧伤的了呢。后来你的父亲说:

'我知道范希里·范希里奇是不肯同意把范丽亚给我的,所以我要偷走她,只是你必须帮助我们呀。'

"所以我是帮助他们了,我禁不住要笑他,但他是不会转变他的目的的。'你用石子击我或者帮助我,在我是一样的——我不会退让的。'他说。"

"于是范丽亚走到他的身边去,把手儿放在他肩上说:'我们讨论结婚已经经过了很长远的时间——我们应该在五月里结婚。'"

"我多么吃惊呀!天呀!"

外祖母开始笑了,她整个身体在摇摆着,于是拿了一撮鼻烟,揩干了她的眼睛,安慰地叹息着说:

"你还不曾懂得那些……你还不会理解结婚的意思……但这一点你总知道的——一个姑娘在未嫁之前生下孩子来,这是一种可怕的灾难呀,记住了这句话,当你将来长大起来的时候,千万不要那般地去诱惑一个姑娘吧;在你一方面这是一种重大的罪恶——姑娘会被人家看不起,而这孩子是不正当的。希望你不忘记这句话!对于妇人们你必须仁慈的,而且要为了她们的缘故而爱她们,不要为了你自己的放纵。这是我给你的忠告。"

她堕在一种幻想里,在椅子上面摇摆着,摇了一会儿,又开始说:

"唔,我们怎么办呢?我击着马克塞姆的前额,而且扯住了范丽亚的发辫;但他却很有理地说:'单是吵架是不会把事情安排好的。'而她则说:'让我们来想想第一件事情要如何做才最妥善,以后还有许多事情要做呢'。"

"'你们有钱吗?'"我问。

"'我有一点钱的,'他回答,'但我已用这点钱买了一个戒指给范丽亚。'"

"'本来你有多少钱呢?'"

"'呵,'他说,'一百卢布左右。'"

"呵,在那时候,钱是很少的,而事情是重大的,所以我望着这一对——你的母亲和父亲——对自己说:'怪孩子们……多蠢的孩子呀。'"

"'我把戒指藏在地板下面,'你的母亲说,'所以你没有看见,我们可以卖掉它的。'"

"他们是这样的孩子——他们俩!关于他们结婚的方法,我们讨论了一个星期,我答应替他们和牧师去商量安排这件事情,但我感到很不安,我的心儿怔忡着,因为我很怕外祖父。范丽亚也很怕,而且非常痛苦。唔,我们安排好这件事情了!"

"但你的父亲有一个仇人——一个工人,一个坏良心的男人,他早就猜到了这事情,现在他在留心我们的行动。唔,我尽我的能力把我的唯一的女儿打扮得好看,带她到了门外,那里有一部忒洛卡等着。她跨入车中,马克塞姆吹啸着,于是他们赶着车子走了。我含着眼泪回到家里,但我不意中遇见了这男人,他用一种谄媚的声调说:"

"我有一片婆心的,我不会来干涉那'命运'的工作。只是亚康留娜·伊凡诺夫娜,你得给我五十个卢布,我替你守住秘密。'"

"我是没有钱的,我不欢喜钱,也不打算把钱贮积下来,所以,好像一个呆子似的,我告诉他:'我没有钱,所以我不能够给你什么。'"

"唔,"他说,"你可以答应我的。"

"我怎么能够那么做呢?我答应了你,我从哪儿去得到钱?"

"从一个有钱的丈夫那儿去偷点钱是一桩难事吗?"他说。

"假使我不是一个呆子,我那时可以模棱两可地敷衍了他的;但我却在他的丑陋的面上唾了一满口痰，走进房子里去了。于是他奔到天井里，喊叫着。"

闭住了她的眼睛，微笑着说：

"就是此刻，对于我那勇敢的行为，我还有一个活跃的记忆。外祖父一只野兽似的咆哮起来，要想知道他们是否在开他玩笑。在这事情发生之前，他新近已经在留心着范丽亚，替她夸张'我将替她嫁给一个贵人——一个绅士！'现在是找着一个他的美丽的贵人了——现在是找着一个美丽的绅士了！但圣母知道的比我们清楚得多，怎样的姻缘才该牵拢来。

"外祖父在天井里发狂，仿佛着了火一般的，他叫了约哥夫，米盖尔，甚至——接受那个奸恶的工人的意见——那个车夫克里玛，也叫来了。我看见他拿着一根有一个铁锤系在末端的皮条，米盖尔扛着他的枪。那时候，我们备有精神饱满的好马匹，而车儿是轻快的。'哎哟！'我心里想，'他们一定要去捕捉他们吧。'但这时候，范丽亚的护神来提醒我。我拿了一把小刀，割断那连在车杠上的绳索，'好呀！现在他们会倒在路上了'。而他们也果真如我所料的。车杠在路上突然松开来，几乎杀死了外祖父和米盖尔——克里玛也几乎被杀死，而且还耽误了他们的时间。当他们修好车儿，冲进教堂里去，范丽亚和马克塞姆已经结了婚，立在教堂的墙门间里——感谢上帝！"

"于是我们去的人开始和马克塞姆打起来；但他的情形很好，他真是稀奇的而且强壮的呀。他从墙门间里掷出了米盖尔，折伤他的手臂。克里玛也受了伤；所以外祖父、约哥夫和那个工人都吓死了呢！"

"就是在这狂怒中吧，他也还是神志清楚的，他向外祖父说：

'抛掉你这皮条吧。不要拿皮条向我挥,因为我是一个爱和平的人;我只取那上帝赐给我的东西,所以没有人能够从我的手里夺去的……这是我所有要向你说的话。'"

"他们抛掉了皮条,外祖父回进车子里,叫着:

'现在是再会了,范尔范莱!你已经不是我的女儿,我也永不愿再看见你,不管是活在世上或饿死。'

"当他回到家里,他就殴打我,责备我;但我只能够呻吟着,一声都不响。"

"一切事情都过去了,而且要做的事情实现了。此后外祖父对我说:

'呵。你看,亚康留娜,你现在没有女儿了,不要忘记吧。'

但我只自语着:

'对我多说些谎话吧,你这沙黄色的头发的,恶毒的男人——说冰是热的吧!'"

我倾心地,贪念地听她说。她的故事的某部分使我很惊讶,因为,关于母亲的结婚,外祖父曾经给我一个完全不同的报告。他说,他反对他们的婚姻,以后禁止母亲到他家里来,但结婚并不是秘密举行的,教堂里他也在场的。我不高兴询问外祖母,到底他们两人的话谁是真实的,因为她故事比外祖父的说得美丽得多,所以我欢喜它。

当她说着一个故事的时候,她的身体始终在摇摆着,仿佛在船中一般。假使她讲到了一件忧伤的或恐怖的事情,她会摇摆得更剧烈些,而且伸出手儿,仿佛要在空中将什么东西推开去一般。她时常闭上眼睛,在这时候,是有一种看不见的,仁爱的微笑,隐藏在她的腮颊里面,可是她的浓黑的眉毛却不大会移动的。有时,她这种对各人都无可批评的友谊感动了我的心；有时，我真愿意她会说些强横的话，而且更显出她的威信。

"当初两个星期，我不知道范丽亚和马克塞姆在哪里；后来他们差一个赤足的小孩子带信给我了。一天，星期六，我去看他们——别人以为我去做晚祷的。然而我却看他们去了。他们住在很远的地方，在秀丁斯克坡上，在一家临眺着一个在做工的天井——一个尘埃飞扬的，龌龊的又喧闹的地方——的房子的厢房里；但他们不管这些，他们好像两只猫儿，很幸福，咪咪地叫着，甚至一块玩着。我把我所能拿的带给了他们——茶叶、糖、各种谷物、果子酱、面粉、干香菌和我从外祖父那儿暗中拿来的一点钱。你知道，不是为你自己，偷是没有什么关系的。

"然而你的父亲却丝毫也不肯收受。'什么！我们是乞丐吗？'他说。"

"范尔范莱也打着同样的调子。'Ach!——妈妈沙，这干什么用的？'"

"我给他们一番教训。'你们这些年轻的呆子！'我说，'我倒要想知道，我是谁？……我是上帝赐给你们的母亲呀……而你，呆子，是我的亲骨肉呀。你打算来触忤我吗？你难道不知道吗，当你触忤你地上的母亲的时候，天国里的圣母在悲痛地啼泣着的。'"

"'于是马克塞姆抱住我，在室内打起圈子来……他当真在跳舞了——他是壮健的，这熊！而范尔范莱，这贱妇，骄傲着她的丈夫，骄傲得好像一只孔雀了。她老望着他，仿佛他是一个新的玩偶似的，而且神气活现地谈论起家务来——你会想到她是一个当家的老手了！听听她的说话真是好笑的。她给我们硬得要折断一只狼的牙齿的烙饼当点心吃！和那撒满了尘灰的牛乳皮。"

"事情这般继续了许多时候，于是你的诞生近来了，然而外祖父仍旧一句话也不说——他是固执的，我们的老人家！我暗地里去看他们，他是知道这回事的；但他假装着不知道。在家内，任何人都不准谈到范丽亚的，所以谁也不提起她了。我也一点不谈到她，但我知道一个父亲的心是不会麻痹得长久的。终于紧要关头到来了，这是在夜间，风云在狂舞着，响得好像有熊在撞着窗户一般。风在烟突下面咆哮，一切魔鬼们都释放了。外祖父和我睡在床上，然而都睡不去。

"'像这样的晚上，对于穷人们，真是太可怜了，'我说，'但是对于那些心境不安定的人们是更不成。'"

"于是外祖父突然地问：'他们怎么生活的？好吗？'

"'你说谁？'我问，'说我们的女儿范尔范莱和我们的女婿马克塞姆吗？'"

"'你怎么猜得到我说的是谁呢？'"

"'很好，父亲。'我说，'想来你是不再发呆了吧？这般下去有什么快乐呢？'"

"他透了一口气。'Ach！你这魔鬼！'他说，'你这苍白的魔鬼！'"

"后来他说：'他们说他是一个大呆子呢（他是说你的父亲），这是真的吗，他是一个呆子？'"

"'一个呆子，'我说，'是一个不会做工的人，依靠别人过活的。譬如说，你看约哥夫和米盖尔吧。他们的生活不是像呆子的吗？谁是这家里的工作者呢？谁去赚钱呢？你！而他们连助手也跟不上吧？'"

"于是他责备我起来——说我是一个呆子,一个下流的东西,一个鸨母,我记不清别的了。我是噤口不响。"

"'你为什么会被那样一个男人所欺骗呢,他,谁也不知道他是从哪里来的和他是一个什么人?'"

"我沉默着,一直到他疲倦了,于是我说:

'你应该去看看他们是怎么地生活着。他们的境况是很好呢。'"

"'那会使他们的名誉好起来的,'他说,'叫他们到家里来吧'。"

"听到了这话,我快活得叫起来。他放松了我的头发(他爱玩我的头发),喃喃说:'不要发狂,呆子。你以为我是全无心肝的吗?'"

"你知道的,我们的外祖父,他常是很好的;但一旦他的脑筋里面放进了那样的观念:他是比任何人都更聪明些,于是他就变得阴险而且愚蠢的了。"

"唔,所以你的父亲和母亲,他们终于在一个圣者的节日,到来了——他俩都高大的,光彩奕然的,而且清洁的。马克塞姆立在外祖父的前面,外祖父把手儿放在他肩上。马克塞姆立在那里,说:'范希里·范希里奇,你不要以为我是来向你要嫁妆的啊;我是来问候我的妻子的父亲的。'"

"外祖父听了这话很快活,于是突然笑了出来。'Ach——你这战士!'"他说。'你这强盗!唔,'他说,'我们要宽容一次。来和我同住吧。'"

"马克塞姆皱拢了他的前额。'那必须征求范丽亚的同意,'他说,在我是一样的。'"

"于是同住就开始了,他们始终互相用着种种手段;他们无论怎样也不能合在一块。我时常向你父亲丢眼风,在桌子下面踢着他,然而,都没有用处。他一定要固执他自己的意见的。他长着一双非常明亮而且清丽的万分美好的眼睛,他的眉毛是漆黑的。当他缩拢眉毛来,他的眼睛几乎给掩遮住了,而且,他的面孔会变得顽硬而且执拗。除了我,任何人的话他都不肯听。假使这是可能的,那么我是比爱自己的儿女们更热烈地爱着他的,而他也是清楚这个情形的,所以他也爱着我了。有时,他会拥住我,将我抱在他的怀间,拖着我在房内打圈子,说道:'你是我的真正的母亲呀,有如地球一样的。我比爱范尔范莱更热烈地爱着你的。'于是,你的母亲(当她快活的时候,她是非常放肆的)飞奔到他身上,叫道:'你这流氓,你怎敢说出这样的话来?'于是我们三个人顽皮在一块了。唉!我亲爱的,我们那时候是幸福的。他时常跳舞跳得惊人的好——而且他知道这般美丽的歌曲。他是从瞎子那儿学来的。世上没有比瞎子再好的歌者了。"

"唔,他们在花园里的小屋里布置他们的家,而你就在正午钟响的时候诞生在那里了。你的父亲回家来吃中餐,而你是在那里问候他。他是快活得几乎错乱了神经,扰得你母亲几乎一点气力都没有。这呆家伙,他仿佛不知道生产一个孩子是一场多严重的审判呀。他将我放在他的肩头上,负着我直驰过天井,到外祖父面前去告诉他这新闻——那真像另一个外孙在装腔了,甚至外祖父也笑了:'马克塞姆,你真是一个魔鬼!'"

"但你的舅父们都不喜欢他。他不喝酒的,他是勇于说话的,而且各种恶作剧都熟手的——为了这样,他终于痛苦地被惩罚了。譬如说,有一天，正当大斋期，风在卷着，突然地一阵恐怖的咆哮声响进了房子里，我们都呆住了。这是什么东西呢？外祖父自己是恐惧起来了，吩咐屋内都点起灯来，而且奔跑着，竭力叫喊着：'我们大家一块来祈祷吧！'"

"突然地这声音停止了——这反而吓得我们更其厉害些。于是约哥夫舅父猜测着。'我可以断定这是马克塞姆干的事！'他说。后来，马克塞姆亲自承认他把各种各样的瓶与玻璃杯放在屋背窗上，风吹卷这些物事的管子，就发出了这声音，这完全是它自己发出来的。'假使你不留意，这些玩笑会把你再流放到西伯利亚去的，马克塞姆。'外祖父恫吓地说。"

"有一年，天气非常冷，狼群开始从田野走到镇上来。它们杀死了狗，恐吓着马，吃去那酒醉的巡卒，于是引起极大的惊慌了。然而你的父亲却拿着枪，穿上雪鞋，追着了两只狼。他剥去了它们的皮，挖清了它们的头壳，装上了玻璃眼睛——这实在真是一个很好的工作。唔，米盖尔舅父上墙门间去取什么东西了，于是他立即跑回来，毛发直耸着，眼睛转动着，他喘着气，说不出话来。后来他低声说：'有狼！'大家都顺手拿住了一点东西当武器，打着灯火跑到墙门间去。他们看到了一只狼头耸出在一个高高的平台后面。他们打它，枪击它——你想它是个什么呢？他们走近去看看，看清楚了这不过是一张狼皮和一个空洞的狼头，它的前足是钉住在平台上面。这一回，外祖父对于马克塞姆真是很生气了。"

"于是约哥夫开始加入了这些恶作剧。马克塞姆将一张硬纸剪成一个头，在这个头上面做了一个鼻子、两只眼睛和一张嘴，把碎麻黏在这上面当作了头发,于是他就和约哥夫到街上去。把这个可怕的面孔塞进别人的窗门里;自然,人们都吓得叫喊着跑开了。有一夜,他们围着被单出去吓牧师,牧师被吓得奔入一个哨兵的木屋里;哨兵也被吓得和牧师一个样,叫起警察来。他们玩了许多类似这样的恶作剧,没有方法使他们停止。我请求他们不要再胡闹吧,范丽亚也这般请求着,然而都没有效果。他们不肯洗手。马克塞姆只笑笑。他说,看到了人们吓得疯狂地奔跑着,而且打破了他们的脑袋,只是为了他的胡闹,这真会使他笑得两边腰骨疼。他会说,'和他们说去吧'!"

然后报应临到他自己的头上了,而且几乎送了他的性命。你的米盖尔舅父时常和外祖父在一块,他是顶容易生气,存着报复的心计的,于是他想出了一条消灭你的父亲的方法。是在初冬,他们四个人从一个朋友的家里出来——马克塞姆、你的舅父们、一个教会庶务员,后来这个教会庶务员因为杀死一个马车夫被革职了。他们走出了耶姆斯塞街,硬劝马克塞姆上亭可夫塘去走一圈,假装着他们是去溜冰的。他们开始在冰上溜起来,好像小孩们一般,而且把他拖到一个冰洞的旁边,于是他们将他推了进去——但我已经告诉过你这件事了。

"我的舅父们为什么这般坏呢?"

"他们并不坏,"外祖母静静地说,拿了一撮鼻烟,"他们只是愚蠢罢了。密虚喀是狡猾而又愚蠢的,但约哥夫却是一个好人儿,无论在哪一方面。唔,他们将他推进水里去了。但是当他落下去的时候,他是抓住了冰洞的边沿的,于是他们敲打他的手指,用他们的足趾踏碎了他的手指。幸而他是清醒的,而他们却都酩酊的了,而且仗上帝的帮助吧,他在冰底里拖起自己来,把他的脑袋仰伸在冰洞中间,所以他是能够呼吸的；可是他们却拿不住他，过了一会儿之后，他们离开他了，让他的脑袋被冰所围困着，让他溺死在那里吧。然而他却从冰下面爬出来了，跑到警察局去——你知道的，警察局是很近的，在市场上。检察官，在职务上，是清楚他和整个的家庭的，于是他问：'怎么会这个样子的？'"

外祖母在身上画了一个十字，以一种感谢的声调说下去：

"上帝保佑马克塞姆·撒惠提未奇的灵魂平安吧！他是应当这样的，因为你得知道他在警察面前瞒去了真情。'这是我自己的罪过，'他说，'我喝醉了酒，而我去漫步在池塘上，于是我坠入一个冰洞里去了'。"

"'这不是真话，'检察官说，'你并没有喝醉酒。'"

"唔，他们大概这般地处置他的，他们用白兰地摩擦他的身体，替他换上干燥的衣服，用一张羊皮包裹着，送他到家里来——检察官亲自和别的两个人送他回来的。约虚喀和密虚喀还没有回来，他们上旅馆里庆祝这事情去了。你的母亲和我望着马克塞姆。他几乎一点不像平日了：他的面孔是青白色的，他的手指是破碎的，而且还凝结着干燥了的血块，他的鬈发仿佛斑斑地染着雪一般的——只有这雪还没有融化去。他是变成苍白的了！"

"范尔范莱叫着：'他们怎样作弄你呀？'"

"检察官料到了一点真情，开始探问着，我的心中感觉到发生了一件极糟糕的事情了。"

"我不准范丽亚和检察官谈下去，我静静地从马克塞姆口中探问出真情来。"

"'你第一件不能忘记的事情,'他低低说,'是去秘密地等候约哥夫和米盖尔,而且告诉他们,他们得那么说,他们和我在耶姆斯基街分手的,后来他们上波克洛夫斯基街去了,我呢,转向普利亚停尼湖去的。现在不要把这番话弄错吧,不然警察会找我们麻烦的。'"

"我到外祖父的面前去,说:'你去和检察官闲谈去。我呢,去守候我们的儿子,告诉他们多糟糕的事情已经临到了我们头上。'"

"他穿好衣服,浑身颤抖着,喃喃地说:'我早知道要这样的!这正是我所希望的呢。'"

"说谎!他一点也不清楚这事情。唔,我用双手放在面前去迎着我的儿子们。恐怖立即清醒了密虚喀;而约虚喀这亲爱的孩子呢,泄露秘密也不管的,他喋喋地说:'我是毫不相干的。这是米盖尔干的事情。他年龄最大。'"

"但我们终于和这位检察官安排停当了。他是一个很和善的绅士。'呵,'他说,'然而你们最好是留心点;假使你们家里再发生了什么坏事情,这个人我不再宽恕他了。'他那么地说着,去了。"

"外祖父走到马克塞姆面前,说:'谢谢你!假使别人处在你的境地,他是绝不会像你那样处置的——这是我知道的!女儿,谢谢你,因为你带了怎样一个好人到你父亲的家里来。'外祖父在他高兴的时候,能够说出非常漂亮的话来的。自从这事件发生之后,他开始变成昏庸的,他的心灵关闭着有如一个城堡似的了。"

"我们三人一块走开了。马克塞姆·撒惠提未奇开始喊叫着,几乎变得疯狂。'他们为什么这般对付我呢?妈妈——他们为什么这般对付我呢?'他是从来不叫我'妈妈沙'的,却时常叫着'妈妈',有如一个孩子似的——而且他的性格实在是一个孩子呢。'为什么？……'他问。"

"我也叫喊了——我能够干别的什么呢？我十分为我的孩子们感到伤心。你的母亲扯去了抹胸上所有的纽扣，坐在那里，头发全蓬着，仿佛格斗过来似的，叫道：'马克塞姆，我们走吧。我的兄弟们是我们的敌人们。我很怕他们，我们走吧！'"

"我打算安慰她。'不要把废物丢在火里吧。'我说，'这房子里已经充满烟雾的了。'"

"在那个时候，那个呆子外祖父去叫了这两位来求饶恕。她向密虚喀跳过去，劈打在他脸上。'这是你的饶恕！'她说。而你的父亲却诉说着：'兄弟们，你们怎么可以干出这样的事情来？你们会毁了我呢。倘若没有了双手，我将变成怎样的一种工人呢。'"

"无论怎样，他们是言归于好了。你的父亲医治了好一个时候。他颠摇着七个星期，一点也不好，于是他说着：'Ekh，妈妈，让我们到别个镇上去住吧，我是倦于这块地方了。'"

"后来他有了一个上阿斯达拉干去的机会。他们希望国王夏天上那里去，于是你的父亲就被委托去建一座凯旋门。他们驶行在第一号船上。和他们分手使我感到心疼，他也有了同样的忧伤，于是他和我说，我应该同他们一块上阿斯达拉干去；但范尔范莱却很快活，而且甚至丝毫不想到掩藏了她的欢乐呢——这贱妇！于是他们走了，——就是这样！"

她喝了一点伏特加，拿了一撮鼻烟，于是凝视着窗外暗蓝色的天空，补充说：

"是的。你的父亲和我在血统上是不相同的,然而我们的灵魂是有关联的。"

有时,当她正向我讲述这个故事的时候,外祖父进来了,他的脸高扬着,他的尖鼻子尽吸着气,而且疑惑地望着外祖母,谛听她正在说着的谈话,于是喃喃说:

"那是不确的!那是不确的!"

于是他会毫不关照地问道:

"亚里克希,刚才她有喝过白兰地吗?"

"不。"

"说谎,因为我亲眼看见的!"他带着一副犹豫的态度出去了。

外祖母在他背后丢过眼风去,说着同样妙不可言的话:

"走开,亚夫带,不要威吓马儿吧。"

一天,当他立在房间中央,盯着地板的时候,他柔和地说:

"母亲?"

"嗯?"

"你知道那变化着的事情吗?"

"是的,我知道的!"

"你以为怎样?"

"父亲,快要结婚了。你还记得吗,你是怎样时常谈到一个贵人的?"

"是的。"

"唔——现在他走了!"

"他是什么东西也没有的。"

"那是他的事。"

外祖父离开房内了。我意识到一种不快活的感觉,问道:

"你们说什么事?"

"你什么事情都要想知道,"她不满意地回答着,摸摸我的足儿,"假使你年轻的时候什么事情都知道了,那么将来你年老起来,没有一点可问的问题了。"她笑起来,向我摇摇她的头。

"唉,外祖父!外祖父!在上帝的眼中,你只是一粒尘埃罢了。亚里克希——现在你不要再把这事件告诉给任何人听,外祖父是绝对的破家了。他拿一笔很大的款子借给一位绅士,而现在这位绅士是已经破了产。"

微笑着,她堕入幻想里去,默坐了许多时候,一声也不开口。她的面孔变成皱缩的,忧郁的,黯淡的。

"你想念着什么事情呀?"

"我想告诉你一些事情,"她毫不惊惶地回答,"我们要讲意夫斯提尼亚的故事吗?那个故事好吗?唔,现在讲下去吧。"

"一个教会的庶务员,叫意夫斯提尼亚,世上再没有比他聪明吧,他想。

他是祭司,或鲍耶特呀;[1]

甚至没有一个猎人会知道得比他更多些。

---

[1] 鲍耶特,是俄国古代的贵族。——译者

他觉得自己好像一棵嫩草的穗形花,
这般的骄傲,教训着他的邻人大大小小;
他找寻这件的错处,又唠叨那样,
他瞥见了教堂——"不够巍峨!"
他走过了一条街道——说"太狭了!"
他摘下一颗苹果——他说"这个不红!"
意夫斯提尼亚觉得太阳升得太快点!
在全世界,没有一件事情是真对!"

外祖母胀着腮颊,转动着眼睛。她的仁慈的面孔显着一种愚蠢的,诙谐的表情,一面她用一种懒惰的,拖长的声音继续说下去:

"'我没有一件事情办不来,'
他说,'我想,做得比别人都强,
假使我的时间还稍稍多一点!'"

她默默地微笑了片刻,于是继续说:

"一天晚上几个魔鬼来到庶务员身边,
他们说:'你,庶务员,觉得没趣在此间!
唔,那么跟了我们来,老头子,去到阴间。
那儿的火你会找不出什么憎厌。'
聪明的庶务员还没有把他的帽儿戴,

魔鬼们的利爪就抓住了不肯放开，
　　带了喘笑又咆哮，他们拖了他来。
　　一个魔鬼各坐着他的一个肩，
　　他们把他放上了地狱的火焰。
　　'这真对，意夫斯提尼亚？'
　　庶务员被燔炙着，光明地燃烧着，
　　忍受着，双手垂下在两边，
　　胀着他的唇儿他轻悔地说出来：
　　'上这儿来是可怕的雾烟——在阴间！'"

以一种懒惰的，低音的，柔和的声音结束了这故事，她改变了一种表情，静静地笑着，解释道：

"他是不肯认输的——那位意夫斯提尼亚，只固执地执着自己的意见，有如我们的外祖父。……现在说够了，去睡吧，这时候正好。"

母亲很少上气楼来看我的，而且停留得时间极短，说话也很匆忙的样子。她来得更美丽了，而且一天比一天穿得更漂亮。然而我意识到，在她身上有点异样，正像外祖母的身上一样。我觉得有什么事情正在进行着，然而是瞒着我的——所以打算猜它出来。

外祖母的故事渐渐地使我不大感到趣味，就是讲到我的父亲的那些也索然无味了。它们是不能够慰抚我的决不定的然而日渐增大的惊讶。

"我的父亲的灵魂为什么不能够安息呢？"我问外祖母。

"我怎么说得出来呢。"她问答，掩住了她的眼睛，"那是上帝的事……这是超自然的……我们是不知道的。"

夜间，当我不眠地凝视着暗蓝色的窗外的星星十分缓慢地浮过天空的时候，我的心里肯定了一个悲伤的故事——在这个故事里，占主要地位的是我的父亲，他时常手里拿着一根手杖，后面跟着一只毛茸茸的狗儿，孤独地漫行着。

十二

一天，没有黄昏我就睡着了，当我醒来，我觉得我的腿儿也醒来了。我将腿儿伸出床外去，它们又变成麻痹的；但事实使我知道我的腿儿已经医治好，可以行走了。这消息是这般光荣，使我快乐得叫起来，于是我将我的脚放在地板上，载着我全身的重量。我倒下了，但我爬到门旁边，而且爬下楼梯去。活跃跃地对我自己描绘着那些楼下人的惊异，当他们看见了我的时候。

我已经记不清楚我怎么爬进我母亲的房里去的，可是那里有许多陌生人和她在一块，其中的一个是穿着青衣服的枯干的老妇人，庄严地说着话，沉没了他人的一切声音：

"给他一点覆盆子的糖汁喝，而且裹好他的头吧。"

她全身都是青色的：她的衣服、她的帽子、她的面孔（在她的眼睛下面长着肉痣），甚至肉痣上的一丛毫毛也好似青草一般的。她的下唇驰垂着，她举起了上唇，用一只戴着黑色的丝手套的手儿遮住眼睛，用她那青色的牙齿望住我。

"那是谁？"我问，突然变得胆怯了。

外祖父用了一个不快活的声音回答我：

"那是你的另一个祖母。"

母亲笑起来，把欧健·马克塞玛夫带到我面前。

"他是你的父亲！"

她飞快地说了一些我所不懂的话，而马克塞玛夫呢，眨着眼睛，向我俯下身子来，说：

"我将送你几个圣者做礼物。"

室内是灯烛辉煌的。桌上放着银灯架，每一个灯架上面都插着五支蜡烛，在灯架之间放着外祖父的心爱的神像——"不要为我悲伤吧，母亲"。跟神像放在一块的珠子，因为光线在动摇地作弄它们的缘故，时隐时现地放射着光亮，金冠上的宝石灿烂地闪耀着；沉重的，圆圆的，薄饼似的面孔，在外面紧对着窗玻璃，向玻璃平贴着他们的鼻子。我四周围的一切东西仿佛在漂浮着。这青色的老妇人用她的寒冷的手指抚摸我的耳朵，说：

"千万！千万！"

"他是晕过去了。"外祖母说，将我摆到门口。

可是我并没有晕去，我只闭住眼睛罢了。当她将我一半拖着，一半揣着地上楼去，我就问：

"为什么不告诉我这个呢?"

"好了——不许多讲!"

"你们都是骗子——你们全体!"

把我放在床上之后,她倒下来,她的头横在枕上,突然哭起来,浑身都战栗着。将她的肩儿耸起,她壅塞似地喃喃说:

"你为什么不号哭呀?"

我不高兴号哭。在气楼上是朦胧的,寒冷的。我颤抖着,于是床铺就摇动着且咯咯地响着了。在我眼前,永远站着那位青色的老妇人。我假装熟睡,外祖母走开了。

几天平静的日子毫无变异地好似一条小河般逝去。母亲在订婚之后上别的地方去了,于是房子里充满难堪的沉默。

一天早晨,外祖父拿了一个凿子进来,开始把那封在气楼的窗架子上的防冬的水门汀凿下来。后来,外祖母拿着一个面盆和一块布出现了,于是外祖父柔和地问她:

"唔,老妇人,你以为怎样?"

"你的话什么意思呢?"

"唔,你快活吗,或者别的?"

她回答他的话,正和她在楼梯上回答我的话一样:

"好了……不许多讲!"

现在这句简单的话对于我含有一层更深的意思了,我猜想,他们隐瞒了一件可怕的重要而悲哀的事情,这事情谁都知道的,然而谁也不会说出来。

外祖父细心地取下了而且拿走了窗架子,外祖母走到窗口去呼吸空气,噪林鸟在花园里啼,麻雀啾唧着,那正在融化的土地的醉人的气息漂浮进室内来。火炉的暗蓝色的砖瓦变成羞愧似的苍白,使人望而生寒。我从床上爬到地板上。

"不要赤着脚跑。"外祖母说。

"我上花园里去。"

"花园里的泥土还没干。且慢!"

但我不听她的话,事实上,现在看到了成人们那样子,就使我心中很不快活。在花园里,嫩草的浅绿色的穗芽已经钻出来,苹果树上的花蔬含了苞,预备怒放,彼忒洛夫娜的草舍的屋顶上的苔藓重新青起来,使人很悦目;到处都是鸟儿和快乐的声音,那新鲜的芬香的空气会令人引起一种晕眩的甜蜜的感觉。那曾经割伤彼得舅父的咽喉的地坑旁边,已经长满了长长的草儿——红的,而且缀着残碎的雪片的。我不喜欢看这地坑,这里没有一点春的意味的东西。那黑色的烟囱沮丧地耸立着,整个的地坑都成为一个不必要的累眼物。我的心里发生了一种愤怒的欲望,要想撕断了,打烂了,这长长的草儿,把这烟囱捣成块块的碎砖,而且清除那一切无用的废物,然后为我自己在这地坑上面筑起一座清洁的房子,那么我可以在那里住过了一个夏天,没有一个成人在我身边。

当我这般想着时,我就立即动手开始做,而且立即忘记那家内发生的一切事情,专心来从事这工作。虽然有许多事情要来分扰我的心,但我一天比一天不大留意这些事情了。

"你为什么这般不快活呢?"母亲和外祖母时常来问我。当她们提出这问题来时,我并不感到狼狈,因为我已不跟她们再生气⋯⋯原因很简单,这房子里的每一个人都成了我的生人了。用正餐时,用晚茶时和用夜餐时，这位青色的老妇人时常会出现在我们面前——她的样子正像一座旧围墙上的一个朽烂了的木桩，眼睛仿佛是用了看不见的线缝在面上一般，看起来好像很容易滚出她的极瘦的眼窠的，当她迅速地向各方面转动着她的眼睛，留意着各样东西——当她谈到上帝的时候，她的眼睛就仰视着天花板，当她说到家务的时候，她就俯视着她的鼻子。她的眉毛看起来正像切成了细片，才黏上去一般。她的大而耸突着的牙齿，无声地咀嚼着那用手臂可笑地曲着放进她嘴里去的一切东西，她的小小的手指是凸着的；同时，她的耳朵上面的骨头，转动着好似小圆球一般，肉痣上的青色的毫毛摇荡不定，好像匍匐在她黄色的，皱缩的，讨厌地清洁的皮肤上面。

她时常这般十分清洁——有如她的儿子，走近她们身旁去。这是一件不愉快的事情。第一天，她将她那只死手放在我唇上，强烈地闻到了一种黄的喀山肥皂和神香的气味，所以我转身就跑开了。她时常和她的儿子说：

"那个孩子得大大地教训，你知道吗，泽尼亚？"

顺从地垂下了他的头，他皱皱眉毛，依旧沉默着。在这位青色的妇人面前，谁都要皱起眉毛来的。

我恨这老妇人，也恨她的儿子，真是无限地憎恶着，但因为有了那个感情，我就得着许多老拳当作了酬报。一天，用正餐的时候，她可怕地转动着眼睛，说：

"唉——亚里克希，你为什么吃得这样快，又吃着这样的大块呢？不要吃这样的大块吧，我亲爱的！"

我把这块东西从口中取出来，重新放在叉上，拿给她。

"拿去吧——只是热得很。"

母亲从桌上带走我，委屈地把我赶到气楼上，我在那里逢着外祖母，她用手儿扪在口上，不让她嗤嗤的笑声被人听见。

"Lor！你是一个厚脸皮的小猴子。祝福你！"

看见了她的口上扪着手儿使我很刺激，所以我跑开了，我攀上屋顶，傍着烟囱在那里坐了许多时候。是的，我想无礼，我想以恶毒的话来对付他们，而且要克服这感情是很难的，但终于也克服了。

一天，我用脂油涂满了我未来的继父的椅子上，以樱桃树胶涂满了我的新祖母的椅子上，于是他俩都黏住在座位上了。这是很有趣的。可是当外祖父猜到我，母亲就上气楼来拖住我，将我靠在她的膝踝上，说：

"听着！你为什么天良坏到这地步？你该知道，这对于我是多难受。"她的眼睛里泛满光明的眼泪，当她将我的脑袋贴在她的腮颊上。

这是万分痛苦的，我宁愿她殴打我吧。我告诉她，我不再向马克塞玛夫鲁莽了——假使她不号哭，我就不再了。

"好了，好了，"她温柔地说，"你千万不要再无礼吧。我们不久就要结婚，于是我们要上莫斯科去；以后我就回来的。于是你可以和我们一块来住。欧健是很仁厚而聪明的，和他一块对于你很有益处。他会送你去进一个小学校，以后你会变成一个学生——像他现在那样；于是你会成为一个博士或——无论什么随你喜欢。你可以研究你所选拣的学问。现在跑开去玩吧。"

这些接二连三的"后来"和"于是"，在我心中好像一部梯子，领我到一个深陷的远离开她的地方，领我到黑暗和孤独中——一部引我到没有幸福的路上去的梯子。我有一个好意见要和母亲说：

"请你不要结婚吧。我会去赚了钱来奉养你。"

但这话，我无论如何总说不出来。母亲时常在我心中引起了许多关于她自己的深情的念头，但我从来不曾打定了主意告诉她。

我在花园里的工作进步了。我拔去长草，或者用小刀切断草儿，用一块块的砖头对着那地坑的边岸，那儿地已经陷下去，筑起了一个宽阔的宅第，实在是大得很，连躺也可以的。我拿几片颜色玻璃和碎块的破陶器，去敷在砖与砖之间的缝隙里。当阳光落在坑上的时候，这些碎玻璃和破陶器会闪耀着虹一般的反光，有如人在教堂里所看到的。

"法子很好！"外祖父一天说，望着我的工作，"你只除去了草，根儿仍留在那里的。拿你的铲给我，我来替你掘去草根吧。来，拿给我！"

我把黄的铁铲交给他。他将口沫唾在手上，发出一种鸭似的声音来，用他的脚把铲踩入地下去。

"去了根，"他说，"过几时，我要在此地替你种起向日葵来和些覆盆子树丛。那才好——很好！"于是，靠在他的铲上，落在死一般的沉默里。

我望着他。美丽的泪珠从他那小小的，聪慧的，狗一般的眼睛里落到地面上。

"什么事？"

他摇摇，用手掌拭干了他的面孔，黯然地和我说。

"我流了汗。看哟——这许多虫！"

于是他又开始掘地，但过了一会儿他突然说：

"你干这一切都没有用的——没有用的，我的孩子。我不久要卖去这幢房子了。我必须在秋天以前卖出去，万不能迟误。我需要替你母亲办嫁妆的钱。就是为了这个缘故！我希望她会幸福。上帝祝福她吧。"

他掷下了铲，显着一副放弃的态度，走到洗涤室后面去，那里他放着一张行军床。我开始掘着；但我差不多立刻就被铁铲割破了我的足趾。

因此，当母亲结婚的时候，我就不能够上教堂里去了，我只能够到大门口为止，我从那里看到她挽在马克塞玛夫的臂里，低着头，在铺道上和青草上细心地行，跨过隙洞去，仿佛是行在尖锐的钉头上一般的。

这是一个沉静的结婚。当他们从教堂里转来的时候，他们显着一副沮丧的样子喝着茶。母亲立即换了衣服，回到她自己的房间里去折叠好，我的继父来坐在我旁边，说：

"我已经答应给你几幅圣者，可是在这个市镇里买不到好的，而我又不能把我自己的送给你，但我要从莫斯科买几幅来送你。"

"我有什么用处呢？"

"你不喜欢绘画吗？"

"我不知道怎样去绘画。"

"唔，那么我会买别的东西来送你的。"

母亲进来了。

"你知道，我们不久就要回来的，你的父亲在那里有一个试验，当他完毕了他的功课，我们就要回来的。"

我很喜他们和我这般谈，把我当作一个成人看待；但这可真是一件骇人听闻的事情呢，一个有了胡髭的人还在读书。

"你是学什么的？"我问。

"测量学。"他回答。

我不再麻烦地问他测量学是什么了。房子里仿佛充满一种凄惨的沉默，有一种窸窣的皮毛声在继续响。我愿意黑夜快点驾临吧。外祖父的背脊贴着火炉立在那里，皱着眉毛在凝视窗外。这位青色的老妇人帮助母亲打叠衣服，唠叨着，叹息着。外祖母午后就烂醉了，怕见人，藏躲在气楼里，把自己关在那里。

母亲第二天清早就走了。她抱住我，仿佛打算带走我一般，轻轻地从地上举起我来，用两只好像很陌生的眼睛凝视我。她吻着我说：

"唔——再见吧。"

"对他说，他应该服从我的。"外祖父刻薄地说，望着那此刻依然是玫瑰色的天空。

"服从外祖父的意思吧。"母亲说，在我身上画了一个十字。

我希望她再说点别的话，所以我很恨外祖父，因为他阻止了她的话。

他们坐进四轮矮车去，母亲的裙在什么东西上面拘住了，她生气地打算把裙子解开来，花了许多时候。

"帮助她吧，你不会吗，你瞎了眼睛吗？"外祖父对我说。

可是我不能够帮助她——我也被忧伤所包围住了。

马克塞玛夫耐心地把他那穿着暗蓝色的裤子的长腿紧挤在四轮矮车里，这时候外祖父把几个包裹放在他手上。他把这些包裹叠在膝头，用下颌顶住了它们。他的面孔因麻烦而皱缩起来，他嗫嚅地说："尽够——了。"

在另一部四轮矮车里，坐着这位青色的老妇人和她的长子，那官，他用刀柄擦着胡髭，打着哈欠。

"那么你是上战场上去吗？"外祖父问。

"我是被逼而去的。"

"也是一场好事情！……我们必须打败土耳其人。"

他们赶走了。母亲几次回转头来，挥挥她的手巾。被眼泪所溶解了的外祖母，她的手儿依在墙上，支撑着她自己，也挥挥她的手儿。外祖父拂去了眼泪，破哑地喃喃说："这是——不会——有益处的。"

我坐在门柱上，望着那四轮矮车在震荡着——不久他们转了弯，这在我心中好似突然地关上了且闩住了一扇门。时候还很早，百叶窗还没有从家家的窗户上打开来，街道上是空虚的。我从来不曾看到这般十分空洞的生命。在远处，可以听到牧童在兴奋地吹着。

"进来用早餐吧，"外祖父说，抓住了我的肩，"这是显然的，和我们住在一块是你的命运；所以你开始在我身上留下了痕迹，有如在砖上划一根火柴那般。"

我们在花园里从早晨忙到夜晚。他收拾好花床，缚好覆盆子树丛，剥去了苹果树上的石耳，杀死了毛虫；我呢，我建筑着且装饰着我的家。外祖父切去那烧焦的树干的末端，做成几根手杖，插在地中；我把我的鸟笼放在手杖上面，然后我用干草织成一顶密密的网，在宅第上做了一个华盖，好遮避太阳和露水。结果是很满意。

"这是很有用的，"外祖父说，"趁此机会，你可以学习点如何来处置你自己的事情的方法才最妥当。"

我觉得他的话很重要。有时，他躺在我已经覆好了草泥的宅第上，缓缓地教训我，仿佛他很困难地把他的话找出来。

"现在你和你的母亲完全断绝关系了,她会生出别的小孩来,她将比爱你更爱他们。外祖母是——她已经喝起酒来了。"

他沉默了许多时候,仿佛在谛听着什么似的。之后,他又不愿意地说出伤心的话来:

"这是她第二次喝酒了。当米盖尔从军去的时候,她也开始喝起酒来。可这老呆子硬劝我去赎他出来……假使他那辰光从军去,现在或许可以变得完全不同吧……嘿!……你……我快要死了——意思就是不久你只剩一个人了——一切都靠你自己……去赚你自己的生活。你懂得吗?……好!……你必须学会如何替你自己工作——不要退让别人!安静地,和平地——而且正当地生活着。听听别人所说的话,可是要做与你自己最有益处的事情。"

我整个夏天都生活在花园里,自然,那天气坏的日子要除外。在温暖的夜里,我甚至露宿在一块外祖母送给我的毡毯上;她自己也时常睡在花园里的,她拿了一束干草,铺在我的榻旁,于是躺下来,对我讲半天故事,然而又不断地用那不适当的话来打算她的叙述:

"看呀!……一颗星星落下了!那是一个纯洁的灵魂在受苦……一个母亲想念着地上!意思就是一个善男人或善女人刚才诞生。"

或者她会指给我看:

"一颗新的星星出现了。看呀!好像一只大眼睛……呵,你这天上的光明的东西!……你这上帝的圣洁的装饰!……"

"你会中了寒,你这笨妇人!"外祖父会咆哮起来,"而且会得着了中风病。窃贼们会来杀死你。"

有时,当太阳西沉时,光之河流过了天空,看起来仿佛在燃烧着一般的，红金色的火灰仿佛落在天鹅绒般青色的花园里；于是一切东西显然地变成一个更黑暗的阴影，而且仿佛在增大起来——膨胀起来，当温暖的暮光袭拢来的时候。因为倦于太阳吧，树叶都下垂着，草儿低下了它的头；一切东西仿佛变成更温柔更丰富的，温静地喷出了音乐一般慰人的气息。音乐也从田野的军营里升起来，他们痉挛地在那儿弹奏着。

夜来了，某种活泼而新鲜的东西跟着夜晚闯进人的心窝里，好像一个母亲的亲热的爱抚似的。静默以温暖的，粗糙的手儿，温柔地抚摸人的心，那一切应该忘记的——一切痛苦，白天的华丽的尘灰——都洗得干干净净了。这是怪销魂的事情呢，倘你去面孔朝上地躺在那里，眼看星星在天空的无限的深奥里放着光——这深奥渐高渐高地伸长开来，展开了一个新的星星的景色。你从地上轻轻地爬起来，而且——多奇怪！——不是地球在你的眼前渐渐地细小下去，就是你自己古怪地大起来，给你的环境吸引住了。周围是每一分钟都变得更黑些而且更静寂些，可是有一种细微的，不易辨别的，缓长的声音在连续着，而且每一个声音——不管是一只鸟儿在梦中歌唱吧，或者一个刺猬跑过吧，或者从什么地方轻轻地飘起了人声吧——和白天的声音都不同的，有一种特殊的属于它自己的东西，多情地潜伏在它的富于感觉性的静默下面。

一口小风琴在什么地方奏着，一个妇人的笑声飘扬着，一把刀儿在铺路的扁石上响着，一只狗在吠着——可是这一切声音，比起那曾经灿烂过的可是已经死去了的白日的残叶的落叶声来，是一点也跟不上了。

在夜间，有时可以听到一个醉汉的叫声突然飘起在田野里，或街道上，和某人在喧闹地奔跑着的声音；然而这是一件普通不过的事情，在不注意之中过去了。

外祖母总是睡得时间不长的,当她在叠着的手臂上面枕着头的时候,只要稍稍地暗示一下,她就会讲述一个故事给我听,显然并没有留心我是否在听她,她时常选拣了那些会使我感到夜的更可贵和更美丽的故事。

在她的有分寸的源源不断的话的影响下,我渐渐地落在睡乡中了,一直到和鸟儿们一齐醒来。太阳直射在我的眼睛里,我们被阳光温暖着,早晨的空气温柔地流荡在我们四周,苹果树的叶子摇落了露水,湿润的青草带着新获得的水晶般的透明,显得比平日更其光明而且更其新鲜些,而且还有一层薄薄的雾漂浮在上面。在天空高处,高远到看不见的地方,一只灵鹊在歌唱;由露水所产生的一切颜色和声音,能够引起一种和平的愉快,而且使人想立刻起来,去做点事情,去和睦地生活在一切有生命的东西中间。

这是我一生最安静而且最深思的时代了,是在这一个夏天,我的自觉力在我身上生下了根而且发展起来。我变得怕羞的而且没有交际的,当我听到奥夫塞尼可夫的孩子们的叫声的时候,我一点也不想跑去和他们在一块玩;当我的表兄们到来的时候,我感到很麻烦,我唯一的感觉是生怕他们会毁坏了花园里的我的建筑——我亲手创造的第一个工作。

外祖父的话语一天比一天更枯燥,更愤懑而且更悲苦,所以对我是失去一切兴趣了。他时常和外祖母吵闹,而且把她赶出屋外,于是她不上约哥夫舅父的家就得上米盖尔舅父的家去。有一回,她在外面住了几天,于是外祖父亲自来烹调一切,烧伤了手儿,痛苦地咆哮着,咒骂着,打碎了陶器,显然狼狈万分。有时,他会上我的茅屋里来,在积满草泥的宅第上歇歇他自己,于是在默默地看守我一会儿之后,他会突

然问:

"你为什么这般安静呢?"

"因为我喜欢这样。为什么呢?"

于是他开始说教了:

"我们不是良善子弟。没有人会自寻烦恼来教育我们的。我们得为自己去找出一切东西来。他们替别人著书,建筑学校;但永不会在我们身上花费时间的。我们得努力前进。"

他又落在深思的沉默中了——他不动地,遗忘地坐在那儿,一直到他的态度变得几乎难堪。

秋天他卖去了这幢房子,距离卖去房子的时间不久,一天早晨他用过茶,突然叫道:

"唔,母亲,我曾经管过你的食而且管过你的衣——管过你的食而且管过你的衣——但要你自己去嚼面包的时候是到来了。"

外祖母十分安静地接受这通知,仿佛她早就期待着一般的。她带了一副闲暇的态度拿过鼻烟壶来,装在她的鼻上,说:

"唔,这是很对的!假使事情要到那样子,那么就让它到了那样子吧。"

外祖父在一幢老屋的地下室里租了两间黑暗的房间,在一座小山脚下。

当我们上这住处去的时候,外祖母拿了一只旧席鞋,放在火炉上面。之后,她跪下来,向"家神"祈求着:"'家神'呀,'家神'呀,这是你的雪橇;请你降临我们的新的家,来保佑我们幸福吧。"

外祖父从天井里望着窗内,叫道:

"你这样我要使你受苦,你这异教徒!你打算丢我的脸。"

"哎呀!父亲,留心点,不要把苦难带到你身上来吧。"外祖母庄严地说。但他只是向她发气,不准他祈求"家神"。

家具和动产,经过三天的交易和相互的恶骂之后,由他卖给一位鞑靼人的旧货商了。外祖母望着窗外有时号叫着有时又笑着,她低声呼喊着:

"那是,对的!拖它们出去吧!打碎它们吧!"

我是因为伤心我的花园和我的小茅屋,所以我预备要哭了。

我们坐了两部榻车到新的家去,其中我坐一部,我是坐在各种器具的中间,而车是颠摇着,仿佛随时随地要将我和一部分货物抛出去一般。约莫有两年,一直到快近我母亲死的时候,我是被一个观念支配着:我是已经被抛弃了。不多久,母亲出现了,正像外祖父在地下室里做生活一般的,显得非常苍白和消瘦,她的两只大眼睛是古怪的光亮的。她望着,好像她第一次看见她的父亲和母亲和我一般——她只望着,没有说话;同时,我的继父在室内转着,温柔地吹啸着,澄清了他的喉咙,两手放在背后,而他的手指是在抽搐着的。

"主呀!你是变得多么可怕了。"母亲对我说,她的炽热的两手紧按着我的腮颊。她是怪不好看地穿着一件褐色的礼服,而她的肚子看来是非常膨胀。

我的继父向我伸出手儿。

"我的孩子,你好吗?你是怎么生活的?"于是他吸着空气,补充说,"你知道这下面是非常潮湿吗?"

他们都显得非常疲乏,好像他们曾经奔跑过许多时候一般。他们的衣服很零乱,而且怪污秽的。他们说,他们所最需要的,就是躺下来休息了。当他们露着勉强的神气喝着酒时,外祖父凝视着雨打过的窗门说:

"那么你们一切东西都烧尽在火里吗?"

"一切东西呀!"我的继父以一种坚决的声调回答着,"还算运气好,我们只以身免。"

"真的!……一场火不是开玩笑的。"

母亲靠在外祖母肩上,在她的耳朵里低声地说着什么话,而外祖母睁着眼睛,仿佛见解是在她的眼睛里一般。勉强的空气显得更明显了。

外祖父突然地以一种冷冷的恶意的声调非常明白地道:

"我所听到的流言是那样的,我的好先生欧健·范希里夫告诉我的,并没有什么火,只是你把一切东西都输在纸牌上面了。"

接着是死一般的沉默,只有茶壶底咝咝声和那打在窗玻璃上的雨水的溅拍声来打断这沉默。后来,母亲终于以一种劝诱的声调说着:

"爸爸沙——"

"你说'爸爸沙'是什么意思呀?"外祖父以一种震人耳声的声音叫出来,"还有什么话呢?我不是曾经告诉你吗,一个三十岁的人是不会和一个二十岁的人合得好的?……你……而他——狡猾的流氓!一个绅士!……什么?……唔,小女儿?"

他们四人都尽力叫着,其中以我的继父叫得最响。我走到墙门间里去坐在一堆木头上面,发现了母亲和往昔是这般两样,这般改变,我真被惊骇得呆住了。当我在室内和她一块的时候,这个事实倒并不十分猛烈地打击我,不像此刻在暮光里,她那旧日的样子的记忆,显然地浮起在我的脑里。

虽然现在已经忘尽和这事件相关的情形了,但后来,我觉得是在索玛伐,是在一幢什么东西都新鲜的房子里;墙壁是光光的,木梁的隙缝间长出了苧麻,而且在苧麻里面有许多蟑螂。母亲和继父住在厨房里,在厨房的屋顶上面有一个窗门开着的。在屋顶的另一边,有一个工厂的好多烟囱耸向天空,噎出一阵浓密的烟雾来,而冬风将这烟雾吹遍了全村落;所以我们的房间里时常充满某种燃烧的气味的。大清晨狼就嗥叫着:"Khvou—ou—ou—u—!"

立在一张凳上,人可以望着头顶的窗门,透过了屋顶,看见那灯笼照耀得通明的工厂的门儿。它是半开着的,有如一个衰老的乞丐的乌黑的,没有牙齿的口儿,而且有一群小小的人儿爬进这里面去。在中午,门儿的乌黑的嘴唇又启开来,而且呕吐出它的咀嚼过的人们——他们结成一条乌黑的河流,流动在街道上面,一直到一阵粗暴的雪风飞奔过来,把他们赶进自己的家里去。我们很少看到那盖在乡村上面的天空的。一天又一天的过去,在家家的屋顶上,在撒着烟煤的吹雪上,只是悬垂着另一个灰白而沉闷的屋顶而已,它压倒了想象,而且以它的沉重的灰褐色弄瞎了人的视觉。

在黄昏,一阵昏暗的红光颤动在工厂上面,映照着烟囱的顶筒,于是烟囱看起来,不像是从地上耸向天空去,仿佛是从那烟云里落到地上来似的;而且,当它们落下来的时候,好像在吐着火焰,而且号恸着的。

望着这一切,这真是不可忍耐的疲乏,而且那单调是残酷地吞噬了我的心灵。外祖母做着一个普通仆人的工作——烹调,洗地板,斫木头，取水，一直从早晨做到夜晚，于是困惫地到床上去睡眠，她是唠叨着，而且叹息着。有时，当她做完了烹调的工作时，她会披上了她的短短的棉胸衣，把她的女裙提得好好的，她要上市镇去了。

"我要去看看这个老头子，看他到底是怎么生活的。"

"带我一道去吧。"

"你会被冻死呢。看，雪是下得多么大！"于是她要沿着道路，或者横过积雪的田野，走七俄里路。

萎黄的，怀孕的，寒冷得颤抖着的母亲，打算把一件有一个流苏的，灰白的，破烂的披肩，围在她身上。

我恨死那披肩，它把这个魁梧的，修整的身体弄得不成样子了；我恨死那流苏的尾巴，所以把它们一齐剪去；我恨死这房子，这工厂和这村落。母亲穿着一双破毡靴，不停地咳嗽着，她的不会变样的肥胖的肚子高胀着，她的灰蓝色的眼睛流露着一种明亮的，严酷的光芒，而且她老是依靠在精光的墙壁上面，仿佛是被黏住了一般。有时，她会呆呆地站一整个钟头，望着窗外的街道——它是好似一块牙肉，其中有一半牙齿，被年代所污黑，所弯曲了，而另一半呢，已经快要朽烂，所以已换上假牙齿了。

"我们为什么住在此地的?"我问。

"Ach! ……不要说话，你办不到吗?"她回答我。

她很少对我说话，而且当她说话的时候，只不过命令我罢了：

"到那边去！……上这边来！……拿这东西来吧！"

我是不常容许到街上去的，为了我每次都是带了被别的孩子们殴打的记号回到家里来。因为打仗是我的嗜好，真的，是我的唯一的享乐，所以我是热情地献身于它。母亲用一条皮鞭鞭挞我，但这个惩罚只有更加刺激我，于是，下一回，我怀着小孩子的狂怒去打仗了——而母亲也给我一个更糟糕的惩罚。这样子闹下去，一直到有一天，我才通知她，假使她还要殴打我，那么我要咬啮她的手儿，而且要跑到田野里去，去冻死在那里。她惊讶地把我推开，在室内踱起来，疲乏地喘着气，一面说：

"你要变得好像一只野兽了！"

那个叫作爱情的感情，此刻开始在我心头开起花来，它是充满了生命的，而且颤动着有如一条虹似的；而我的对于每一个人的憎恶，有如一条暗蓝色的烟雾的火焰，也比从前更加要时常爆发了，而且有一种愤怒的压抑的感情，在我心里冒腾着烟雾——一种意识到在那灰白的，无意识的生存里是完全孤独的自觉。

我的继父严酷地对付我，而且很少和我母亲说话，只吹啸着或咳嗽着，而且在正餐之后，他会去站在镜子面前，用一根木片耐心地挑着他的参差的牙齿。他和母亲的吵架变得比从前次数更多了——愤怒地称她为"you"（而不叫她"thou"），这是一个使我说不出的生气的习惯。当吵架发生的时候，他老是去紧紧地关上了厨房门，这显然是不愿意我听到他所说的话语，但他的深沉的声音却依然可以听得非常明白。有一天，他叫喊着，一边用他的脚顿了一下：

"只是因为你蠢到了怀起孕来，弄得我不好去请无论哪一个朋友来看我——你这雌牛呀！"

我是这般的惊讶，这般的疯怒，我竟跳到了半空，我的脑袋撞着天花板，而我的舌头咬出了血。

到了礼拜六，工人们十个一班的来看我的继父，把他们的食物券卖给我的继父。这些食物券，他们应该上那属于工厂的店铺里，可以当现钱去花的，但我的继父却时常用半价把它们买过来。他在厨房里招待这些工人们，坐在桌子上面，显着非常严重的神气，而且，当他拿过这些纸片来的时候，他会皱着眉毛说：

"一个半卢布！"

"呵，欧健·范希里夫，看了上帝的仁慈吧——"

"一个半卢布！"

这种昏乱的，惨淡的生活，一直到母亲分娩的时候才结束，那时我被送到外祖父那边去了。那时他是住在库纳文，他在那里借了一间狭隘的房间，有一个俄国火炉和两扇对着天井的窗门，在一条通到纳波诺葬场的围墙去的沙路上的一幢两层楼的房子里。

"这是怎么回事？"他叫喊着，笑着又尖声地叫着，当他遇见我的时候，"他们都说，世界上没有一个比自己的母亲再好的朋友了；但此刻，好像并不是母亲，而是外祖父这老鬼，倒是一个朋友了。嘿——你！"

在我还没有工夫去周视我的新房子之前，外祖母带着母亲和婴孩到来了。我的继父因为偷工人们的东西，已经被工厂里开除出来，但他已经着手寻另外职业，而且差不多即刻就在火车站的卖票室里得到位置。

经过了一个长长的，平安的时期之后，我又重新和母亲住在一个栈房的地下室里了。当她安置好了之后，即刻就送我进学校去——而我是从最初就讨厌的。

我穿着母亲的鞋子，一件由外祖母的胸衣改成的外套，一件黄衬衫和一件放长的裤子，上学校里去。我的服装立即就变成一个滑稽的目标,而且,为了这件黄衬衫,我接受到"红菱纸牌的么点"这称呼了。

我不久和孩子们变得非常要好,但是老师和牧师是不喜欢我的。

老师是一个患黄疸病的,勇敢的男人,他为了鼻子要不断地流血而受着苦痛。他时常在鼻管里塞着棉花上课堂里来,而且,当他坐在桌旁,用带鼻音的声调问着我们问题的时候,他会突然在一句话的中央停下来,从他的鼻管里拿出了棉花,望着它,再摇摇他的脑袋。他长着一个扁平的铜色的面孔,带着一种苛酷的表情,而且在面上的皱纹里露着一种淡青色。但是顶可怕的特点,还要算他那真正白铅色的眼睛,它们是这般不愉快地黏到我的面上,使我时常感觉到要用手儿从我腮颊上把它们拂开去。

好几天内我都是在第一组里,而且坐在这一班的顶前面,几乎贴着老师的桌子,所以我的地位几乎是很难受的。他仿佛不看别人,只盯住我,而且他始终用鼻音说着话:

"匹虚——珂夫,你必须穿一件清洁的衬衫呢。匹虚——珂夫,不要用你的脚弄出声音来吧。匹虚——珂夫,你的纽扣带又散开了。"

但我对他报复了他的野蛮的傲慢了。有一天,我拿了半个冰冻西瓜,挖去里面的瓜肉,然后用一根绳把它系在外门上面的一个滑轮上。在门儿打开的时候,这西瓜是升在上面的,可是当我的教员关上了门儿的时候,这挖空了的西瓜落下在他头上,有如一顶帽子。一张条子将门房和我唤到教务长的面前去,而我因为我的恶作剧,我的皮肤受到了赔偿。

另一回,我拿鼻烟散在他的桌上,于是他十分厉害地打起喷嚏来,他终于离开了这一班学生,叫他的内弟来代替他的位置。这位先生是个官，他叫全班学生歌唱着"上帝保佑沙皇吧！"和"呵，自由！我的自由！"那些唱不成调的学生们，他用一根戒尺击在他头上，发出一种有趣的，沉重的声音，但是令人受伤的。

神学教员是一个漂亮的，年轻的，头发丰茂的牧师，为了我没有《圣经》，也为了我要仿效他那说话的样子，他是不喜欢我的。当他走进教室里所做的第一件事情，是问我：

"匹虚珂夫，那本书你带来没有呢？是的。书！"

"不，"我回答，"我没有带来。是的。"

"你这——'是的'是什么意思呢？"

"没有。"

"唔，你只好回家去吧。是的——回家去，因为我不想教你。是的！我不想做这事情。"

这并不使我很苦恼。我出去了，在齷齪的乡村的街道上踢着我的足趾，望着我周围的嘈杂的生命，一直到这一课完结的时候。

这位牧师生着一副美丽的面孔，有如一个基督似的。他有两只好似一个妇人的眼睛的爱娇的眼睛和小小的手儿——温柔的，有如他身上的一切东西似的。他所拿的无论什么东西——一本书、一条戒尺、一根笔杆和其他一切——他是细心地拿着的，仿佛这东西是有生命的且非常脆弱的，而且好像他是钟爱这东西的，恐怕触着了它就要毁坏了它似的。对于孩子们，他并不十分温柔，但他们却仍旧爱着他。

虽然事实上我是颇热心用功的，但不久就通知我，因为我的不能教化的行为，要将我从学校里开除出去了。我是变得沮丧的了，因为我看到一个非常不快活的时期已经到来——母亲是一天天地变成更加容易生气,而且将我殴打得比从前更凶了。

但救星到来了。克立撒夫主教[1]出人意料地到学校里来视察了。他是一个小男人,像一个巫者似的,而且,假使我的记忆没有错误,他是驼背的。

他坐在桌旁,穿着宽大的黑衣服,所以看起来好像很细小。他的头上好像覆着一只小桶似的戴着一顶滑稽的帽儿,毫无拘束地从衣袖里摇摇手儿,说:

"现在,孩子们,我们来一块谈天吧。"

教室里立即变得温暖而光明的,被一种不熟悉的愉快空气所浸透了。

在唤了许多别的孩子们过去之后,轮到把我叫到桌子旁边去,他庄严地问我:

"你几岁呢?是吗?呵,你是多高大的一个孩子呵!我想,你是时常要和雨做斗争的,你是吗?"

把他的一只生着长而尖锐的指甲的枯干的手儿放在桌上,而以另一只手儿紧握着他的疏疏的胡子,他拿他的生着两只仁慈的眼睛的面孔贴近我的,一面他说:

"唔,告诉我,《圣经》的故事里你顶喜欢哪一个?"

当我告诉他,我是没有《圣经》的,所以也没有学过新旧约全书的

---

[1] 克立撒夫主教,他是那题为"古代世界的宗教"的那三大册名著和关于"埃及的轮回"的论文,也是那几篇人人喜欢的论文如《关于婚姻和妇人们》的作者。那末后的一篇论文,在我青年时代读它的时候,我是获得了一种深刻的印象。似乎我对于它的题目已经模糊不清,但我记得它是发表在七十年代的一本神学杂志里的。——原注

历史的时候,他扶正了他的牧师帽,说:

"那怎么成?你要知道你是必须学习《圣经》的。但你或许听懂了一些吧?你知道圣诗吗?好!祈祷呢?……呀,你看!也懂得圣者们的传记吗?……是用韵文写的吗?……那么,据我想,你对于这课题是很理解了。"

在这时候,我们的牧师出现了——他是红着面孔,喘着气的。主教向他祝福,可是,当他开始说到我的时候,主教举起了手儿,说:

"原谅我……只片刻工夫……现在,告诉我,亚里克希,这上帝的人的故事吧。"

"五首诗,那些——快,我的孩子?"他说,当我诵到了一个终点,忘记了第二首诗的时候。

"现在我们来说些别的吧——说些关于大卫得王的事情吧……说下去,我是十分留意地在倾听着。"

我看到他真是在倾听着,而且这些诗歌使他感到快活。他对我考察了许多时候,于是他突然站起来,迅速地问道。

"你学习过圣诗吗?谁教你的?是一个善良的外祖父吧,是他吗?快?坏的吗?你不要这般说!……你可不是非常刚愎吗?"

我踌躇着,但我终于说:

"是的。"

教员和牧师絮絮地证实了我的自白,而他是垂下了双眼倾听着他们说话;于是叹息了一声,说:

"你听到他们所说的话吗?过来!"

把他那有柏树味儿的手儿放在我头上,问道:

"你为什么这般刚愎呢?"

"这是因为十分愚蠢无学的缘故。"

"愚蠢吗? 呵,我的孩子,那是不准确的。假使你觉得是愚蠢的,那么你将变成一个坏学生了,但事实上你的教员们却证明你是一个非常伶俐的小学生。那就是说,你之所以刚愎是有其他的原因的。"

从他的怀里取出一本小书来,一面说着,一面在这上面写着:

"匹虚珂夫·亚里克希。呀!……一样的,我的孩子,你必须管束自己,而且想法不要太刚愎了……少许有点刚愎我们是可以容许你们的;就是不刚愎的人们,也有许多是受到苦难的。不是这样的吗,孩子们?"

许多声音快活地回答着:

"是的。"

"但我知道,你们在自己中间是不很刚愎的。我对吗?"

孩子们大家都一齐笑着回答:

"不。我们也是非常刚愎的——非常的!"

主教倚在一张椅子背上,将我拖近他的身旁,于是惊人地说,引得我们——甚至连教员和牧师也在内——大家笑起来:

"这是一个事实,我的孩子们——当我还在你们的年龄的时候,我也是非常刚愎的。你们觉得怎样的感想?"

孩子们都笑起来了,于是他开始问他们问题,怪巧妙地打算弄得他们糊涂,所以他们开始互相回答着;而快乐是加倍地增大起来。后来他终于立起身来,说:

"唔,和你们在一块这真是一件非常快活的事情,但此刻是我要走的时候了。"

举起他的手儿,捋起他的衣袖,他显着一副宽容大量的态度,在我们众人身上架了一个十字的记号,于是祝福我们:

"在天父、天子和圣灵的名下,我祝福你们和你们的工作。再见!"

他们大家叫喊着:

"再见,我的主。望你快点再来。"

摇着他的牧师帽,他说:

"我会再来的,我会再来的,而且要带几本小书来送给你们。"

当他动身走出教室去的时候,他对教员说:

"现在让他们回家去吧。"

他手挽着我领我到了墙门间。在那里,他向我俯下身来,静静地说:

"大约以后你会管束你自己吧,你会吗?……决定了吗?……你知道的,我是知道你为什么刚愎的缘故的……再见,我的孩子!"

我感到非常刺激,我的心灵沸腾着异样的感情。当教员叫这一班其余的学生都出去,单把我留在校里,而且告诉我,现在我该比水都还要平静些,比草儿更加谦逊些的时候,我是留心地而且愿意地听着他的话。

牧师穿上他的皮外套,温静地用和谐的声音说:

"从今天起,你可以来听我的课了。是的,你可以来了,而且也静静地坐着吧。是的——静静地坐着。"

但是,当学校里的事情变好起来的时候,一场不幸的事变发生在我家里了。我偷了母亲的一个卢布,出乎预料地犯了这罪过了。一天黄昏，母亲上外边去，留我管家和照应婴孩。因为感到困惫，我开始翻着一本我的继父的书——大仲马著的《一个医生的笔录》——的书页，而且在两页之间发现两张纸票，一张是十卢布的，另一张是一卢布的。我是不懂这本书的，所以就掩上了；但突然在我心中发生了这样的思想，假使我有一个卢布，我不仅能够买到《圣经》，而且也可以买到关于鲁滨孙的书了。是在距离这时候不久之前，我才知道世上有关于鲁滨孙这样一本书的。这是在严冷的一天，在休息的时候，我讲述一个童话给孩子们听，这时候，其中有一个孩子带了一种瞧不起的声调说：

"童话是谰话。'鲁滨孙'是我所喜欢的，这才是一个真正的故事呢。"

发现好几个孩子都是曾经读过"鲁滨孙"的，而且记熟了它的许多短句，他们都不喜欢外祖母的故事。这使我很生气，于是下了决心，我要亲自读一读"鲁滨孙"，那么我可以对他们说：这是"谰话"了！

第二天，我买了《圣经》和两卷破烂的安徒生的童话到学校里去，而还一块带了三磅白面包和一磅香肠。在佛亭南斯克教堂的墙旁的那家小小的暗黑的店铺里，也有着一本"鲁滨孙"——一本黄封面的小书，而且在册页上有一幅图画：一个戴着一顶皮睡帽的有胡子的男人，在他的肩上披着一只野兽的皮。但我却不喜欢这本书的样子。而安徒生的童话就是外表也很悦目，虽然它们是破烂了的。

在长久的玩耍里我拿面包和香肠分给孩子们，于是我们开始读起那个奇怪的故事《夜莺》来，它是狂风暴雨般抓住了我们全体的心灵。

"在中国，所有的人民都是中国人，甚至连国王也是一个中国人"——我记得这个短句是多么愉快地以它的简单的，快乐的，微笑的音乐打动着我呢。关于这故事，此外也还有许多地方是非凡地好的。

但在学校里是不允许我读《夜莺》的。时间是不够的，可是当我回到家里来的时候，母亲立在那搁着一个炒锅的炉火前面（她在锅里炒着几个蛋儿），以一种奇怪的，柔和的声音询问我：

"你有拿过那个卢布吗？"

"是的，我拿的——换了那本书。"

她拿炒锅打我，打得啪啪的响，而且拿走安徒生的书，把它藏在不知什么地方，因此以后我再也寻不到它，然而对于我，这是远比殴打还厉害的一个惩罚呢。

我好几天没有上学校里去。就在那一段时间里，我的继父一定把我的事情告诉了他的朋友之一，那个朋友告诉他的孩子们，他们再把这个故事传到学校里，所以当我回到学校里去的时候，我得着一个新的绰号："贼！"

这是一个简单而明白的形容，但这并不是一个真确的形容，因为我并不打算掩藏这个事实：是我拿这个卢布的。我要想解释这事实，但他们都不肯相信我；所以当我回到家里的时候，我对母亲说，以后我不再上学校去了。

又怀了孕的，显着一个苍白的面孔和一双迷乱的，疲倦的眼睛的母亲立在窗旁，喂着我的弟弟撒斯却。她张开了嘴巴盯住我，有如一条鱼似的。

"你是错了！"她安静地说，"没有一个人能够绝对知道是你拿这个卢布的。"

"你去亲自问问他们吧。"

"那一定是你自己喋喋不休地哓着这件事情。现在承认吧——是你自己说出来的吗？注意，明天我要亲自去探听出来，是谁把那个故事散播到学校里去的。"

我告诉她那个学生的名字。她面孔可怜地皱拢来，眼泪开始堕下来了。

我走到厨房里去，躺在我的床上——那只是放在火炉后面的一只箱子。我躺在那里，静听我的母亲在呜咽：

"我的上帝！我的上帝！"

因为再也忍受不住烘在那里的油腻衣服的难闻的气味，我从床上起来，走到天井里去；但我的母亲在后面叫着：

"你上哪里去？你上哪里去？走过来吧！"

于是我们坐在地板上面；撒斯却是躺在母亲的膝头，而且，握住了她衣服的纽扣，摇摆着他的头，说着"Boovooga"——这在他算是说"Pcogorka"（纽扣）。

我紧贴着母亲坐在那里，于是她吻着我说：

"我们……是可怜的，而且每一个哥贝克……每一个哥贝克……"

但她从来不说完她开始所要说的话的，她用暖热的手儿挽住了我。

"多无用的东西——无用的东西！"她突然地叫起来，用了我以前曾经听到过的这一句话。

撒斯却重复说：

"胡庸的东西！"

他是一个古怪的小孩子。他的样子怪不雅观的，生着一个大脑袋，用他的美丽的暗蓝色的眼睛望着周围的一切东西，安静地微笑着，正像他在期待着谁似的。他非凡地早就开始学话,而且生活在一种平安的幸福的永远的境界里。他是一个羸弱的孩子,连匍匐也不成的。他时常十分喜欢看到我,而且时常要求我抱在怀里,而且爱用他那时常可以闻到紫罗兰味的温柔的小手指揉着我的耳朵。但是他意外地,一点也没有疾病地,死去了。在早晨,他还是和平日一样安静地幸福的,而黄昏,当晚祷的钟声响着的时候,他是放在桌上准备安葬了。这事情发生在生下第二个孩子尼古拉之后不久。母亲将她答应我的事情办好了,在学校里总算把事情弄明白了,但不久我又被包围在另一个疑难之中。

有一天,在用晚茶的时候,我从天井走到厨房里去,那时我听见了母亲的悲苦的声音:

"欧健,我恳求你,我恳求!——"

"胡——说!"我的继父说。

"但你是上她那里去——我是知道的!"

"唔——唔?"

他俩都沉默了片刻。于是母亲咳嗽着说:

"你是多卑鄙的无用的东西!"

我听见他在殴打她了。于是我冲进室内去,看见母亲是跪在地上,她的背脊和手肘是倚在一张椅子上,她的胸膛是向前而她的脑袋是仰后的,在她的喉咙里响着一种唧啾的声音,而且还可怕地闪着眼睛;同时他呢,是穿着他的最好的衣服和一件新外套,用他的长脚在她胸膛上撞。我从桌上拿了一把小刀——一把镶银的骨柄的小刀,他们时常拿它来切面包的,是我父亲遗留给我母亲的唯一的遗物——我拿了这把刀,用尽我的力量把它刺进我的继父的肋边去。

好运气，我的母亲这时候刚把马克塞玛夫推开，于是刀儿给偏了开去，在他的外套上戳开一个大洞，只不过擦伤他的皮肤。我的继父喘着气，捧着他的肋骨从室内冲出去，而母亲是捉住我，把我高举起来；于是一声咆哮，将我掷在地板上。我的继父从她身边拉走我，当他从天井里回进室内来的时候。

那天黄昏的深晚，当我的继父不管一切事情出去了的时候，母亲走到火炉后面来看我，温柔地将我抱在她怀里，亲吻我，而且哭泣着说："原谅我吧，这是我的过错！呵，我亲爱的，你怎么能够那样的？……而且用一把小刀？……"

我记得很清楚，我那时是怎样地对她说。我要杀死我的继父，然后也杀死自己。而且我想，我是已经干过了这个事情；无论如何我是有过了这样的尝试，就是现在吧。我还能够看到那只穿着绒线编织的裤子的可耻的长腿在空中跋扈，而且踢着一个妇人的胸膛。在许多年之后，那个不幸的马克塞玛夫在一个医院里死在我的眼前了。那个时候我已经变成了怪爱他的，而且看到他的美丽的，漂泊的眼睛里的光线渐渐暗淡下去，而且终于消灭的时候，我是号啕起来了。但是即使在那个悲哀的时刻吧，虽然我的心里是充满着一种大大的忧伤，而我仍旧不能忘记他是曾经踢过我的母亲的。

因为我是记忆着我们的野蛮的俄国生活的这些残酷的恐怖的事情，所以我时常自问着，是否值得花时间把它们写出来。于是我重新自信地回答自己——"这是值得花时间的，因为这是真实的，罪恶的事实，就是在此刻也还并没有消灭的——这是一个必须追究它的根源，然后从记忆里，人们的灵魂里，而且从我们的狭窄的，下贱的生活里把它连根拔去的事实"。

　　而且此外还有别的而且更重要的理由强迫我去描写这些恐怖的事情，虽然它们是这般讨厌的。虽然它们是压迫着我们而且把许多美丽的灵魂压成死亡，可是俄国人的心灵是十分健康而年轻的，他能够，而且已经，跨过它们了。因为在我们这可惊奇的生活里，不仅兽性这一边在繁茂滋长，而是，和这兽欲在一起，恰恰相反也生长着胜利的，光明的，康健的而且创造的——一种鼓励我们正视我们的新生，正视那我们大家将要和平地而且慈爱地生活的时代的人性的典型。

十三

我又在外祖父的房子里了。

"唔,强盗,你想要什么?"这就是他的见面话,接着他拿他的手指在桌上敲起来,"我不再供养你了,让你的外祖母来干这事情吧。"

"所以我要养他,"外祖母说,"运气多坏哟!只要想一想这个就够了。"

"很好,假使你愿意,就你养他吧。"外祖父叫道。于是渐渐沉静下来了,他向我解释着:

"现在她和我完全各自生活了,我们没有丝毫关系。"

坐在窗下的外祖母,以迅速的动作做着花编。梭子在快活地响,以铜针密密钉着的轴头,闪耀着,有如一个金色的刺猬,在春天的阳光里，而且外祖母——别人以为她变成铜塑的了吧——是一点也没有改变。然而外祖父却变得更憔悴，更多皱纹了。他的沙黄色的头发已经变为苍白的；他的沉静的，自尊的态度已经变为一种无谓的暴躁；他的青色的眼睛已经变为昏暗的，而且还显露着一种疑惑的表情。外祖母笑着告诉我关于外祖父和她分家的事情。他把所有的锅罐、皿盆和瓷器都给了她，说：

"这是分给你的一点小小的东西，以后不要再向我要什么别的东西吧。"

接着他就将她所有旧的衣服和东西都拿走，连一件狐皮的斗篷也拿了去，共总卖了九百个卢布，于是把钱放在他的犹太教子——那个果子商那里生利。后来，疯狂的贪婪锁住了他的心，于是他变成全无羞耻的人了。他开始上他的旧相识们、他从前的同事们、富商们中间去，向他们诉苦，说他的儿女们已经毁坏了他的财产，所以要求他们给他钱帮助他的贫穷。亏得他们敬重他，他得到了钱，因为他们都慷慨地给他钱——大宗的纸票，他拿这些纸票到外祖母的面前来吹牛，好像一个孩子似的讥刺着她：

"看呀，呆子，他们不会给你那些钱的百分之一的。"

他用这个方法所赚来的钱，放在他的一个新朋友那里去生利——一个高高的，秃头的贩皮商，在乡村里是叫他 Khlist（一条马鞭）的，和他的妹妹那里，一个管店婆——一个肥胖的，红腮颊的，长着一对褐色的眼睛的妇人，她是漆黑得而甜蜜得有如处女蜜的。

家内的一切开销都是平均地分开了的。这一天，是外祖母拿了她自己的钱办伙食来预备正餐；那么第二天，要轮到外祖父来预备食品了。

而他所预备的正餐,从来没有外祖母那样讲究的,因为外祖母买了上等的肉来,而他却买来了这般的废物,有如肝、肺和碎肉。他们各人有自己预备的茶和糖,然而煮茶却在同一个茶壶里,所以外祖父要发气了:

"等!等一会儿!……你放了多少?"

把茶叶倒在他的手掌上,仔细地估量了之后,他说:

"你的茶叶比我的细,所以我可以少放一点,因为我的都是大叶子。"

他是非常琐细的,外祖母得把他的茶倒得和自己的一样浓,而且倒茶的次数也只能和他的一样多。

"这最后的一回怎么办?"她问,在她刚把所有的茶都倒尽之前。

外祖父望着茶壶里面,说:

"里面还有许多呢——这最后的一回。"

就是神灯的油也各买各的——在五十年合作生活之后竟发生这样的事情!

外祖父的这些鬼把戏,在我心中同时觉得又有趣又讨厌,然而在外祖母心中,只是简单的好笑罢了。

"你该静一点!"她平心静气地对我说,"这算什么呢?他是一个老弱的人了,而且他是变得愚蠢了;就是这个样子。他一定有八十岁了,否则也快近八十岁吧。让他闹着蠢玩意儿去,这对谁会有损害呢?我要为自己和你做点小工作——不要介意吧!"

我也开始赚起小钱来。到放假日,一个大清早我就拿着袋子,走到天井里和街道上,去拾骨头、烂布、纸片和钉卖给那破货商们,一 Pood(四十磅)烂布和纸,或者铁块,会给你两个 Greevin(二十个哥贝克),

一 Pood 骨头会给你十个或八个哥贝克的。不是礼拜日，我也上学校去做这工作，到了星期六，每一次我可以把这些小东西卖三十个哥贝克或者半个卢布，假使我运气好一点，或者还可以多卖一点钱。外祖母从我手里拿去了钱，迅速地把它放在裙袋里，于是低着头称赞起我来：

"咳！谢谢你，我亲爱的人。这个可以做我们的伙食……你干得很好。"

一天，我看见她手里拿着我的五个哥贝克，望着，于是默默地号哭起来；一粒恍惚的眼泪挂在她的海绵般的，浮石似的鼻子的尖顶上面。

在奥喀河的岸上，或者彼斯克岛上，从材料场里去偷窃木头和木板，这是一件比拾烂布更有利益的玩意儿了。因为在那里，每逢市节，在那匆匆地搭起来的棚子里做着铁的买卖。到了市场完结的时候，这些棚子常常拆下来，可是柱和木板却藏在藏船屋里，一直藏到春潮快涨的时候。

一个小房东会花十个哥贝克来买一块上好的木板，而一天偷窃两块木板是很可能的事情呢。但是要想把这事情弄成功，天气不好是一个必须的条件，因为一阵风雪或狂雨会赶散了看守的人们，去藏躲在避雨所里面。

我选了几个友好的同谋犯——一个是一个乞丐 Morduan 的十岁的孩子，撒喀·维亚金，是一个时常恬静的，幸福的，仁厚又和顺的小孩；一个是无家可归的康斯忒洛姆，他是憔悴而瘦削的，长着一双可怕的黑眼睛，当他十三岁的时候，为了偷一对鸽子，被送到一个年轻的罪人的流放地（Colony）去；一个是小鞑靼喀毕，一个十二岁的"强壮的人"，他是又头脑简单又仁厚的；一个是嗅觉很迟钝的杨子，是一个守墓人兼掘墓人的儿子，一个八岁大的小孩子，他是沉默寡言地好像一条鱼，而且患着羊痫疯的；其中年龄最大的要算一个死了丈夫的女成衣匠的儿子，葛列虚喀·却喀，一个敏感的，坦白的小孩，他的两个拳头是可怕的敏捷。我们大家住在同一条街道里。

在我们的乡村里，偷窃不算是一件犯罪行为。这已经成为一种习惯了，尤其是食不果腹的本地人，就拿这个来当作谋生的唯一方法。市集的时间只有一个月半，这是不能够维持他们一年的生活的，于是许多可敬爱的家长们就来"河上干点小小的工作"——捞取那潮水冲来的木头和木板，而且分作几次把它们运走，或者每次运去了小部分；但是干这玩意儿的重要方式是从货船上去偷来，或者照例地在伏尔加河或奥喀河上往来巡逻留心那些不是正当地收藏好了的任何东西。星期日，大人们时常夸耀着他们的成功，而小孩们是倾听着，仿效着。

到了春天，当那市集之前的迷人的暖热之时，那时候酒醉了的工人们、马车夫们和各种各样的工人们，充满在乡村的街道里，而乡村的孩子们时常要去搜索他们的口袋。把这种行为当作合法的行动，所以他们在长辈们的目光之下坦然进行着这工作。他们从木匠那儿偷了他的器具来，从疏忽的马车夫那儿偷了钥匙来，从运货的马上偷了马具来，从塌车的轮轴上偷了铁来。然而我们这小小的一群是不干那勾当的。一天，却喀以一种坚决的声调宣布道：

"我是不偷东西的。妈卡不让我去干这事情。"

"而我是怕去。"喀毕说。

康斯忒洛姆对于小偷们是怀着极端的憎恶的，他特别用劲来说"窃贼们"这个字，当他看见那些奇怪的小孩们掏着酒醉的人们的口袋的时候,他会来赶散了他们,倘使一旦捉住了其中的一个,他会好好地敲他一顿。这位大眼睛的,显着不幸的样子的小孩,想象他自己已经成人了。他走起路来有一种特别的步风,在旁边走着,正像一个脚夫;而且他打算用一种不清楚的粗浊的声音来说话,他是非常寡言而且泰然自若,像煞一个老头子。

维亚金相信偷窃是犯罪呢。

但是从彼斯克去拿木板和柱,这是不能算作一种犯罪的;我们中间没有一个人怕做这种事,所以我们把事情安排得非常容易成功。或者在一天的黄昏,当天色开始黑暗起来的时候,或者在白天,假使遇到了这是很坏的天气,维亚金和杨子出发到彼斯克去,踏着潮湿的冰横过小湾。他们是公开地出去的,为了好引起那看守的人们来注意他们,同时我们四个人是分别地渡过去,不让一个人看见。当杨子和维亚金引起了看守的人们的疑惑因而一心留意着他们的时候,我们就蹑进那我们预先选拣好的藏船屋里,选择一点好运走的东西,于是当我这两位步伐迅速的同伴们戏弄着看守的人们,引诱他们追赶去的时候,我们就溜回家里了。我们各人都有一根绳索,将一个曲成了钩子的大钉头系在绳索的末端,我们拿它来钩住了木板或柱子,这样我们可以拖着木板或柱子横过雪或冰了。看守的人们很少看到我们的,而且即使看到了,他们也永远找不着我们的。

当我们售去我们的掠夺品的时候,我们拿售得的钱分成六股,时常每股可以有五个或七个哥贝克。拿这个钱过一天是够舒服了,但是维亚金不带一点东西给他母亲换一杯白兰地或一点伏特加吃,他的母亲要殴打他的。康斯忒洛姆贮积着他的金钱,想要建造一个养鸽场。却喀的母亲是有病的，所以他打算尽他能力去工作。喀毕也贮积着钱，他目的在回到他的故乡去，他是他的伯父从故乡带出来，但他的伯父到了尼尼之后，不久就淹死了。喀毕忘记那个市镇叫什么名字，他所能记得的，是这个市镇在喀马，挨近伏尔加河的。

为了某种理由，我们时常拿这个市镇来寻开心，我们时常唱着歌，逗着这位斜视眼的鞑靼人玩：

"在喀马有一个市镇。

可没有人晓得是在那里！

我们的手永远碰不到它。

也不能教我们的足去寻它。"

当初喀毕时常要向我们生气的，可是有一天，维亚金用他的友爱的声音向他说，辩证了他的绰号：

"这与你有什么关系呢！当然，你是没有向你的同志们生气吧。"

这位鞑靼人感到心愧了，从此以后他也加入我们这一团来歌唱那在喀马的市镇。

但是与去偷木板相比，我们还是更愿意去拾烂布和骨头呢。在春天，去拾烂布是特别有趣的事情，当雪已经融化了，而且在雨已经洗净了街道的铺路之后的时候。在那里，在设市集的地方，我们时常可以在沟渠里拣拾许多钉头和铁片，而且有时还可以找寻到铜板和银角子；但是为讨好巡卒起见，我们就给他几个哥贝克，或者向他恭敬地鞠躬，那么他不会来赶走我们，或者拿去我们的袋儿了。我们了解赚钱真不是一件容易的工作呢。因此我们越来越要好了；虽然有时我们中间也要发生一点小小的口角，但我记不起来曾经有过一场认真的争论。

我们的和事佬是维亚金，他时常预备着几句简单的话，正适合于那发生的事情，使我们感到了惊异又感到了羞耻。他自己用一种惊讶的声调说出这些话语来。杨子的恶作剧既没有触怒他，也没有使他呕气；据他的意思，一切坏事情是不必要的，所以他要平和地而且使人信服地来否认它。

"唔，这有什么用处呢？"他问着，于是我们都看清楚了这是没有用处的。

他叫他的母亲为"我的 Morduan"的，而且我们没有人笑他。

"昨天黄昏我的 Morduan 又喝醉了酒颠倒着回家来，"他会快乐地告诉给我们听，闪着他的圆圆的，金色的眼睛，"她让门儿开着，于是坐在梯阶上，唱起歌来——好像一只母鸡。"

"她唱些什么呢？"却喀说，他是喜欢确实的。

维亚金在膝踝上拍着手儿，以一个细细的声音重唱着他的母亲的歌曲：

"牧羊人，拍着你的小小的窗门吧，
当我们跑在散步场上的时候；
一再地拍吧，夜的疾飞的鸟，
以看不见的悠扬的音乐，
散下了你的符咒在乡村之上。"

他知道许多这类热情的歌曲,而且唱得很好的。

"是的,"他继续说,"于是她在门阶上睡着了,而房子里是冷得这般厉害,累得我浑身颤抖,而且冻得快要死去;然而她的身体又是重得很,我的气力拖她不进来。今天早晨我向她说:'你醉到了这般可怕算什么意思呢?''呵,'她说,'这是对的。请你再稍稍忍受一会儿吧。我就快要死了。'"

"她就快要死了,"却喀以一种认真的声调重复说着这句话,"她已经患着肿症了。"

"你悲伤吗?"我问。

"自然我要悲伤的,"维亚金惊讶地叫着,"你知道的,她对我很好的。"

虽然我们都知道 Morduan 要不断地殴打维亚金的,但我们大家相信她是"很好"的,而且,有时候,当我们逢到了一个坏日子,却喀甚至会提议:

"我们来凑合我们的哥贝克,去给维亚金的母亲买一点白兰地吧,否则她要殴打他的。"

我们的伙伴中间,却喀和我要算唯一的能够写读的人了。维亚金是万分忌妒我们的,他会自己提着他的两只尖尖的老鼠似的耳朵,喃喃地说:

"一旦我的 Morduan 葬了的时候,我也要进学校里去,我要去跪在教员前面,请求他收容我,当我完毕了学业的时候,我将当作一个园丁到大僧正那里去,或看皇帝去也说不定的。"

到了春天,和一个老头子、一个教堂建筑费的收款人在一块,而且还携着一瓶伏特加的 Morduan，给倒下来的木堆压坏了。他们把这位妇人送到医院里去，于是脚踏实地的却喀来和维亚金说了：

"来和我同住吧，我的母亲会教你读和写的。"

在一个极短的时间内，维亚金能够高昂着头，诵读那写着的字——"杂货铺"，只是他读成"Balakeinia"了，于是却喀更正他：

"Rakaleinia 呀，我的好灵魂。"

"我知道——可是字母跳成那样子，因为有人读它们，它们很快活，所以它们跳起来了。"

他的爱好树木和草，使我们大家都惊骇起来，而且使我们大笑起来。乡村里的泥土是沙性的，所以植物很缺少——在院子里，有的立着一株可怜的杨柳树，或者一些疏零的接骨木丛树，或者寥寥的几片灰白的干枯的草叶畏怯地躲藏在一座围墙下面——但是我们中间倘若有人去坐在草上，那维亚金就要愤怒地大叫道：

"你为什么一定要去坐在草地上呢？你为什么不坐在沙石上的？在你这是一样的，不是吗？"

据他的意见，去折断杨柳的枝干，或者去摘下接骨木花，或者去砍下奥喀河岸上的垂杨的嫩枝，这都是毫无意思的事情。当我们干着这类玩意儿的时候，他时常会抖着他的两肩，伸着他的两手，显出了大大的惊骇：

"为什么你们喜欢破坏一切东西呢？看看你们所做的事情吧，你们这些魔鬼们！"于是在他的惊骇之前，我们感到羞愧了。

我们计划了一个星期六玩的非常开心的游戏，于是我们就整个星期都预备着，把我们能力上所能找到的一切穿烂了的席鞋都搜集起来，贮藏在妥当的角落里。于是到了星期六的黄昏,这时候鞑靼脚夫从西伯利亚的埠头回到家里来了,我们去占住了十字路口,拿着这些烂鞋向鞑靼人抛去。

当初这个玩意很使他们生气,于是他们追赶我们,辱骂我们;但不久,他们对于这游戏也开始感觉到兴味了,而且他们知道将要遇到什么的,所以他们也武装了好些席鞋上战场来,更厉害的是他们发现了我们藏武器的地方,于是偷去了。关于这个行动,我们发出了怨言——"这不是玩游戏了!"于是他们把鞋子分开来,给我们一半,然后战争开始了。他们大抵是直立在一个空场上,在十字路口的中间,而我们是呼喊着奔跑在他们周围,用鞋来抛他们。他们也呼喊着,而且当我们中间有人凑巧被一只鞋投在他足下,因为绊倒了地上,把脑袋埋进泥沙里去的时候,他们笑得真响,够震聋任何人的耳朵。

我们津津有味地将这个游戏要继续许多时候,有时甚至到天色快黑的时候。居民们时常会聚拢来,或者从角落里张望着我们,而且鸣着不平,因为他们以为真的在那里战争呢。污秽的鞋子飞驰在潮湿的空气里有如乌鸦一般;有时我们中间有人受着痛击了,然而游戏的快乐是比痛苦或创伤还更大些。

这些鞑靼人玩这游戏不比我们弱。当我们完毕的时候,我们时常跟他们上食堂去,他们拿一种特别甜蜜的蜜饯果子给我们吃,而且,用完夜餐之后,我们还喝着浓浓的黑色的茶和糖果。我们喜欢这些人,他们的气力正配着他们的大小;而且他们身上有着一种十分孩子气的而且坦白的东西。他们最打动我的地方是他们的柔和,他们的不会动摇的和善的天性,和他们的庄严的又动人的,相互的尊敬。

他们都热情地笑着，眼泪流下他们的面孔了。他们中间有一个人，一个破鼻子的加西莫夫的土人，他的气力是远近皆知的。一天，他从离开河岸有好一程路的一只货船上运来一口重约二十七 Poods 的钟，而且他还狂笑着，当他叫着："Voovoo——voovoo！"的时候。

一天，他叫维亚金坐在他的手掌上面，于是他把维亚金举得高高的，说：

"看呀，你现在是活在那里了，快要到天上呢。"

碰到坏天气，我们时常在杨子的家里聚会。在那坟地上面，在那里有着他父亲的小屋。这位父亲是一个皮包骨头的，长手臂的，生着一颗小脑袋的人物；泥土色的头发长满在他脸上。他的脑袋像一朵牛蒡放在他的长而细瘦的颈上，有如生在茎干上一般。他显着一副快活的样子，半闭着眼睛，迅速地喃喃说：

"上帝赐给我们安息吧。Ouch！"

我们买了三 Zolotiniks 茶、八份糖、一些面包，自然还得有一份给杨子的父亲的伏特加。却喀是严厉地吩咐着杨子的父亲：

"毫无用处的农人呀，去预备茶壶去。"

这位农人笑着，于是去预备锡茶壶去了。当我们一面等候他把茶预备好，一面讨论着事情的时候，他给了我们一个很好的消息：

"注意！后天是忒留索夫的周月祭了，那里一定会有宴会的……这是一个可以拾骨头的地方呀。"

"厨子早在忒留索夫家里把所有骨头都收拾清楚。"却喀说，他是什么事情都知道的。

维亚金梦一般说着，一面望着窗外的墓地：

"我们马上可以到树林里去了。"

杨子时常沉默的,以他的忧郁的眼睛含情地望着我们众人。他在沉默里拿玩具给我们看——他从垃圾洞里寻来的木头做的兵士、没有腿的马儿、铜片和纽扣。

他的父亲在桌上放好了各种各样的茶杯和茶碟,于是拿茶壶进来了。康斯忒洛姆坐下来倒茶,他呢,当他喝完了他的伏特加,爬上火炉,伸出长项颈,以酒意醺醺的眼睛俯视着我们,而且喃喃地说:

"Ouch!仿佛你们一点也不是小孩们,所以你们也要自娱了,快?Ach!窃偷呀……上帝给我们安息吧!"

维亚金对他说:

"我们一点也不是窃贼。"

"唔——那么是小贼吧。"

假使杨子的父亲变得太讨厌的时候,却喀会愤怒地叫道:

"静点,你这无用的农人!"

维亚金、却喀和我都不耐听这男人计算着有几家人在生病,或者猜测着有多少乡人是快死了。他是这般残忍的计算着,而且当他看出了我们是不赞成他所说的话的时候,他还故意逗弄着而且为难着我们:

"呵,你们惧怕起来了吧,年轻的主人公们?唔!唔!不久一个强壮的人要死了——ekh!而他会在他的坟墓里腐烂许多时候!"

我们打算不让他再说下去,但他却不肯停止。

"而且,你们知道的,你们也要死亡的;你们不能够在这个积水潭里永久活下去的!"

"好,"维亚金说,"那是很对的;而且当我们死去的时候,他们会尊为天使们的。"

"你——们？"杨子的父亲叫着，惊愕地敛住他的呼吸，"你们？天使们？"

他呵呵冷笑着，于是他又说着关于死人的讨厌的故事来逗弄我们了。

然而有时这位男人会奇怪地放轻了他的声音喃喃说：

"听呀，孩子们……等一会儿！前天他们埋葬了一个女性……而且我知道她的故事的，孩子们……你们猜想这位女性是什么？"

他时常讲到妇人们的，而且往往说得非常淫猥；然而他的故事里仍旧含有某种诉苦的和悲愁的成分——仿佛他在引诱我们去分得他的思想——所以我们也都留心地倾听着他。他以一副愚蠢的而毫无才能的样子说着话，而他的言语时常被疑问所打断了的；可是他的故事却时常在别人的记忆里留下了某种烦恼的碎片。

"他们问她：'谁放火的？''我放的！''呆婆，那天夜里你不在家内，而是生了病躺在医院里，你怎么能够放火呢？'她是那般生活下去的……为什么？Ouch！上帝赐给我们安息吧。"

在那光光的忧郁的坟场上，经他埋葬的本地的女人们，差不多每一个人的生前的历史他都完全清楚的。这仿佛是，他打开许多家的大门，让我们走了进去，看清楚了那些住在里边的人们是怎么地生活着的；使我们感到了这是重大而紧要的事情。他是显然会整夜地讲下去，一直到了早晨，但是一到小屋的窗子变得朦胧，黄昏的微光罩在窗上的时候，却喀就从桌子上立起身来，说：

"我要回家去了，否则妈喀会吓死的。谁同我回去呢？"

于是我们大家都走散了,杨子护送我们到围墙下,我们出去之后他关上门,把他的黧黑的多骨的脑袋紧贴在栅栏上面,以一种不清楚的声音说着:

"再会。"

我们也向他叫着"再会"。让他一个人留在墓地上,这时常是最难受的事情。有一天,康斯忒洛姆回顾着说:

"那一天我们来替他请求吧——他将要死了。"

"杨子的生活比我们任何人都糟些。"却喀屡次这么说。但维亚金时常这么回答着:

"我们不曾有过一个坏的时候——我们中间任何人!"

当我回顾那过去的时候,我清楚了我们真不曾有过一个坏的时候。那个充满了无数矛盾的独立的生活,对于我,真有非常的吸引力,而我的同志们对于我也是如此的。他们引起我发生一种要想时常去帮助他们的愿望。

我的学校生活又变成难受的了。学生们都拿"烂布贩"和"漂泊者"当作我的诨号。有一天,在一场吵闹之后,他们去告诉先生了,说我身上有阴沟的气味,他们不能和我并坐。我记得,这个罪状是这样深深地刺伤我的心,此后我上学校去,心里感到多么地难受。这一个控告完全是由于恶意。于是我每天早晨把全身洗得干干净净,而且我永不再穿那拾破布时所穿的衣服上学校去。

然而我终于完毕了第三年级的试验,而且得到了奖赏:精装本的福音书、《克列洛夫的寓言》和另一本题着不易了解的书名 *Fata-Morgana* 的没有面的书;而且他们也给我某种奖状。当我拿着这些赠品回到家里，外祖父是很快活，说他十分想拿我书本去锁藏在箱子里。可是外祖母已经病倒好几天，身边一文钱都没有，而外祖父还不断地叹着气，尖声叫着："你将累死我呀。嘿！你！"所以我拿这些书到一家小店里去换了五十五个哥贝克，把这个钱完全交给外祖母。至于那些奖状呢，我滥涂着来毁坏了之后，然后拿给外祖父，而他拿了之后也没有翻开来看，就收藏起来，没有留心我所干的恶作剧，可是我后来却因此受到了责罚。

当学校停止的时候，我又重新来生活在街道上，而我发现生活是比从前更好了。

是在仲春，赚钱是非常容易的。到了星期日，我们这一群大清早就大家出发到田野去，或者到那有着又新鲜又稚嫩的树叶和树林里去，而且，不到迟迟的黄昏，感到了甜蜜的疲乏，是不肯回来的，我们是比从前结合得更密切了。

但这种方式的生活继续得并不很久。我的继父因为欠钱而被开除，又不见了，于是母亲带着我的小兄弟尼古拉，回到外祖父跟前来。因为外祖母已经到镇上去住在一个富商的家里，做着缝寿衣的工作。

母亲是非常虚弱而且贫血，几乎走路的气力也没有了。当她环顾四周的时候，她的眼睛里显着一种可怕的表情。我的兄弟是患着痛疯而且长满了痛苦的烂疮，当他感到饥饿的时候，他甚至连高声号叫的气力也没有，只能呜咽着，他被喂饱了之后就昏昏睡去，以一种奇怪的声音呼吸着，好像一只小猫在咪咪地温柔地叫着。

外祖父留意观察他，说：

"他应该需要多吃些好食品了，然而我是连养活你们还不能呢。"

母亲坐在角落里的床上，叹着气，用一种粗大的声音说：

"他并不需要多少的。"

"这个人一点，那个人一点，马上就要许多东西了。"

他向我朝转身来挥着手说：

"尼古拉必须晒晒太阳了——在沙土上面。"

我拖出一袋干净的泥沙，在那阳光最充足的地方倒了出来，倒成一堆，然后把我的兄弟埋在沙中，一直埋到他的项颈，有如外祖父所吩咐我的。这小孩子是喜欢去坐在泥土堆里的。他甜蜜地表示着爱，他的明亮的眼睛同我闪着——他的眼睛是一对特别的眼睛。没有眼白的，只有蔚蓝色的瞳仁，围绕着光辉的轮圈。

我立即又变成系恋于我的小兄弟了。这好像是，我傍着他躺在窗下的泥沙土，他是完全了解我的一切思想的，而外祖父的颤悚的声音在那里继续着说：

"假使我死了——他要死是不难的——那么你会有一个活的机会了。"

母亲以一阵长久的，抽搐的咳嗽来回答外祖父。

这小孩子的两手得到了自由活动，向我伸着，而且摇着他的小小的洁白的头儿。他有几根疏疏的而且几乎是灰白的头发，他细小的面孔显着一种衰老而聪明的表情。假使一只母鸡或者一只猫走近我们的身边来，尼古拉一定要向它凝视许多时候，然后再向我望望，而且颇有意思地微笑着。他的微笑扰乱了我的心境。他感到了，我和他在一块。我是感到无趣味，急于想把他剩在那里，自己跑到街上去吧，难道这是可能的事情吗？

天井是狭小的，逼仄的，龌龊的。从大门口筑着连续的茅棚和地窖，一直连到了洗涤室。所有这些屋顶都是用旧船料盖的——木头、木板和潮湿的木片（这是邻人们在奥喀河上融冰的时候，或者涨潮的时候，捞得来的）——整个天井怪难看地满堆着各种各样的木堆，因为浸透了水的缘故，在阳光下蒸发着水汽，而且发出了一种浓郁的腐烂的气味。

隔壁是一个专宰小牛小羊的屠作场，差不多每天早晨可以听到牛的哞哞声和羊的咩咩声的；有时血的气味这般厉害，我觉得它是翱翔在半空里，成了一顶透明的莲紫色的网的模样。

当动物们因斧端刺入两角之间而吼叫着的时候，尼古拉会眯眯他的眼睛，吹吹他的嘴唇，宛若他想模仿这种声音似的；然而他所能做到的只是吹着：

"噜噜……"

到了中午，外祖父从窗口伸出头来，叫道：

"用中膳了！"

他时常喜欢亲自来喂这小孩子，将他抱在膝上，拿番薯和面包塞进尼古拉的嘴里去，而且在他的薄薄的嘴唇和尖尖的下颌涂满了番薯和面包。外祖父给了他一点东西吃之后，他就要拉起小孩子的衬衫来，用手指按按他的膨胀的肚皮，于是自言自语地辩论着：

"已经够饱吗？还是再要给他一点呢？"

于是可以听到我的母亲的声音从那黑暗的角落里继续下去说：

"看呀！他在想吃面包呢。"

"呆孩子！他怎么能够知道他应该吃多少呢？"说着他又拿给尼古拉

一点东西让他去咀嚼。

看着这种吃法，我时常感到羞愧，仿佛有一块东西横在我的咽喉，使我感到难受。

"已经够饱了，"外祖父终于说，"抱到他的母亲那边去吧。"

我抱了尼古拉；而他却哀号着，向桌子伸出他的手儿。母亲艰难地立起身来，走近我的身旁，伸出了她的可怕地干枯的无肉的手臂——真是又长又瘦，像煞从一株圣诞树的折断的树枝。

她差不多变成麻木的，不再用她那热情的声音说一句话了，只是终天沉默地躺在角落里——慢慢地在死去。我感到她是在死去了，我知道——是的。外祖父也时常带了他那讨厌样子说到死，尤其是在黄昏，当天井里逐渐昏黑起来，一种腐烂的气味，温热而毛茸茸的，有如绵羊的毛，匍匐在窗户来的时候。

外祖父的床是放在前面的角落里，差不多就在神像下面，他时常躺在床上，面对着神像和窗门，在黑暗里喃喃地说许多时候：

"唔——我们的死期到了。我们将如何去站在上帝的面前呢？我们将对他说些什么话呢？我们一生都在挣扎里。我们做了一点什么事情呢？我们为了什么目的而做的？"

我睡在地板上面，在火炉与窗户中间；因为我睡的地方不够大，所以我把两足放在炉灶里，于是蟑螂时常要来撩搔它们了。这个角落所给予我的坏享受倒不小，因为外祖父屡次以炉耙或拨火棒的末端打破窗门，当他从事于烹调的工作的时候；而且这是非常滑稽的，我想也是非常奇怪的，看到了像外祖父这般聪明的一个人，却不曾想到把炉耙割短一点。

有一天，在炉火上的锅子里有什么东西在沸着，于是他匆忙走过去，可是他将炉耙用得这般不小心竟打碎了窗格子，两块玻璃，而且还在火炉旁翻倒了酱油盆，打破了这盆子。这老头子气极了。他坐在地板上，号叫着。

"呵主哟！呵主哟！"

那天，在他出去的时候，我拿着一把面包刀，将这个炉耙砍下四分之一或三分之一的样子。可是当外祖父看到我所干的玩意儿的时候，他就责骂着我：

"恶鬼哟！这是应该用一把锯子来锯解的。我们可以把末端做成面棍，卖出去的，你这魔鬼的儿子呀！"

野蛮地伸着手臂，他跑出门外去了。于是母亲说：

"你不应该去管闲事的……"

在八月的一个星期日的中午，她逝世了。我的继父刚从旅行转来不久，而且已在某地方的一个邮局里得到位置。外祖父把尼古拉抱给他——带到火车站附近的一幢新建好的一层楼里去，而母亲在几天内也搬到那里去。

在她逝世这一天的早晨，她用一种低低的，然而比我近日听到的更轻快而且更明白的声音对我说：

"到欧健·范希里夫那里去，请他到我这边来。"

从床上坐起来，她的两手紧靠在墙上，她补充说：

"快——跑！"

我想，她是在微笑着，而且在她的眼睛里有着一种新鲜的光辉呢。

我的继父在做弥撒，而外祖母又叫我替她去弄些鼻烟来；但是又没有现存的鼻烟,所以我得等着店主去拿来,然后拿着鼻烟回到外祖母那里去。

当我回到外祖父的家里的时候,母亲是坐在桌旁,穿着一件干净的,淡紫色的罩衫,她的头发是美丽地装饰着,而她的神气是和往日一样焕发。

"你觉得好些吗?"我问,心里是感到一种说不出的恐惧。

她的目光盯住了我说:

"过来!你从哪里来的?Eh?"

在我不及回答之前,她抓住了我的头发,而她的另一只手儿是握着一把长而韧的,由一个锯子做成的小刀,她拿着刀儿挥了几回,于是用刀面向我刺来。但刀儿却从她的手里溜落到地板上。

"拾起刀来,而且拿给我……"

我拾起小刀,将它掷在桌上,于是母亲把我推开她身边了。我坐在火炉架上,带一种恐怖的心情看望她的动作。

她从椅子上立起来,慢慢地移向她自己的角落里去,在床上躺下,于是用一块手帕揩着她的汗淋淋的面孔。她的手儿恍惚地移动着,有两次,她并没有揩到她的面孔,却碰在枕头上了。

"给我一点水……"

我用一只茶杯在桶里舀了一些水,她困难地举起脑袋来,喝了些。于是用她的冰冷的手儿推开我的手儿,咽下一口深深的呼吸。于是向那放着神像的地方望了一眼之后,她将目光移到我身上来,仿佛在微笑似地动着她的唇儿,然后让她的长长的睫毛掩盖在她眼上。她的手肘紧紧地压着两肋,而她的手儿(手指是在微弱地抽搐着)在她胸膛上抓着,移向她的喉咙去。一阵阴影掩下在她面上，蔓延到面孔的各部分，皮肤变成黄色，鼻子渐渐尖锐起来了。她的嘴张开着，仿佛感到了什么惊吓似的，但她的呼吸是听不到了。我手里拿着茶杯，在母亲的床旁不知道立了多少时候，望着她的面孔渐渐地变成冰冻的而且灰白的。

当外祖父进来的时候，我对他说：

"母亲死去了。"

他急瞥那床上。

"你为什么说谎话呢？"

他走到火炉旁边取出包子来，震人耳聋地急响着风闸门。

我望着他，知道母亲是死去了，于是等他去发现出来。

我的继父进来了，穿着一件水手的短外褂，戴着一顶白帽。他默默地拿起一把椅子，移到母亲的床旁。这时候，他突然让椅子砰的一声落在地板上，用一种类似号角似的高声叫出来：

"是的——她是死了！看呀！"

外祖父大睁着眼睛，手里拿着风闸门，轻轻地离开了火炉，蹒跚着，如有一个瞎子似的。

在我的母亲葬埋了的几天之后，外祖父对我说：

"现在，亚里克希——你不能再倚靠我了。这里已没有你住的房间。你走进世界里去吧。"

于是我走进世界里去了。

高尔基自传

一八六九年三月十四日,生于下诺甫哥罗(Mizni-Novogorod)。父亲是军人的儿子,母亲是一个城市的绅女,祖父是尼卡拉亚一世的军官,因虐待部下被免职。祖父秉性严直,行事不苟。父亲在十岁至十七岁间,共有五次从祖父那里逃了出来。他在最后的一次,竟得永远脱离了家庭——从托巴尔斯克(Tobo Isk)步行到下诺甫哥罗,在那里做了染布匠的艺徒。很明显的,他是一个才智兼备的人,在二十岁时,便已被任为哥尔靖(Kolchin)轮船局在阿斯脱拉汉(Astrokhan)分局的总经理,一八七三年,从我这里传染了虎列拉的恶症,竟不幸死了。据外祖母的传说,他是很聪明,很和蔼而又很娱乐的一个人。

外祖父是一个伏尔加河畔的苦力,经过三次的远行,遂成为白拉宁

(Balakhin)商人石也夫（Zaev）的商队的商品代办人，不久又从事染纱的操作，获利颇厚，积钱很多，乃在下诺甫哥罗开设一个大规模的染坊。不数年间，他在城市中购置了几座房屋和三个作坊，织花纹，染物料，营业很为发达。他又被选为行会会长，连任至三年之久。后因竞选手工业首领落第，认为莫大耻辱，亦遂辞去行会会长职。他是一个很迷信的人，专横吝啬至于极点。活了九十二岁，在临终的前一年——一八八八年，他是染过痴癫症的。

父母结婚是出于他们自己的主意的。因为外祖父对于无亲无眷的而前途又没把握的人，当然不肯将亲生的痛爱万分的女儿轻易许他的。我的生活丝毫没有受过我母亲的影响，因为母亲以为父亲的暴卒，原因是在我身上，所以她不甚爱惜我，不久又到别处去，将我交在外祖父手里，开始受辟萨梯尔（Psoltir）和却沙司洛夫（Chasoslov）的教育。七岁时进了学校，一共读了五个月的书，无丝毫的成绩，对于学校的校规和同学们，又是非常仇视，因为我所最喜欢的是离群的生活。在学校里染了痘疮，便抛弃了学校，此后也就没有机会求学了。在那时候，母亲因肺痨急症而死了，外祖父为此懊丧得很长久。外祖父的家庭，人口是很庞杂的，有两个儿子，都已结婚，生有子女。但除外祖母外，没有一人是爱我的。外祖母是一个很慈蔼而又懿慎的老年人，我将尽一生之力来表示我对于她的敬爱。舅舅们喜欢过着阔绰的生活，就是说，他们在饮食的时候，须饮个痛快，吃个饱满。沉醉是很寻常的事情，沉醉后就相互殴打起来，或同客人闹起架来，有时同自己的妻子吵起嘴来，这一个阿舅搥击他自己的两个妻子，另一个搥击他自己的妻子，有时也把我吊打。所以在这一种环境之下，当然谈不到什么智力的影响了，况且我的左右亲友都是一些目不识丁的人们哩。

八岁时，我就在一家鞋铺中做学徒，做了两个月的工因为掉翻一个沸腾得炙手的汤，就被送回到外祖父那里去了。外祖父为增长我的体力起见，又将我送到图案家做徒弟，一年后，因生活条件的痛苦，便又离开，在轮船里做了厨师的徒弟。厨师名米哈以尔·安托诺维支·史慕利（Mikhail Antonovich Smury），是一个年轻的退伍的下级军官，而又富于体力，深思博学的人；他引起了我对于读书的兴趣。以前我是仇视一切的书籍和报章的，但经过我这先生循循教诱的结果，就使我深信书籍中有无限的意义，我也爱读起书来。第一部使我废寝忘食的是《关于兵士营救大彼得的故事》这册书。史慕利曾有不少的箱柜，装着皮制的小小册子，这可以说是全世界上最为光怪陆离的图书馆，爱卡尔好森（Akkarthauzen）的杰作与涅克拉梭夫（Nekrasov）的著作，堆杂在一起；婀娜·拉喀利弗（Anna Radkliph）的书籍与《近代名人著撰》又放置在一起。这里有六十年代的《火星》与《信石》以及小俄文字著述的一切书籍。

从那时候起，所有的书籍一经过我的手，我就差不多都览阅了。在十岁时，即开始作日记，从生活中及书籍中所感受到的心得和感想，全都记起来。以后的生活比较复杂了：贩卖神像，做过格猎士·蔡利正（Griaz-Tsaritsin）铁路的路警，在陋室中住过一个时候，周游全国者好几次。一八八八年，在喀山（Kazan）为旅客，开始与学生们相识，并参加自修班的工作；一八九〇年，我就感觉到在知识分子中鬼混不是一个办法，因又开始了流浪的生活。从下诺甫哥罗、蔡利正、唐（Don）、乌克兰直至倍萨拉比亚（Bessarabia），再由倍萨拉比亚到克里姆的南岸及黑海的科彭（Kuban）。一八九二年十月寓于蒂佛利斯（Tiflis），在《高加索》报纸上第一次发表了我的著作——"Makar Chudra"。这篇文章颇受人们一时的赞扬。自移居于下诺甫哥罗后，渐从事于小说，次第发表于《伏尔加》报上。该报乐于接受我的小说，每一次都有发表的机会。寄到《俄国新闻》报去的"Emelain Piliae"亦蒙揭载。这里我不能不有这样的一个声明，就是各地报章之易于发表这一类新进作家的文字，确是一件奇怪的事情，我认为这种事实，不是证明出自编辑者的善意，便是他们缺少一种文学的根底。

一八八三年与一八九四年间，我在下诺甫哥罗与科洛连科（V. G. Korolenko）相识，他在文艺上给予我的帮助，我是没齿难忘的。他所指示给我的，我得益极深。所以我的第一个教师是当兵的史慕利厨子，第二个是辩护士拉宁（Lanin），第三个是"超社会"的卡留齐尼（Kalujnii），第四个要算是科洛连科了。

我不愿再写了，在我回忆这几个故人的时候我已不禁为之神往了。

"俄苏文学经典译著·长篇小说"书目

沙宁　　　［苏联］阿尔志跋绥夫　著／郑振铎　译
罗亭　　　［俄国］屠格涅夫　著／陆蠡　译
少年　　　［俄国］陀思妥耶夫斯基　著／耿济之　译
死屋手记　　［俄国］陀思妥耶夫斯基　著／耿济之　译
罪与罚　　　［俄国］陀思妥耶夫斯基　著／汪炳琨　译
卡拉马佐夫兄弟　　［俄国］陀思妥耶夫斯基　著／耿济之　译
白痴　　　［俄国］陀思妥耶夫斯基　著／耿济之　译
铁流　　　［苏联］绥拉菲莫维奇　著／曹靖华　译
父与子　　　［俄国］屠格涅夫　著／耿济之　译
前夜　　　［俄国］屠格涅夫　著／丽尼　译
虹　　　［苏联］瓦西列夫斯卡娅　著／曹靖华　译
保卫察里津　　［俄国］阿·托尔斯泰　著／曹靖华　译
静静的顿河　　［苏联］肖洛霍夫　著／金人　译
死魂灵　　　［俄国］果戈里　著／鲁迅　译
城与年　　　［苏联］斐定　著／曹靖华　译
钢铁是怎样炼成的　　［苏联］奥斯特洛夫斯基　著／梅益　译
诸神复活　　［俄国］梅勒什可夫斯基　著／郑超麟　译
战争与和平　　［俄国］列夫·托尔斯泰　著／郭沫若　高植　译
人民是不朽的　　［苏联］格罗斯曼　著／茅盾　译
孤独　　　［苏联］维尔塔　著／冯夷　译
爱的分野　　［苏联］罗曼诺夫　著／蒋光慈　陈情　译

地下室手记	[俄国] 陀思妥耶夫斯基 著	洪灵菲 译
赌徒	[俄国] 陀思妥耶夫斯基 著	洪灵菲 译
盗用公款的人们	[苏联] 卡泰耶夫 著	小莹 译
在人间	[苏联] 高尔基 著	王季愚 译
我的大学	[苏联] 高尔基 著	杜畏之 萼心 译
赤恋	[苏联] 柯伦泰 著	温生民 译
夏伯阳	[苏联] 富曼诺夫 著	郭定一 译
被开垦的处女地	[苏联] 肖洛霍夫 著	立波 译
大学生私生活	[苏联] 顾米列夫斯基 著	周起应 立波 译
叶甫盖尼·奥涅金	[俄国] 普希金 著	吕荧 译
盲乐师	[俄国] 柯罗连科 著	张亚权 译
家事	[苏联] 高尔基 著	耿济之 译
我的童年	[苏联] 高尔基 著	姚蓬子 译
贵族之家	[俄国] 屠格涅夫 著	丽尼 译
毁灭	[苏联] 法捷耶夫 著	鲁迅 译
十月	[苏联] A.雅各武莱夫 著	鲁迅 译
安娜·卡列尼娜	[俄国] 列夫·托尔斯泰 著	周笕 罗稷南 译
克里·萨木金的一生	[苏联] 高尔基 著	罗稷南 译
对马	[苏联] 普里波伊 著	梅益 译
暴风雨所诞生的	[苏联] 奥斯特洛夫斯基 著	王语今 孙广英 译
猎人日记	[俄国] 屠格涅夫 著	耿济之 译
上尉的女儿	[俄国] 普希金 著	孙用 译
被侮辱与损害的	[俄国] 陀思妥耶夫斯基 著	李霁野 译
复活	[俄国] 列夫·托尔斯泰 著	高植 译
幼年·少年·青年	[俄国] 列夫·托尔斯泰 著	高植 译
烟	[俄国] 屠格涅夫 著	陆蠡 译
母亲	[苏联] 高尔基 著	沈端先 译